Joop van Riessen

De bonusmaffia

Nieuw Amsterdam *Uitgevers*

Voor Jelle Kuiper (1944-2011)

Omslagontwerp Annemarie van Pruyssen

Foto auteur © WFA/Jeroen Oerlemans

Foto omslag © Photonica / Getty Images

NUR 305

ISBN 978 90 468 0968 6

www.nieuwamsterdam.nl/joopvanriessen

Deel 1

I

Het was maar een klein stukje lopen naar de Haarlemmerdijk. Sinds een paar maanden woonden ze in een penthouse aan de Westerdoksdijk. De flat had een bijzondere vorm, een driehoek uitlopend in een scherpe punt. De ruimte in de punt van de flat was aan beide zijden voorzien van glas. Het was alsof je daar in de openlucht zat, met rondom uitzicht over de stad.

Hun appartement maakte deel uit van een groot wooncomplex bij het Stenen Hoofd. Daarachter lag een oud stukje Amsterdam, het Bickerseiland. De bewoners van dat eiland hadden heftig geprotesteerd tegen de bouw van 'hun' stenen kolos, die de oude garde inderdaad het vrije uitzicht op het IJ ontnam.

Vlug liep ze onder het spoor door naar de supermarkt. Daarna wipte ze nog even binnen bij de Coffee Company, vijftig meter verderop. Ze kwam er wel vaker, de laatste maand zelfs geregeld. De meeste bezoekers lazen hun krant aan een grote houten tafel of zaten over hun laptop gebogen. Slechts hier en daar werd gekletst.

Ze hing haar jas over de rug van een barkruk en nam plaats om haar vaste bestelling door te geven aan het meisje achter de bar.

'Een latte,' zei het meisje even later en ze zette het glas voor haar neer.

Ze schrok op uit haar mijmeringen. Er ging de laatste tijd geen dag voorbij of Jochem en zij hadden ruzie. Ooit had ze heel wat in hem gezien. Hij had indruk op haar gemaakt, zoals hij dat op iedereen leek te doen. Midden dertig, opvallende kale kop met die eeuwige zonnebril erbovenop, man van de wereld. De superbankier die zich alles kon permitteren. Ze had zijn arrogantie geduid als vrijgevochten en was voor hem gevallen. De wereld kon hem niks meer maken, hij maakte de wereld. En hij liet het ook niet na zijn levensmotto overal te herhalen.

Zij was drieëntwintig. Al snel kwamen de eerste twijfels, maar haar vader had hun relatie afgekeurd en daarom was ze ermee doorgegaan.

Ze roerde afwezig met het houten staafje door het grote glas koffie. Als enig kind, opgegroeid in een beschermd milieu, en met een vader die president-directeur van de Kc Bank was, had het haar nooit aan iets ontbroken. Nou ja, behalve een vader dan, want ze zag hem vrijwel nooit in die kapitale villa in Aerdenhout. Het gelukkige gezin leek niets te ontberen, tot die noodlottige dag dat haar moeder stierf.

Ze zou nooit vergeten hoe ze door het hoofd van de school uit de klas was gehaald. Of Claire Remmelts even mee wilde komen naar zijn kantoor. Daar zat hun huishoudster Magda, die haar in tranen vertelde over het auto-ongeluk. Haar vader was er niet. Natuurlijk niet. Het was haar meegevallen dat hij op tijd in Nederland terug was geweest voor de begrafenis. Ze was toen zestien.

Ze groeide op met Magda, dopte twee jaar lang haar eigen boontjes en ging het huis uit om in Amsterdam communicatiewetenschappen te gaan studeren. Het eerste jaar namen feesten de meeste tijd in beslag, sporadisch zonderde ze zich een paar dagen af voor een tentamen. Daarna had ze haar draai wel gevonden en nu scheidde alleen haar eindscriptie haar nog van haar bul.

In de wereld van de reclame had ze haar eerste spoortjes al verdiend, een paar opdrachten die ze uit wilde bouwen tot een eigen reclamebureau. Een van die opdrachten was voor haar vaders bank, en daar had ze een half jaar geleden Jochem leren kennen. Hij had zijn zinnen op haar gezet en zij was gezwicht.

Sindsdien bestond haar leven voor een groot deel weer uit party's vol drank en coke, en de scriptie zou nog even op zich laten wachten. In het begin was meedoen interessant geweest, spannend. Maar geleidelijk begon ze een hekel te krijgen aan het gebral van Jochem en zijn vrienden. Daarom had ze onlangs een besluit genomen en was met Marcella Horowitz weggelopen van een feest. Die was dat decadente gedoe ook meer dan zat geweest.

Ze schudde zachtjes haar hoofd. Jochem. Niet alleen dat gesnuif stond haar inmiddels tegen, ook het gesnoef, het volstrekt onzinnige smijten met geld. Alles wat in het begin zo leuk en uitdagend was geweest, had zijn glans volstrekt verloren.

Maar echte walging en achterdocht vochten pas sinds deze week om voorrang. Hij had 's avonds achter zijn laptop gezeten toen zijn telefoon was gegaan. Hij was naar het balkon gelopen om daar ongestoord te bellen. Zij had de borden van de tafel gepakt en was langs zijn bureau naar de keuken gelopen. Zijn laptop stond nog opengeklapt, wat hij nooit eerder had laten gebeuren, en dat had haar nieuwsgierigheid gewekt. De openstaande mail zei haar eerst niets. Pas bij de laatste alinea waren haar de schellen van de ogen gevallen. 'Cliënt doet zeven blokjes IJburg,' schreef advocaat Horowitz, Marcella's man, aan Jochem. 'Twee voor jou, vijf voor ons.'

Jochem zat met Bram Horowitz in huizendeals, dat bleek hier wel uit. Met de snuivende vriendjes vastgoed doorschuiven was iets wat bij de bank van haar vader absoluut not done was.

Toen hij van het balkon terugkwam, was ze er direct over begonnen en Jochem was woedend geworden. Hoe durfde ze in zijn mail te kijken? Vertrouwde ze hem niet?! Hij keek even met een woeste blik naar haar verblufte gezicht, veranderde toen zijn gelaatsuitdrukking naar poeslief en had haar in zijn armen genomen. Dat hij naast feesten ook zaken deed met Bram, wist ze toch? Twee voor zijn bank, vijf huizenblokken voor een concurrent. Jammer, Jochem had op meer gehoopt. Dat was alles wat het mailtje inhield. Hij zou zijn prachtige baan toch nooit voor wat vastgoed in de waagschaal stellen? Natuurlijk, hij hield van avontuur en risico, maar niet met dit soort dingen.

Die reactie had haar aan het twijfelen gebracht. In eerste instantie was ze opgelucht geweest, Jochem had kennelijk niets op zijn kerfstok. Maar in tweede instantie begon de twijfel opnieuw te knagen: misschien was zijn eerste reactie wel de echte. Ze wist het niet, ze had 's nachts eindeloos liggen piekeren.

Vanochtend, toen hij naar zijn werk was, had ze zijn laptop gezocht, maar niet gevonden. Misschien had ze daarom het besluit genomen om haar vader te bellen. Ze hadden hun gebruikelijke korte conversatie gevoerd, maar dit keer had ze gemerkt dat haar vader zeer aandachtig naar haar verhaal had geluisterd. Aarzelend had hij haar gevraagd of ze nog een keer in Jochems computer kon kijken of er nog meer van dit soort mails waren. En die vraag hield haar nu bezig.

Ze bracht het glas naar haar lippen. Haar latte was inmiddels koud geworden. Wat moest ze nu? Het liefst sprong ze op de trein naar Parijs of Berlijn, weg van Jochem en vooral van de vraag van haar vader om haar vriend te bespioneren.

'Wat een zucht,' klonk het naast haar.

Ze had hem niet zien binnenkomen. Ze kwamen hier beiden regelmatig. In het begin hadden ze alleen geknikt als ze elkaar zagen. Maar ze observeerde hem stiekem terwijl hij stoïcijns zijn krant leek te lezen. Uiteindelijk waren ze een week eerder naast elkaar terechtgekomen, een gegeven dat tot een oppervlakkig, kort gesprekje over het weer, honden en de politiek had geleid. Zijn verschijning liet haar niet koud, had ze gemerkt. Zijn ogen waren hartverwarmend en ontwapenend. Het tegenovergestelde van Jochem; de man naast haar straalde gevoel uit. Ongetwijfeld werd hij op een feestje nooit dronken, laat staan dat hij met zijn neus boven een spiegeltje coke zou hangen. Voor haar allemaal redenen om snel een einde aan het gesprekje te maken en te vertrekken. Dit was iemand uit een andere wereld. Iemand met een vrij beroep, zeker geen ambtenaar met kantoortijden. Hij zou zo voor een Italiaan of Spanjaard kunnen doorgaan, met die zuidelijke uitstraling. Terwijl hij tijdens hun kennismaking over de neerdalende regen zat te neuzelen, had ze zich even afgevraagd hoe het zou voelen als ze met haar hand over zijn donkere gezicht zou strijken.

Stephan. Zo heette hij, dacht ze als om zichzelf wijs te maken dat ze zijn naam echt alweer vergeten was. Hij nam een slokje van zijn koffie, keek haar vragend aan en zag haar aarzeling.

'Zucht?' drong hij aan en zijn ogen twinkelden.

Ze moest wat zeggen, al kon dat natuurlijk nooit de waarheid zijn.

'Opgebrand,' mompelde ze. 'Afgemat en uitgeput.'

Hij knikte begrijpend. 'Aan vakantie toe.'

'Jij snapt het.'

Stephan hief zijn handen. 'Claire, dan ga je toch? Spring op een vliegtuig, ga naar Mallorca, naar Bonaire. Of hou je meer van sneeuw?'

Ze wilde antwoorden dat ze daar geen tijd voor had, dat haar werk het niet toeliet, desnoods 'onthullen' dat ze al een Jochem had, maar hij gaf haar geen kans. Terwijl ze haar mond opende, legde zijn opgestoken wijsvinger haar het zwijgen op.

'Of van autorijden in de woestijn?'

'Hoezo dat?' vroeg ze verbluft.

Haastig gebaarde hij naar het meisje achter de bar dat ze nog twee glazen koffie neer moest zetten. 'Kun je nog een beetje kaartlezen, ook?'

'Beter dan jij,' zei ze zelfverzekerd. 'Ik ken elk sluipweggetje langs elke Franse tolweg.'

Hij trok minachtend een wenkbrauw op. 'Da's toch iets anders dan een tourtje door een woestijn, hoor. Daar ligt geen asfalt en vind je ook geen stukje vangrail. Laat staan een tolhuisje of een Van der Valk.'

Ze schoot in een verontwaardigde lach. 'Denk je soms dat ik niet zonder luxe kan? Wat ga je in die woestijn doen?'

Hij staarde haar over de rand van zijn glas aan. 'Rallyrijden,' zei hij toen. 'Een soort Parijs-Dakar maar dan met allemaal Landrovers.' Hij dacht even na en zette zijn glas toen bijna ceremonieel op de bar. 'Als je wilt, mag je mee. Als je tenminste echt zo goed kaart kunt lezen als je beweert.'

Met grote ogen keek ze hem aan. Allerlei gedachten schoten door haar hoofd: studie, Jochem, maar ze verwierp ze allemaal. Voorlopig tenminste; zo dadelijk mocht de realiteit van het leven weer winnen. Nu wilde ze even wegzweven op de gedachte dat ze werkelijk met een onbekende, knappe man een woestijn in zou trekken.

'Je meent het, hè?'

Hij knikte.

'Bij zo'n rally moet je altijd een bijrijder hebben, en in de woestijn helemaal. En het lijkt me wel leuk om dat eens met een vrouw te doen.'

'Een vrouw...' herhaalde ze tergend langzaam. 'Ik dacht dat het je speciaal om mij te doen was.'

'Heb ik ooit eerder een vrouw gevraagd, dan?' Hij schudde zijn hoofd. 'Ik had er nog nooit over nagedacht tot dit moment. Kennelijk had ik er voorheen geen behoefte aan.' Hij grijnsde. 'Is dat antwoord eerlijk genoeg? Maar ik zou het begrijpen als je niet met een wildvreemde vent...'

Nu dwong Claires hand hem tot zwijgen.

'Misschien bega ik de stomste fout in mijn leven, maar angst voor jou, wildvreemde vent, zal geen reden zijn om nee te zeggen.'

2

'Anne, Cok aan de telefoon voor jou,' riep Herman van Hoogen.

Zonder te kijken stak Anne Kramer haar hand op, ten teken dat ze hem gehoord had.

'Zeg maar dat ik zo terugbel,' riep ze erachteraan.

Ze keerde zich weer tot de rechercheurs met wie ze in gesprek was. De laatste dagen had ze zich geërgerd en ze was nog niet klaar met haar preek over de rotzooi in de recherchekamer. Anne was niet het type dat dit soort zaken opspaarde voor de vergadering.

'Kijk nou toch hoe die planten erbij staan! Als het geen koffie of bier lust, is het jullie verantwoordelijkheid niet meer of zo?'

'Ze vraagt of je misschien ontslagen wil worden,' riep Herman, harder dan de eerste keer.

'En het is hier een stofnest! Schoonmakers willen jullie hier niet hebben vanwege de vertrouwelijke stukken, maar dan heb je er zelf voor te zorgen dat het een beetje leefbaar blijft. Haal er in vredesnaam een natte lap doorheen, zo veel werk is dat nou ook weer niet.'

'Anne, je vergist je,' grapte Dirk, 'Een grote schoonmaak doe je in de lente en het is nog hartje...'

Ze draaide zich op haar hakken om, zette haar handen op de rand van zijn bureau en boog zich naar hem toe.

'Zeur niet, Dirk.' Toen schoot ze in de lach.

De oudgediende rechercheur straalde, zijn grote snor ging van pret op en neer.

Anne lachte met twinkelende ogen naar hem. Ze had een zwak voor die man, samen met Jaap vormde hij een geweldig recherchekoppel. Altijd stonden ze klaar, bij nacht en ontij waren ze aan het werk. Dirk was de man met de grote mond, de bullebak, altijd recht voor z'n raap, maar hij had een heel klein hartje en was goudeerlijk. Jaap was zijn tegenpool; als het stormde bleef hij rustig en gebruikte hij zijn verstand. Hij ving veel emoties op die Dirk nog weleens teweegbracht.

Anne wendde zich tot teamchef Jolanda. 'En moet ik nou zelfs de vrouwen erop aanspreken?'

'Anne!' Hermans geduld raakte op.

Jolanda keek haar somber aan.

'Met dit clubje dodo's? Volkomen zinloos. Planten, bloemen, ze halen het eind van de week niet eens. Ik heb het een paar keer geprobeerd; ik begin er niet meer aan.'

'Wat denk je van werkfruit?' opperde Anne.

'Wat?'

'Werkfruit, dat is gezonder dan al die snacks tussen de middag. Er wordt te weinig gesport, alle collega's hier hebben een zittend leven. Fruit in plaats van friet. Dat lijkt me best een goed idee.'

'Heb jij een cursus gevolgd of zo?' was het korzelige antwoord. Ze mocht Anne graag, maar net als de rest had ook Jolanda wel wat anders te doen.

'Nou, een of twee keer per week een schaal fruit op de recherchekamer.'

'Moet je nodig doen. Zegt het woord "bananenschil" je iets? Of "fruitvliegje"? Als je die kerels een sinaasappel laat schillen, wordt het hier een onhygiënische rotzooi waar ik niet in wil zitten.' Haar jaren als politieagente hadden Jolanda wat cynisch en argwanend gemaakt. 'Trouwens, wie betaalt dat fruit?'

Tersluiks keek ze naar haar chef. Een beetje jaloers was ze wel. Anne was slank en afgetraind, alles wat ze droeg stond haar goed. Maar ook dat zou die kerels niet aan de kiwi's krijgen, dat was wel zeker.

'Anne, laatste keer!'

'Bedenk iets!' riep Anne nog, waarna ze zich omdraaide en naar Herman liep. 'Ik zou willen dat de Smaakpolitie hier een kantoortje toegewezen kreeg.' Ze griste de haar toegestoken hoorn uit Hermans hand. 'Ja Cok, wat is er?'

Een paar minuten later liep Anne de kamer van hoofdcommissaris Eerenberg binnen. Hij zat achter zijn bureau aan de telefoon en beduidde haar plaats te nemen. Ze ging zitten en keek rond. Ze zou die labbekakken dit eens moeten laten zien, dacht ze met een glimlach, hier werd alles dagelijks bijgehouden. Een prachtige muurschildering sierde de grote statige kamer. Eerenberg was in een paar maanden oud geworden, vond ze. Zijn stem klonk zorgelijk. Hij zou eens een tijdje de zon in moeten, op vakantie, weg van alle besognes. Hij ging nooit ver van huis, hij kon niet leven met de gedachte dat er hier iets gebeurde terwijl hij weg was.

Zijn uniformjasje hing keurig over een stoel. Zo'n grote rij onderscheidingstekens zou ze zelf nooit opspelden. Belachelijk, typisch mannelijk machogedrag dat Eerenberg helemaal niet nodig had. Ze was hem in de afgelopen jaren gaan waarderen als een man die voor zijn korps stond. Als hij maar even tijd had, bezocht hij zijn onderdelen. Op de werkvloer werd hij daarom op handen gedragen, hij kon met de agenten over het werk praten omdat hij er alles van afwist. Jarenlang was hij zelf chef van een rechercheonderdeel geweest, je hoefde hem geen onzin te verkopen, daar prikte hij zo doorheen. Ze keek toe hoe hij de telefoon op de haak legde. De reden waarom hij haar ontboden had, zou nu snel duidelijk worden.

'Anne, ik heb maar een momentje, ik moet zo naar de gemeenteraad. Maar er is iets wat niet kan wachten. Ik ben gebeld door Bert Remmelts, president-directeur van de Kc Bank. Ik ken hem goed. Hij heeft een privéprobleem en daarvoor speciaal om jou gevraagd.'

Ze trok vragend haar wenkbrauwen op.

'Zijn dochter van drieëntwintig is sinds een paar dagen spoorloos. Ik wil dat je dat onderzoekt.'

Anne liet de woorden even op zich inwerken. Een vrouw van drieëntwintig die een paar dagen onder water was, kwam vaker voor.

'Waarom ons bureau Zware Criminaliteit? Wij doen geen vermissingen, behalve als...' Ze rechtte haar rug. 'Denk je dat ze ontvoerd is, of zo?'

'Ik denk vooralsnog niets, maar Remmelts was behoorlijk over zijn toeren. Ik wil straks niet in de krant lezen dat wij op zo'n signaal van een bankdirecteur niet adequaat hebben gereageerd.' Hij stak haar een briefje toe met een nummer erop.

Traag pakte ze het aan en vouwde het dubbel. 'Goed,' zei ze berustend, 'ik stuur Herman wel.'

'Niks daarvan, jij gaat. Jij zelf. Vanmiddag nog.'

Zijn stem was als bij toverslag een octaaf omhoog gegaan en Anne wist direct dat verdere tegenspraak meer dan onverstandig was.

'Als jij op zijn stoel zat, zou je precies hetzelfde doen,' zei Cok even later. 'Hij wil hier niet jouw beste, maar dé beste bovenop.'

'Als het zo ernstig is, moet hij gewoon alle registers opentrekken. Maar voor de dochter van zijn vriend die de hort op gaat...' Ze keek kwaad. 'Ik heb wel wat anders te doen!'

De oude secretaresse liet haar hoofd op haar gevouwen handen steunen. 'Echt waar?' Niemand zou het wagen om nee te zeggen tegen Eerenberg, ook Anne niet. 'Hij volgt zijn gevoel, net als jij zo vaak doet.' Cok kneep haar ogen een beetje dicht. 'Je bent een paar kilo kwijt, is het niet?'

Anne sprong op van haar stoel. 'Goed hè? Twee keer in de week in de vroege morgen tien kilometer. Alleen rode wijn 's avonds en geen aardappels.' Ze maakte een sierlijke pirouette.

Op dat moment zwiepte Eerenbergs kamerdeur open en zonder op of om te kijken beende de chef langs Coks bureau. Het scheelde niet veel of Anne was midden in haar dansje door haar haastige chef ondersteboven gelopen.

3

Jochem Breedveld was als jonge academicus bij de Kc Bank begonnen. Het hele traject naar de top had feitelijk als een blauwdruk over zijn carrière gelegen. Een paar jaar locatiedirecteur van het kantoor op het Haarlemmerplein, daarna Investment Banking op het hoofdkantoor aan de Zuidas. Hij werd in recordtijd hun topman op het gebied van aandelenemissies en fusies van bedrijven.

De overstap naar Kredietverstrekking hadden ze hem vervolgens op een presenteerblaadje aangeboden. Inmiddels verzorgde Jochem de grote leningen van de Kc Bank in de vastgoedsector en zowel nationaal als internationaal was hij het aanspreekpunt bij de bank voor deze sector. Hij was succesvol, en dat betekende dat zijn bonussen dat ook waren.

Binnen de bank werd met enig ontzag over de bonusjongens gesproken, de kleine groep die de extra miljoenen onder elkaar mocht verdelen. Ieder jaar moest er weer over de hoogte van die bonus onderhandeld worden. Van zijn collega's had hij geleerd dat je nooit tevredenheid moest uitstralen. Het waren harde onderhandelingen, dreigen dat je zou overstappen naar de concurrentie werkte het beste en Jochem was er een meester in geworden, zozeer dat hij het zich op party's zelfs kon veroorloven om laatdunkend over het bestuur van de bank te schamperen, dat opnieuw voor hem door de knieën was gegaan.

Feitelijk had hij alles wat de bank te bieden had al bij elkaar bedongen en dat maakte Jochem Breedveld ongedurig en ongeduldig. Zijn terreinwagen stond op een gereserveerde plek in de garage onder de bank, hij had inmiddels meer vakantiedagen dan alle anderen, en kon naar vrijwel ieder bancair congres ter wereld dat hem interesseerde.

Zijn werk bood al een flinke tijd geen uitdagingen meer en dat was de reden waarom hij die uitdagingen zelf had gezocht en gevonden.

Al een uur zat hij de krant te lezen, een groot glas borrelende tonic met een stiekeme scheut gin in zijn hand en zijn jasje over de rugleuning van zijn riante bureaustoel. Buiten brandde de straatverlichting. Hij bleef meestal tot een uur of acht in het gebouw, soms wierpen die extra uren vruchten af als er ergens aan de andere kant van de wereld plotseling iets van belang gebeurde, maar meestal was het gewoon genieten van de rust op de uitgestorven verdieping. Jonge honden als Jochem keken neer op het klootjesvolk dat zich om vijf uur naar de metro haastte om op tijd bij moeder de vrouw en de dampende aardappelen aan te schuiven. Je kon er de klok op gelijk zetten, dat was het enige waar ze goed voor waren.

Achterover in zijn stoel hangend, drukte hij op een sneltoets van zijn telefoon. PP, Peter Paul de Graaf, was ongetwijfeld ook nog op zijn plek. Jochem had PP leren kennen op de vestiging Haarlemmerplein, daar was hij tweede man geweest.

Peter Paul lachte toen hij opnam.

'Ik geniet van de stilte. Dat doe ik trouwens al sinds de dag dat jij opdonderde hier.'

Gedurende hun tijd samen was het nooit stil geweest, avond aan avond hadden ze doorgewerkt om van het Haarlemmerplein een van de best lopende vestigingen te maken. Het was een mooie tijd geweest. Toen Jochem hoorde dat hij overgeplaatst zou worden, had hij de hoofddirectie van Kc Bank voorgesteld om Peter Paul locatiemanager te maken.

Harald Evenhuis, de verantwoordelijke directeur, had Jochem neerbuigend aangekeken en toen gevraagd waar hij zich mee bemoeide. Hij was zo'n arrogante klootzak die dacht dat hij de wijsheid in pacht had. Jochem vond het erg kortzichtig om PP niet te benoemen, het voelde als een motie van wantrouwen tegen hemzelf.

Recent had hij overwogen Bert Remmelts er alsnog op aan te spreken, maar daar had hij toch maar van afgezien. Zijn positie als 'man van de dochter van de baas' hielp niet wanneer die baas zelf niet al te gelukkig met die relatie was, dat had hij de afgelopen tijd regelmatig gemerkt.

Jochem wist dat PP er niet vrolijker op was geworden nu zijn promotie steeds maar uitbleef, maar ze waren wel vrienden gebleven, de band was er nog altijd. Als Ajax thuis speelde, zat hij steevast gebroederlijk met PP op de hoofdtribune. Tijdens die wedstrijden liet Jochem zich nog weleens meeslepen door zijn emoties en dan was wat er uit zijn mond rolde niet altijd even beschaafd.

Peter Paul was een heel ander type, bijna het tegenovergestelde. Hij was een keurige vijftiger, netjes gekleed met een sfeerloos dasje op een even saai overhemd. Op het eerste gezicht zou je niet denken dat ze veel met elkaar op hadden. In de loop van de tijd hadden ze echter geleerd dat het erg voordelig was elkaar de bal toe te spelen.

Jochem had de bevoegdheid op het hoofdkantoor grote leningen te fiatteren, zaken die boven het mandaat van Peter Paul uit gingen. Dat lag in het begin gevoelig bij zijn oudere vriend, maar al snel kwamen ze erachter dat een hechte samenwerking hun beider informatiepositie versterkte, wat hun geen windeieren legde.

'PP, die blokjes. Heb je dat nog geregeld?'

De afgelopen tijd had Peter Paul tientallen leningen gefiatteerd voor huizenblokken in Amsterdam en daarbuiten.

'Ligt al bij Noud,' was het geruststellende antwoord.

Het vastgoedbedrijf van hun vriend en makelaar Arnoud de Vries floreerde inmiddels volop, er werd gekocht en weer doorgeschoven. Niemand merkte het verhoudingsgewijs kleine deel duistere geld op dat naast de bankleningen en investeringsfondsen voor de aankopen werd binnengesluisd.

'Moet je horen, Brams klant doet mee.' Jochem wilde niet te enthousiast klinken. 'Voor minstens twintig procent en ook nog heel snel. IJburg gaat echt een megaklapper worden.'

'Dat zeg je nou wel steeds, maar voor hetzelfde geld klapt-ie mega midden in ons eigen gezicht,' zei PP op scherpe toon. Hij had meerdere redenen voor zijn terughoudendheid, maar hij waakte er wel voor die allemaal aan Jochems neus te hangen; dat hij op zijn stomme kantoortje aan het Haarlemmerplein zat en Jochem de grote jongen uit kon hangen, was er namelijk maar één van.

Te grote deals vielen op, door accountants van de bank werd er streng op gelet. De kans bestond dat ze vervolgens de herkomst van de andere geldstroom zouden ontdekken, en dan brak de hel los.

'Je weet mijn standpunt daarover: klein is fijn. Man, heb je nog niet genoeg?'

Jochem draaide zijn stoel en legde zijn benen over elkaar op de vensterbank terwijl hij over de duizenden lichtjes van Amsterdam uit-keek.

'Zou je niet eerst het dossier moeten bekijken voor je botweg "nee" zegt?'

'Hoezo?' zei Peter Paul. 'Dat heb je me toch allemaal al verteld? Het gaat erom de risico's af te wegen. En dit risico is te groot en te dom en te overbodig.'

'En heel lucratief voor het geval je carrière bij KcB uitblijft tot aan het einde der tijden.'

Het bleef even stil aan de andere kant.

'Wat weet jij wat ik niet weet?' vroeg PP toen.

'Wil je echt dat ik dat zeg? Dat er allerlei vriendjes in zadels moeten worden geholpen en dat mijn vriendje ergens onder aan de wachtlijst bungelt. Ik hoorde het vanmiddag nog van onze nationale zakken-wasser Evenhuis. Ik kon lullen als Brugman, je hebt geen schijn van kans.'

Peter Paul gromde, maar zelfs dit argument deed aan zijn weer-stand tegen IJburg niets af. Jochem hield te veel van risico's. Hij was eraan verslaafd, waardoor ze ook steeds groter werden. De eerste keer was het een kleinigheid. Bram Horowitz vroeg Jochems mede-werking bij een vastgoedtransactie van een huizenblok in Oud-Zuid. Ieder kind kon zien dat de verzochte hypotheek voor dat blok veel te laag was. Toen PP daar vragen over stelde aan Jochem, was het wat lacherige antwoord dat de rest van het geld van Brams 'vierdenreke-ning' kwam. Peter Paul wist toen genoeg: het stonk. Maar dat was voor hem geen reden om er niet aan mee te doen.

Vanaf die dag verdiende hij meer dan behoorlijk; Bram was stipt met betalen en het leven lachte PP toe. Het was dan ook van kwaad tot erger gekomen, maar het geld was genoeg om het geweten te sussen, als dat al aanwezig was. De kick voor Jochem was intussen dat ze iedereen te slim af waren. Hun transacties waren nooit opgevallen bij de interne accountants; Jochem vond het spannend, PP was welvarend en Bram tevreden. Maar met IJburg ging Jochem weer een grens over, een te ver. PP wilde dat ze voorzichtig bleven, de accountants moest-ie niet onderschatten.

'Kom jij zaterdag nog naar dat feestje van Arnoud?' wilde Peter Paul weten.

'Was ik niet van plan.' Jochem stond op, griste zijn jas van de leuning en liep door de gang naar de lift.

Peter Paul hoorde aan zijn stem dat er iets niet klopte.

'Claire?'

'Waarom vraag je dat?'

'Nou ja, laatst was ze ook al zo pissig. Heb je een probleem?' Peter Paul wakkerde het vuurtje graag nog wat aan.

'Zij is het probleem! Opgewonden kreng. Ze is op hoge poten naar een vriendin in Parijs vertrokken.' Hij stapte in de lift en drukte op de knop naar de parkeergarage.

'Tja... dochter van de baas,' bromde PP. 'Pas nou maar op dat ze pappie niet...'

'Bert pak ik wel in, PP, dochter of niet! Ze gaat me echt niet in de wielen rijden.' Hij waakte er wel voor om over Brams mailtje te vertellen en dat de ruzie daarover voor Claire aanleiding was geweest te vertrekken. Het laatste wat hij kon gebruiken was een PP die ook nog eens nerveus ging lopen doen. Jochem had op tafel haar briefje gevonden met de mededeling dat ze naar Bernadette was om na te denken zonder door hem lastiggevallen te worden. Hij had haar daarna nog drie keer gebeld, maar ze nam niet op. Hij had besloten het erbij te laten; ongetwijfeld zou ze terugkomen als ze haar stoom had afgeblazen. Tegen die tijd zou hij wel een deugdelijker smoesje hebben dan het vorige.

'Als ze er toch niet is, zal ik iets leuks organiseren,' vervolgde Peter Paul. 'Voor het feestje bij Arnoud.'

Met de mobiel aan zijn oor liep Jochem naar de parkeergarage. 'Heb je zin in een terreinrit?' Hij stapte in zijn Landrover en scheurde de garage uit. Nog geen tien minuten later pikte hij Peter Paul op bij het Haarlemmerplein.

'Zo jongen, jij moet verdomd hard gereden hebben.'

4

Het was allemaal begonnen door Sophie. Die had tegen haar gezegd dat je ook alleen gezelschapsdame kon zijn. Geen seks kon ook. Dat had Sophie destijds tenminste met haar meest onschuldige gezicht beweerd, en daarom was Lisa eraan begonnen. Althans, dat had ze zichzelf wijsgemaakt tot aan het moment dat het natuurlijk wel om seks bleek te gaan. Het had niet lang geduurd voor de geneugten van veel geld haar scrupules hadden overmeesterd.

Lisa was de oudste uit een gezin van vijf kinderen uit Deurne. Haar moeder stond er al jaren alleen voor, sinds haar vader aan een hartinfarct was overleden. Te veel drank hadden ze gezegd. Lisa wist wat het was om ieder dubbeltje te moeten omdraaien, er was nooit geld in huis.

Lisa wist ook dat ze er goed uitzag, in Brabant zaten de jongens voortdurend achter haar aan en in het Amsterdamse studentenleven was daaraan niets veranderd. Ze ging er zelden op in, ze was niet zo'n jongensgek.

Haar studiebeurs vulde ze aan met allerlei baantjes. Een deel van het geld legde ze opzij voor thuis, iets extra's voor haar moeder. Na een tijdje kon ze een containerwoning huren aan de Wenckebachweg, en daar had ze Sophie leren kennen, die er al een jaartje woonde. Een beetje jaloers was ze wel toen Sophie al vrij snel een flat in de Oosterparkstraat betrok, waarvan de huur ver boven Sophies inkomen moest liggen.

Ze zagen elkaar nauwelijks meer, tot Sophie op een avond opdook in de drukke kroeg aan het Rembrandtplein waar Lisa werkte.

'Hoe gaat het?' schreeuwde Sophie boven het lawaai uit. 'Sta je nog steeds elke zaterdag te ploeteren?' Ze hing aan de arm van een knappe en onmiskenbaar welgestelde vent.

Bezweet en met de grootste moeite hield Lisa het blad met lege glazen rechtop. 'Ja, nog altijd lekker bikkelen hier,' krijste ze terug.

'Ik zou een andere baan zoeken als ik jou was,' antwoordde Sophie. 'En als er toch de hele avond allerlei kerels aan je zitten te plukken, waarom zou je je er dan niet behoorlijk voor laten betalen? Bel me van de week even!'

Aan de handtastelijkheden van bezoekers, zeker de dronken exemplaren, was inderdaad nauwelijks te ontkomen. Als Lisa met een blad vol bier boven haar hoofd door de massa schoof, voelde ze overal handen aan haar lijf, ze pakten haar waar ze maar konden. Ze was eraan gewend geraakt, maar Sophies woorden galmden de dagen daarna door in haar hoofd.

Ze belde Sophie en ging bij haar op bezoek. Sophies appartement leek wel een paleis als ze het vergeleek met haar eigen container.

'Gezelschapsdame... zonder seks? Wees eerlijk, Sophie. Ga jij met die kerels naar bed of drink je er alleen maar een biertje mee?'

Sophie gaf niet eens antwoord, ze deed alsof ze druk was met het föhnen van haar haar. Dat zwijgen zei Lisa genoeg.

'Je moet niet langer het plattelandsmeisje uithangen, Lisa. Het is lekker en makkelijk verdiend. Wat is het verschil tussen een vent die in je tieten knijpt en een vent die je voor tweehonderd euro in je tieten knijpt?'

Lisa haalde niet-begrijpend haar schouders op.

'Tweehonderd euro, stomme doos!' riep Sophie. 'Zal ik je inschrijven bij Dutch Student?'

Lisa keek sceptisch. 'Ik ben toch verdomme geen hoertje?'

'Gezelschapsdame. Je gaat met meneer mee en daar krijg je goed voor betaald. En als meneer meer wil, krijg je nog meer betaald. Je bepaalt je eigen tijden, bent je eigen baas. Als een vent je niet aanstaat, doe je het gewoon niet. Enne... *don't call during college hours*,' riep Sophie lachend.

Ze hadden er nog een tijdje over gepraat en Sophie bleef schamperen dat het de gewoonste zaak van de wereld was. Als het je toch al niet veel deed, waarom zou je er dan op z'n minst niet een beetje voordeel van hebben? Of had ze zo veel geld dat ze zich geen zorgen hoefde te maken? En als ze het niet voor zichzelf deed, voor haar moeder waren die extra centen een geschenk uit de hemel... Uiteindelijk gaf Lisa toe.

Alle begin was moeilijk. Ook Sophie had ooit gedacht alles zelf te kunnen beslissen. Een kinderlijk idee, zo zat de wereld van de escort niet in elkaar. Mannen wilden altijd het hele pakket en sommigen nog wat meer dan het alledaagse. Je moest je eroverheen zetten, het zou wennen, en daarna ging alles vanzelf. Sophie was inmiddels een dure hoer, die plezier veinsde en verder haar ogen stijf dichtkneep, zichzelf wijsmakend dat ze er eigenlijk niet bij was. Eerlijk gezegd had ze nog nooit meegemaakt dat haar gezelschap alleen wilde dineren en praten, want het eindigde altijd in bed, in bad of op een tafelblad. Haar klanten waren over het algemeen een stuk ouder, niet echt de types waar zij op viel, maar ze brachten behoorlijk wat geld op en ze was inmiddels gehecht geraakt aan dat geld. Een nieuw meisje dat ze aanbracht leverde haar een bonus op en de vraag naar triootjes leek de laatste tijd toe te nemen. Om die redenen had ze zo op Lisa ingepraat.

Al snel werd Lisa gebeld. De vrouw aan de andere kant van de lijn had maar een paar gegevens van haar nodig, ze ging af op de voorspraak van Sophie, dus dat zat wel goed. Vanaf dat moment kon ze elk moment een oproep verwachten.

Lisa schrok toch toen ze voor de eerste afspraak werd gebeld; ze werd een paar dagen later om zeven uur ergens op de Brouwersgracht verwacht.

Ze was nerveus, sliep nauwelijks en dacht aan haar moeder die haar nooit meer aan zou kijken als ze hierachter kwam. Ze dacht aan vieze oude mannetjes, aan geld, aan verkrachting, aan allerlei scenario's.

Vrijdagavond belde ze in tranen Sophie, over haar toeren riep ze dat ze het niet ging doen. Sophie herkende het allemaal, bij haar was het niet anders gegaan. De eerste keer is eng, wist ze.

'Kom maar naar mij toe, vannacht slaap je bij mij.'

Uren hadden ze in bed liggen praten, soms lachend, dan weer in tranen. Sophie was een leerschool vol prachtige anekdotes. Uiteraard vertelde ze niet alles, Lisa moest er in de komende tijd zelf achterkomen hoe de werkelijkheid in elkaar stak.

5

Chagrijnig stapte Anne de kamer van haar plaatsvervanger Herman van Hoogen binnen.

Ze had ervoor gezorgd dat Herman bevorderd werd tot hoofdinspecteur van politie. Hij was de stabiele factor, de vakman, werkte al jaren bij de recherche en had alles wat je maar kunt bedenken meegemaakt. Zelfs confrontaties met terroristen, waarbij collega's ernstig gewond waren geraakt.

Ze vulden elkaar goed aan. Zij was bij tijd en wijle een emotionele en driftige tante, met de wat oudere maar flamboyante Herman aan haar zijde. Hij was een van de weinigen die haar op haar nummer konden zetten. Het lag in de lijn der verwachting dat Herman tot zijn pensionering op deze post zou blijven, een coryfee die nooit zou verdwijnen.

Voor jonge managers als Anne was dat niet weggelegd, of ze dat nu leuk vonden of niet. Zij moesten in alle geledingen van het korps ervaring opdoen voor ze uiteindelijk in de absolute top terecht konden.

Tegenwoordig kon dat zeer snel gaan, zeker met een minister van Binnenlandse Zaken die de burgemeesters onder druk zette om meer vrouwen tot korpschef te benoemen. Een vrouw als Anne kon met haar staat van dienst in het hele land solliciteren.

Hoewel hij het nooit openlijk zou toegeven, wilde Herman dat ze nog jaren bleef. Ze was eerlijk en behoorlijk kritisch op haar eigen handelen, en streng doch rechtvaardig voor haar ondergeschikten. Ze moest echter wel beter leren omgaan met haar impulsiviteit en niet te veel stunts uithalen.

Hij keek verstoord op van een dossier toen ze binnenkwam.

'Herman, kun je met me mee?'

'Nu?' Hij schudde zijn hoofd.

'Ik heb graag dat je meegaat.'

Het klonk eerder als een smeekbede dan als een bevel. Met een zucht legde hij een hand op de bladzijde die hij aan lezen was en keek haar aan.

'Waarom? Wat is er dan?'

Ze vertelde hem van Eerenbergs opdracht.

'Wij zijn Zware Criminaliteit, geen verloren voorwerpen, vermiste personen en verdwenen huisdieren.' Herman zuchtte mismoedig. 'Ik moet morgenochtend getuigen voor de rechtbank, chef. Ik kan echt niet. En ik vind eerlijk gezegd dat jij ook niet zou moeten kunnen.'

'Herman, begrijp het nou, die Remmelts is een persoonlijk vriendje van Eerenberg. Doe niet zo lullig.'

Herman grijnsde. 'Zo'n kleinigheidje kun jij toch wel alleen op-knappen? En meteen een spaarrekening bij hem openen.'

Anne stond met haar handen in haar zij, een rode blos op haar wangen.

'Anne, dit dossier moet ik vandaag nog uit mijn hoofd kennen, anders krijg ik morgen echt problemen.' Herman zette zijn leesbril weer op de punt van z'n neus. 'En dan loopt er een stuk schorem op straat, en dat wil ik niet en jij ook niet. Sorry.'

'Anne Kramer.'

De receptioniste tuurde naar een lijst en knikte. 'U staat aange-meld, hebt u een legitimatie bij...?'

Ze slikte haar laatste woorden in terwijl Anne de politielegitimatie onder haar neus stak.

'Als u even plaatsneemt, zal ik doorgeven dat u er bent, mevrouw Kramer.'

Anne ging aan een grote tafel met allerlei kranten en tijdschrif-ten zitten, midden in een ruime ontvangsthal. Dit was in elk geval chiquer dan de kleine portiersloge van het hoofdbureau. Daar ston-den soms meerdere mensen op een vierkante meter te wachten tot ze opgehaald werden.

Het was de eerste keer dat ze een van de bankgebouwen aan de Zuidas betrad. Onvoorstelbaar wat hier in een paar jaar was neergezet. Het financiële hart van Nederland verdiende ongetwijfeld een bijzondere skyline, maar toch ontkwam ze niet aan een gevoel van grootheidswaanzin. Megalomanie was het bankwezen bepaald niet vreemd. Toen ze over de Ring naar de KcB reed, vroeg ze zich al af waar de banken dit van betaalden; dat kon nooit van haar spaarcenten. Net zo min als de dikke bonussen en de kasten van villa's met hoge hekken eromheen, waar de bobo's zich konden uitleven. Remmelts ging er vast ook van uit dat hij haar in het rond kon commanderen.

Af en toe keek ze op de klok. Een kwartier verstreek en Anne begon zich op te winden. Als dit nog iets langer duurde, was ze vertrokken. Ze zou niet eindeloos blijven wachten op een man van wie Eerenberg beweerde dat hij haar zo snel mogelijk wilde spreken.

Ze bladerde chagrijnig door een magazine tot haar blik op een artikel viel. 'Place to be, criminele verbroedering aan de Zuidas.' Nieuwsgierig las ze door. 'Bankiers versus straatjeugd' luidde de subtitel van het paginagrote artikel.

'Dure maatpakken waren op vier veldjes gekoppeld aan de straatpingelaars uit de banlieus van Mokum. Hier spelen de moneymakers die de kredietcrisis hebben veroorzaakt met het straattuig uit Slotervaart. Op de trapveldjes is de inzet hoog, de managers van de banken worden aangesproken met "meester" maar hebben moeite het tempo van de vmbo-jeugd bij te houden. De zestienjarige Imad vraagt zich af: "Ik hoorde op tv dat mensen die hier werken crimineel zijn, is dat echt waar?"'

Remmelts was nu vijfentwintig minuten te laat. Haar geduld raakte op, ze wilde absoluut voor zes uur in Heiloo zijn om voor de kinderen te koken. Die waren weliswaar oud genoeg om zelf een maaltijd in elkaar te draaien, maar na haar scheiding probeerde ze als het enigszins kon op tijd thuis te zijn. Vaak tevergeefs, maar toch.

Ze legde het blad opzij. Wout en Marit waren achttien en zestien en behoorlijk zelfstandig. Bij Wout verliep de opvoeding zonder schokken, hij ging in het weekend regelmatig uit met z'n voetbalvrienden; Anne kende de meesten, over hem hoefde ze zich geen zorgen te maken. Bij Marit was dat anders, de laatste tijd was ze snel veranderd, ieder weekend was het raak: feesten en diep in de nacht pas thuiskomen. Ze vond dat moeilijk, zestien jaar was nog zo jong; tegelijkertijd wist ze dat meiden op die leeftijd allemaal al op stap gingen. Gelukkig had ze een hechte band met haar dochter, af en toe staken ze de koppen bij elkaar om vertrouwelijke dingen door te spreken. Marit had vriendjes bij de vleet, de jongens wisselden elkaar met grote snelheid af. Afgelopen weekend had ze met Marit over de pil gesproken, maar die had haar schouders opgehaald en gezegd dat ze wel een seintje zou geven als die nodig was. 'Mam,' had ze gereageerd, 'er gebeurt niets wat ik niet wil.'

'Mevrouw Kramer?'

Anne schrok op. Een vriendelijk glimlachende vrouw in een onberispelijk mantelpak wenkte haar. Anne volgde. Zwijgend stonden ze naast elkaar terwijl de lift hen omhoog bracht.

Op de bovenste etage leidde de dame Anne een grote kamer binnen en vertrok daarna onmiddellijk.

In de kamer stond een groot antiek bureau, in de hoek een zitje. Er lagen geen dossiers op het bureau, er stond alleen een opengeklapte laptop.

Met uitgestoken hand kwam Bert Remmelts op haar af en keek haar met een paar doordringende ogen aan. Ze schatte hem eind veertig, vrij jong voor een bankdirecteur. Uiteraard in krijtstreep. Het stond hem goed. Hij nodigde haar met een gebaar uit plaats te nemen in het zitje. Zijn vraag of ze iets wilde drinken wuifde ze met een handgebaar weg. Hij fronste zijn wenkbrauwen, maar zei niets.

Anne zag een vermoeid gezicht. 'De hoofdcommissaris heeft mij gevraagd bij u langs te komen,' zei ze afgemeten.

Ze vermeed bewust Eerenbergs naam te noemen. Zij mochten vriendjes zijn, Anne zou haar professionele houding niet verliezen.

Remmelts knikte.

'Ik begrijp dat uw meerderjarige dochter een paar dagen weg is?'

'Sinds een paar dagen,' verbeterde hij. 'Mijn dochter is sinds een paar dagen vermist. Dat is niets voor Claire. Volgens haar vriend is ze naar Parijs, maar...' Zijn gezicht betrok. 'Ik heb mijn twijfels,' vervolgde hij toen. 'Voor ze verdween, belde ze me met een verhaal.'

Annes aandacht was getrokken. Uit haar tas haalde ze een schrijfblokje en een pen.

'Claire,' zei ze. 'Remmelts?'

Hij knikte. 'Claire Remmelts. Drieëntwintig, ik heb al bijna een week geen contact met haar kunnen krijgen. Ze beantwoordt haar voicemail niet, geen sms, niks.'

'U hebt het iedere dag geprobeerd?'

'Iedere dag, ja.'

'En uw vrouw, kan zij ook geen contact krijgen?'

'Mijn vrouw is bijna tien jaar geleden omgekomen bij een aanrijding.'

Verrast hield Anne haar pen even stil. 'Mijn excuses, meneer Remmelts, dat wist ik niet. Maar u hebt normaal gesproken dagelijks contact met uw dochter?'

Hij schudde driftig zijn hoofd.

'Nee, nee, zo zit het niet, soms spreken we elkaar weken niet.'

'En haar vriend?'

'Jochem Breedveld, werkt hier op het hoofdkantoor. Ze woont met hem samen aan de Westerdoksdijk, bij het Stenen Hoofd. Jochem vertelde dat ze een paar dagen naar Parijs was, naar een vriendin. Hij deed er heel luchtig over, maar ik voel iets heel anders.'

'Hebben ze problemen?'

Hij aarzelde. 'Mevrouw Kramer, ik zou het niet weten. Maar ik heb mijn twijfels bij de persoon van mijn "schoonzoon" en bovendien vertelde Claire me iets over hem, net voor ze verdween.'

Anne hield een moment haar adem in. Dit had Eerenberg er wel bij mogen vertellen; ze vroeg zich een moment af waarom haar baas dat niet had gedaan.

Even bleef het stil. Remmelts staarde naar Anne.

'Ik ben bang...' begon hij toen. 'Toevallig heeft mijn dochter in zijn computer een mail gelezen die niet voor haar ogen bestemd was.'

Annes pen vloog over het papier.

'Ze heeft me gebeld en wat ze vertelde over dat mailtje, stelt voor een buitenstaander niet veel voor. Maar ik weet dat het ging over illegale vastgoedtransacties op IJburg, waar wij al een tijdje een sterk vermoeden van hebben. Ik heb Claire gevraagd nog een keer in Jochems computer te kijken, maar ze belde en zei dat hij zijn laptop meegenomen had. Daarna verdween ze. Begrijpt u nu waarom ik me zorgen maak?'

Hij stond op en liep naar het raam. Met zijn handen in zijn zakken keek hij naar buiten.

'U moet begrijpen dat ik Eerenberg niet om hulp gevraagd zou hebben als het niet om Claire ging. Bij crimineel of illegaal gedrag van mijn medewerkers is onze policy dat eerst de interne accountants een onderzoek instellen. Als er voldoende bewijs is, wordt de politie er middels een aangifte bij gehaald.'

Dat was het dus, Anne begon iets te begrijpen van de klem waarin Remmelts zat. Ze schoof naar het puntje van haar stoel.

'U hebt uw twijfels bij hun relatie.'

'Ik ben er natuurlijk niet permanent bij, maar ik ken Claire. Eigenwijs, driftig soms. Lief, hartelijk.' Hij zuchtte diep. 'En dan geeft ze zichzelf aan zo'n... excuseer mij, maar ik vind het een patsertje.'

'Begrijp ik het goed? U zegt dat Jochem Breedveld een directeur bij uw bank is, maar u bent niet blij met de keuze van Claire?'

Remmelts knikte. 'Ik mag die jongen niet. Het is er zo een die prat gaat op zijn succes; een snotneus met een meer dan arrogante houding.' Remmelts zuchtte diep, het kostte hem moeite zijn gevoel onder woorden te brengen. 'Als ik het voor het zeggen had, smeet ik hem eruit. Maar de eerlijkheid gebiedt me te erkennen dat hij heel succesvol is voor de bank. In de Raad van Bestuur krijg ik geen steun voor zijn ontslag. Zolang hij zo veel binnenbrengt, tenminste. Als mens zien maar weinigen hem zitten, is mijn stellige overtuiging.'

Hij pakte een fotolijst van zijn bureau en stak die Anne toe. 'Claire.'

Anne staarde enige tijd naar de lachende jonge vrouw. Ze leek op haar vader. Van spanning was op het gezicht van het meisje niets te lezen.

'Recente foto?' wilde Anne weten.

Remmelts knikte.

Op dat moment klonk er een klop op de deur en de vrouw deed een stap naar binnen. 'De Raad van Commissarissen wacht, meneer Remmelts.'

Voor Annes ogen vond een metamorfose plaats. In één keer was de doodongelukkige, sombere houding van de man verdwenen.

'Ze wachten maar even.'

Anne sloot haar notitieblok.

'Ik zal meneer Eerenberg vertellen wat wij besproken hebben,' zei ze. 'Kunt u maandagmiddag om twee uur op het hoofdbureau komen, en de informatie over het IJburgdossier meenemen?'

Hij hief bezwerend zijn hand op. 'Het is allemaal nog een heel vaag vermoeden. Onze accountants hebben daar nog niet eens...'

'Niet voor een financieel onderzoek,' verzekerde ze, 'maar om te weten waar we mogelijkerwijs naar uw dochter moeten zoeken.'

Ze zag zijn twijfel en schudde haar hoofd. 'Of ik krijg alles of ik kan niets.'

Remmelts knikte schoorvoetend. 'Ik zal u naar de lift laten brengen.'

Onderweg naar huis belde Anne haar teamleider Jolanda. Omdat Parijs was genoemd, besloten ze ook een internationaal opsporings-bevel uit te sturen. Jolanda luisterde naar de instructies en bromde af en toe een antwoord.

'Mobiel ook afluisteren?' vroeg ze ten slotte.

'Wel wat vroeg, maar bij deze verdwijning kunnen we beter geen risico nemen, lijkt mij.'

Over de mogelijke vastgoedfraude zweeg Anne wijselijk. Na het weekend zouden ze verder zien.

6

Bram Horowitz staarde naar het IJburgdossier op zijn bureau. De neiging was groot om het stuk pagina voor pagina door de papiervernietiger te halen en er een punt achter te zetten.

Het was een gevaarlijk project, maar ook een megakans om van een ander, mogelijk nog groter probleem af te komen.

Arnoud moest meer fondsen hebben, als ze zijn bedrijf naar de beurs wilden brengen. En met de beursgang zouden ze een wasmachine van ongekende omvang hebben gecreëerd en was aan Horowitz' verplichting aan zijn 'klanten' voldaan.

Het legale stuk hadden de vrienden van de KcB al keurig dichtgetimmerd. Maar de andere centen gingen niet door, had Horowitz een paar weken geleden gehoord. En nu wilde die hufter uit Zuid-Afrika zelfs per direct zijn eerder belegde geld wit terug hebben.

Er moesten nieuwe financiers komen. Al een tijd stopte Horowitz het ene gat met het andere. Langzaam liep het systeem vast. Voor IJburg hadden ze geen private financier, maar in de papieren van de KcB stond dat van wel. Als daar vragen over kwamen, stonden ze allemaal met hun bek vol tanden. Jochem en PP omdat er sprake was van gegarandeerde financiers die dus niet bleken te bestaan, en Arnoud omdat hij dan duidelijk ook in het complot zat. Als de AFM en de ECD er bovendien achter kwamen dat diezelfde zogenaamde financiers in eerdere transacties met hem en KcB ook een rol hadden gespeeld, waren de rapen gaar. Ook Bram zelf zou dan zonder twijfel antwoord moeten geven op vragen naar zijn bemiddelende rol, en daar zat hij absoluut niet op te wachten. Dat zijn wekelijkse gang naar de flamboyante casino's dan ook afgelopen zou zijn, was te betreuren maar feitelijk het minst erg.

Hij was het afgelopen jaar regelmatig in Monte Carlo geweest; hele bedragen waren onder de tafel gegaan om vervolgens weer voor de helft over de tafel bij hem terug te keren. Witwassen voor zijn klanten kostte geld, dat begreep iedereen. Maar het werd steeds duurder en uiteindelijk had hij met Arnoud de methode ontwikkeld en getest waarvan IJburg het sluitstuk moest worden.

Hij voelde zich doodmoe, al dagen had hij een rauwe hoest diep uit zijn longen. Na het telefoontje van zojuist uit Zuid-Afrika was het er niet beter op geworden. Jarenlang had Bram alles voor die man gedaan, hem op alle mogelijke manieren tegen politie en justitie beschermd, zijn geld gewit en zijn belangen behartigd. En nu eiste de schoft per direct al zijn geld op.

Volstrekt onmogelijk, natuurlijk. Die centen zaten in bakstenen en beton, dat kreeg je niet op stel en sprong vrij omdat je even wat nodig had voor iets anders. Zo werkte het niet. Ondankbare hond.

Hij nam een sigaar uit zijn kistje, rook eraan, knipte met het schaartje de punt eraf, waarna hij er met een grote lucifer de brand in stak. In zijn eigen werkkamer was hij nog vrij om te doen en te laten wat hij wilde.

Bij de eerste trekjes hoestte hij, daarna ging het beter.

Er gebeurden dingen waardoor hij greep op de zaak verloor. De operatie ging aan haar eigen succes ten onder.

Starend naar de rook van zijn sigaar dacht hij terug aan hoe het allemaal was begonnen. Onopvallende transacties waarvan het grootste deel door de bank gefinancierd werd, en een klein deel buiten de boeken om met geld van klanten die het nergens anders onder wisten te brengen. Een gouden idee.

Door het uitgebreide netwerk van Arnoud konden ze huizen en goedlopende winkeltjes in handen krijgen, en met veel winst doorstoten. Op het eerste gezicht veel te klein voor het echte grote geld van criminelen, maar de werkelijkheid was anders. Huizen werden blokken, winkels winkelcentra. In de afgelopen jaren was er een behoorlijke witwasoperatie op gang gekomen.

Bram kon nog glunderen over de Westerdoksdijk, een prachtig

nieuw gebouw met honderden appartementen, dat ze op deze manier in de wacht hadden gesleept om het vervolgens met een flinke winst weer af te stoten.

Door Horowitz' intensieve contacten met vooraanstaande criminelen was er een forse geldstroom op gang gekomen. De heren zaten vaak letterlijk met zakken vol drugsgeld waar ze geen kant mee op konden. Hij was uitgegroeid tot de consigliere die wist wat ze met die criminele winsten moesten doen.

Tegen zijn activiteiten kon niemand iets ondernemen zolang hij niet direct van iets verdacht werd. Zijn telefoon mocht nooit worden getapt vanwege de geheimhoudingsplicht. Nederland was in dat opzicht een walhalla van fatsoen.

Maar als de gelden werden opgeëist, kon Horowitz de gaten niet meer dichten. De gedachte om eruit te stappen was onlangs voor het eerst bij hem opgekomen. Heel voorzichtig was hij daarom met het treffen van voorbereidingen begonnen om over niet al te lange tijd voorgoed te kunnen verdwijnen.

Maar zo ver was het nog niet. Bram pakte de telefoon en draaide voor de zoveelste keer het nummer van Jochem. Die was niet te bereiken. Toen lukte het hem eindelijk Peter Paul aan de lijn te krijgen.

'PP, wil jij die map komen halen op mijn kantoor? Ik krijg Jochem niet te pakken en jullie wilden de stukken voor het weekend hebben, toch?'

Een half uur later stapte Peter Paul Horowitz' kantoor binnen.

'Iets sterks?' De advocaat hoestte rauw terwijl hij de glazen volschonk.

'Moet jij niet eens naar de dokter met die hoest?'

Horowitz antwoordde niet maar sloeg de inhoud van zijn glas in één teug achterover. Peter Paul keek ernaar, je hoefde geen arts te zijn om te zien dat het niet goed ging met de advocaat. Hij zag er grauw uit.

Bram schoof het IJburgdossier over zijn bureau naar Peter Paul. 'Dit is de tweede versie. Doe me een lol en laat het niet slingeren. Lees het door en laat me zo snel mogelijk weten of jullie het op kunnen lossen.'

PP schrok. 'Is er een probleem dan?' Hij keek Horowitz scherp aan. 'Je weet wat ik vind van die te grote deals. Ik heb al zo vaak gezegd...'

'Geen probleem,' suste de advocaat, 'alleen een andere optie. Mogelijke andere investeerders en zo.' Hij wiste met zijn mouw het zweet van zijn voorhoofd. 'Ik wil gewoon weten wat jullie daarvan vinden.'

'We kijken wel,' antwoordde PP en hij pakte de ordner van het bureau. 'Maar ik vind het allemaal steeds riskanter worden, dat kan ik je nu al vertellen.' Hij liep naar de deur en hield toen in. 'En als ik jou was, kroop ik met een stamp pillen onder de wol.'

7

Voor Lisa aanbelde had ze eerst een rondje over de Brouwersgracht gelopen om het huis te verkennen.

Vanaf de overkant had ze een goed zicht op het statige grachtenpand, met meerdere appartementen. Op een hoog was achter de ramen geen enkele beweging te zien.

Ze keek nog een keer naar het huis en toen op haar horloge, het was vijf voor zeven. Ze moest er zo langzamerhand naartoe.

Snel controleerde ze haar kleren nog een keer. Ze had een lichte bloes en zwarte korte rok tot net boven de knie aan, een donkere panty en zwarte schoenen met een bandje over de wreef. Ze had getwijfeld of ze haar lange, donkere haar los zou laten hangen of op zou steken. Uiteindelijk zette ze de boel vast met een speld, dan kon ze het in de loop van de avond altijd nog losgooien. De kledingkeuze was een gok geweest; het huis deed haar vermoeden dat het weleens de juiste kon zijn.

Ze hield haar adem in toen ze op de bel drukte.

Het slot klikte. Voorzichtig drukte ze de voordeur open, boven aan de trap stond de gestalte van een man.

'Kom maar naar boven.'

Toen ze de trap op liep, leken er duizend naalden in haar nek te prikken.

Boven, bij de deur, stapte de man opzij en maakte met een handgebaar duidelijk dat ze door kon lopen. Peter Paul had het al gezien: een lekker jong ding dat Jochem ongetwijfeld zou weten te waarderen.

Lisa liep de gang in en draaide zich toen om. Geen griezel, maar wel oud. Netjes gekleed maar dat zei niets, had Sophie verteld. Een psychopaat herken je niet tot hij boven op je ligt, had Lisa ergens gelezen, maar Sophie had alleen maar gelachen: 'Kijk naar mij, ik doe het al twee jaar en ik ben er nog nooit een tegengekomen, meid. Dat gebeurt als je een straatsnol bent. Het bureau beoordeelt alle klanten van tevoren.'

'Peter Paul,' klonk het kortaf en Lisa schrok op uit haar gedachten.

Een buikje; gelukkig geen baard of sik, daar had ze een hekel aan. Hij zou wel gescheiden zijn, of een weduwnaar. Er was iets treurigs in hem, maar op het eerste gezicht zag ze niets afstotends.

'Lisa.'

Ze kon wel op haar tong bijten. Ze had zich heilig voorgenomen om de instructies van Sophie op te volgen en zich Nicole te noemen, maar het glipte eruit.

'Leuk je te ontmoeten.'

Ze zag zijn blik over haar lichaam glijden, zijn ogen bleven even hangen bij haar borsten, daarna gingen ze verder naar beneden. Hij gromde tevreden. Daarna liep hij voor haar uit de kamer in. Ze keek even rond.

'Mooi appartement, zeg. Noemen ze dat niet een "loft"?'

Hij bromde een antwoord. 'Wil je een glas wijn?'

Terwijl hij haar het glas aanreikte, keek hij haar grijnzend aan.

'Ik neem je straks mee naar een feestje van een paar vrienden. Keurige mensen, allemaal bankiers, accountants, advocaten.' Hij keek haar veelzeggend aan.

'Ik heb je besteld als cadeautje voor een vriendje van me. Een zakelijke relatie, dus je moet echt je best voor me doen.' Hij klokte zijn wijn naar binnen. 'En daar zal ik je ook flink voor belonen...'

Lisa probeerde haar schrik te verbergen. Het bureau had haar een rustige eerste klus willen geven, het zou deze plannen wel niet kennen. 'Wie is die vriend? En wat is het adres? Dan bel ik eerst even naar het bureau, want dat moet.'

De man knikte. 'Hij heet Jochem, en het adres is Plein 1914 in Laren.'

Lisa dacht koortsachtig na. Sophie had haar niets verteld over dit soort situaties en ze twijfelde. Toen grabbelde ze uit haar tas haar telefoon tevoorschijn. Zo rustig mogelijk zocht ze het nummer van het kantoor. Ze kreeg de voicemail.

'Hallo,' zei ze hardop zodat haar klant het goed zou horen. 'Met Lisa. Ik ben op het adres maar ik ga met... met Peter Paul hier naar een feest op Plein 1915 in Laren.'

'1914,' verbeterde hij.

'1914,' herhaalde ze en opeens was ze verbaasd over zichzelf: de zenuwen waren als bij toverslag verdwenen.

Toen de Porsche wegspoot, werd ze tegen de rugleuning van haar stoeltje gedrukt. Ze waren al van de gracht af, terwijl zij nog bezig was haar veiligheidsgordel vast te maken. Het viel niet mee om behaaglijk in het lage kuipstoeltje van zijn Porsche te hangen, het leek alsof ze op de bodem zat. Haar rok schoot bij de beweging omhoog, ze zag Peter Paul steels naar haar benen kijken.

'Is Jochem net zo oud als jij?' riep ze even later over het geluid van de brullende motor heen.

Ze reden langs het Centraal Station. Af en toe keek ze tersluiks naar de man achter het stuur, hij genoot zichtbaar van het rijden maar sprak geen woord met haar. Lisa deed er ook maar het zwijgen toe. Ze poederde haar neus wat bij. Het was totaal onnodig, maar dan was ze even bezig terwijl de man met hoge snelheid een rij auto's inhaalde.

Na de afslag Hilversum ging het richting Laren. Opeens verplaatste hij zijn rechterhand van de versnellingspook naar haar linkerbeen en liet die hand over haar dijbeen naar boven glijden.

Met een flauw glimlachje liet ze hem zijn gang gaan. Net toen de hand onder haar rokje zou verdwijnen, haalde hij hem weg en nam wat gas terug. Hij wees naar het einde van de lange weg voor hen. Een groot hek stond wijd geopend voor een brede oprit.

'Daar is het,' zei hij en hij draaide de oprijlaan van de villa op. Voor een prachtig huis met een rieten dak stond een groot aantal dure bolides.

Lisa wees naar een lage opvallende sportwagen.

'Wat is dat er voor een?'

'Een Lamborghini, die is van Arnoud, onze gastheer van vanavond.'

'Dat was toch Jochem?'

Peter Paul stapte uit, liep om de auto en opende haar portier.

'Jochem is hier ook te gast,' verduidelijkte hij. 'Gasten geven elkaar soms ook cadeautjes.'

Hij stak zijn hand uit als een gentleman om haar uit de auto te helpen. Toen ze naast de auto stond, legde hij haar arm over de zijne en begeleidde haar de villa in.

Het ging haast vanzelf, toen ze via een enorme hal een grote kamer in liepen werd ze voorgesteld aan een man en een vrouw.

'Arnoud de Vries,' zei een lange gebruinde man tegen haar. Ze begreep dat hij de bewoner van deze gigantische villa was.

'Caroline,' zei de vrouw naast hem vriendelijk, toen ze Lisa een hand gaf.

In de hal en de aangrenzende kamers stonden tientallen mensen. In het begin leek het wel een officiële receptie, mensen stonden met een glas in de hand te praten. Even vroeg Lisa zich af waar ze als 'cadeautje' zou worden uitgepakt, want het huis leek stampvol volk. Ze was een van de jongste vrouwen, de meesten waren van middelbare leeftijd.

Na een paar uur was ze totaal vergeten waarvoor ze hier was, Lisa vermaakte zich prima. Niemand vroeg haar wie ze was en Peter Paul week niet van haar zijde. Ze voelde zich als Assepoester op het bal. Sophie had gelijk gehad: dit was een gouden job. Niets zelf inschenken, hier wérd voor haar ingeschonken, champagne welteverstaan.

Lisa zette haar tasje naast de wasbak in de toiletruimte. Toen haar mascara onvindbaar leek, haalde ze alles eruit en stalde het zorgvuldig uit, tot ze vond wat ze zocht.

Caroline, de vriendin van Arnoud, kwam binnen en even later stonden ze samen voor de grote spiegel hun wimpers bij te werken.

'Moet je nou toch weer eens zien,' zei Caroline met een licht kermende stem. Ze wees op haar ogen. 'Weer vier kraaienpootjes.'

Lisa keek even. 'Ik vind ze charmant.'

'Dat is tenminste nog eens een antwoord, kind. Jij wordt hier razendsnel populair, ook bij de meisjes. Hoe oud ben je?'

'Tweeëntwintig,' loog ze.

'Wat heerlijk, zo jong nog. Ik heb echt moeite met veertig, moet ik bekennen.'

Lisa keek nog eens goed naar de vrouw naast zich. Ze zag er nog best aantrekkelijk uit, maar de veertig was ze toch echt al ruim gepasseerd.

Samen liepen ze langs het buffet voor een hapje eten, Caroline schoof haar bord vol, Lisa nam een paar kleine hapjes. Ze kozen een rustig tafeltje in de hoek van de kamer om verder te praten.

'Zijn jullie al lang samen?' vroeg Lisa voorzichtig.

'Drie jaar.' Caroline schaterde. 'De eerste verliefdheid is er alweer af hoor, want Arnoud heeft maar één echt grote liefde en dat is die verrekte sportwagen van hem. Maar hij is wel leuk en vooral onderhoudend.' Even keek ze opzij of er niemand meeluisterde. 'Arnoud is namelijk lief, kunstmatig gebruind en lelijk, maar schatrijk. Zonder hem kwam ik toch nooit op de miljonairsfair, of zo? Nou, het was ook dit jaar weer erg gezellig, al die lui kennen Arnoud, moet je weten.'

Lisa knikte heftig, alsof de wereld van de rijken geen geheim voor haar had.

'Arnoud staat al jaren in de Quote 500,' zei Caroline met volle mond. Toen wees ze met haar vork in de richting van de deur. 'Kijk, daar heb je Jochem Breedveld. Nu gaat het feest pas echt beginnen.'

Met een ruk draaide Lisa zich om en hield toen even haar adem in.

In de deuropening stond een man van halverwege de dertig met een volledig kaalgeschoren kop en een pikzwarte zonnebril boven op zijn hoofd. Zijn vinger zat door het lusje van zijn colbert gehaakt dat op zijn rug hing, hij droeg geen stropdas en had zijn hemdsmouwen opgestroopt. Hij bewoog met de nonchalante houding van een man die wist dat de wereld aan zijn voeten lag.

'Jochem!' riep Caroline en ze wenkte hem net zolang tot hij naar hen toe kwam. 'Dit is Lisa.'

Jochem kneep zijn ogen tot spleetjes, hij kon zich niet herinneren haar eerder te hebben gezien. 'Waar hebben jullie die mooie dochter al die tijd verstopt?' vroeg hij grijnzend terwijl hij zijn hand uitstak. Onmiddellijk verdween hij weer.

Na een tijdje dook Peter Paul op uit de menigte en pakte Lisa bij haar arm.

'Mee,' fluisterde hij in haar oor.

'Pakjesavond?' vroeg ze zacht.

Hij liep voor haar uit naar een grote kamer. Arnoud en Jochem zaten daar onderuitgezakt op brede stoelen en banken. Caroline zat op haar knieën op de grond, met haar rug naar Lisa toe.

'Kom zitten,' riep Arnoud, terwijl hij met zijn arm een uitnodigend gebaar maakte.

Toen ze op de bank naast Jochem ging zitten, zag ze het glazen tafeltje met het bergje witte poeder. Ze zag hoe Caroline met een scheermesje in het poeder op het tafelblad hakte alsof ze een biefstukje prepareerde. Ze deed dat geroutineerd. Lisa kon het gezicht van Caroline nauwelijks zien, haar lange haren hingen er als een scherm voor. Af en toe schoof ze die met een snelle handbeweging achter een van haar oren.

Lisa trilde van spanning, ze moest nu beslissen: meedoen of niet. Ze zaten er allemaal heel rustig bij. Na een lange avond met veel praten en drank was het kennelijk tijd voor een toetje, zo leek het.

De hand van Jochem sloot plotseling als een bankschroef om haar arm. Ze kon geen kant meer op.

'Je gaat het leuk vinden,' fluisterde hij in haar oor. 'Erewoord.'

Gespannen volgde ze Carolines verrichtingen, toen die met snelle bewegingen het bergje poeder tot een twintigtal lijntjes omvormde. Op de hoek van de tafel lag een stapeltje korte plastic rietjes.

Op studentenfeestjes was er weleens een blowtje van hand tot hand gegaan, maar meer dan dat had Lisa niet meegemaakt. Eén keer, dacht ze bij zichzelf. Ze zou het één keer doen. Coke was bovendien niet verslavend, had ze weleens gelezen. Ze kon ook doen alsof, zodat ze bijna niks binnenkreeg.

Even later boog ze zich voorzichtig over de glasplaat, ze had goed gekeken hoe de anderen het deden.

Het viel wel mee, eigenlijk gebeurde er niks. Het was gezellig in de kamer, de stemmen verhieven zich, ze praatte gewoon mee met de rest. Iedereen lachte en het feest ging verder alsof er niets was voorgevallen. Ze had in de drukte niet eens in de gaten dat Arnoud en Caroline de kamer uit liepen.

'Neem nog wat,' drong Jochem aan en even later drukte ze een neusgat dicht voor een flinke haal.

Het werd steeds warmer. Lisa wiste met haar onderarm het zweet van haar voorhoofd.

Peter Paul leek daarop te hebben gewacht. 'Kom, er is buiten een jacuzzi, die is heerlijk,' teemde hij. Ongegeneerd begonnen de mannen zich uit te kleden.

Het kostte Lisa geen enkele moeite hetzelfde te doen. Bij alles wat ze uittrok en opzij gooide, gierde ze van het lachen.

Toen renden ze alle drie door een open schuifpui naar buiten. Daar was het vreselijk koud, maar des te weldadiger voelde het warme water toen ze hun naakte lijven erin lieten glijden.

8

Toen Anne zondagmorgen wakker werd, gooide ze de dekens van zich af om te kijken of Wout en Marit al thuis waren. Meestal werd ze wakker als haar kinderen in de vroege morgen thuiskwamen, nu had ze als een blok geslapen en hen niet binnen horen komen. Ze slaakte een zucht van verlichting toen ze allebei in diepe slaap bleken, maar de nachtelijke uitjes van de kinderen lagen haar zwaar op de maag.

Met een grote groep fietsten ze vrijwel elk weekend pas ver na middernacht van Heiloo naar Alkmaar, maar Marit was nog zo jong.

Het was nog stil in huis, een heerlijk moment om met een kop koffie de krant te lezen. 'Winst KcB fors dit kwartaal.'

Haar gedachten gingen even naar haar gesprek met Bert Remmelts.

Die man had veel meer indruk op haar gemaakt dan ze in de gaten had gehad. Hij maakte zich echt zorgen, dat was wel duidelijk. Alle winst van welk kwartaal ook deed daar niets aan af. Wat dat betrof, stelde geld voor hem blijkbaar weinig voor.

Parijs... Armand De Lasalle, schoot het door haar heen, die kon wat voor haar doen. Armand was de chef van het Bureau Banditisme in Parijs, een soortgelijke functie als de hare in Amsterdam. Ze kenden elkaar van de jaarlijkse bijeenkomst van recherchechefs van de verschillende hoofdsteden. Anne wist dat persoonlijke contacten en privételefoonnummers goud waard waren in haar vak.

'Bonjour ma belle Hollandaise,' zei Armand toen hij de telefoon opnam. Kennelijk had hij het hare nog altijd in het geheugen van zijn toestel opgeslagen. Hoe het thuis was, vroeg hij direct.

Tijdens de vorige bijeenkomst zat ze midden in haar scheiding en had ze Armand daar in een vlaag van voor Anne ongebruikelijke vertrouwelijkheid iets over verteld. Lachend had hij geantwoord dat ze daar in Frankrijk toch anders mee omgingen: je huwelijk in stand houden en een minnaar nemen was zijn oplossing voor haar probleem en ze ontkwam niet aan de gedachte dat hij ongetwijfeld wist wie die minnaar zou moeten zijn. Ze was er niet aan begonnen.

Nu vertelde ze hem over Claire Remmelts, die bij een onbekende vriendin in Parijs zou zitten.

'Ze is de dochter van de president-directeur van een van onze grootste banken. Ik weet nog niet wat ik ervan moet denken. Het zal wel niets zijn, maar toch...'

Armand luisterde rustig naar haar verhaal. Anne kon horen dat hij niet alleen was, er klonken kinderstemmen op de achtergrond, maar ze was blij dat hij de zaak serieus benaderde. Hij vroeg of er al een signalement van Claire was verspreid. Toen Anne dat bevestigde beloofde hij de zaak bij de verschillende diensten in Parijs uit te zetten en te laten onderzoeken. Als ze wat vonden, zou hij van zich laten horen.

'Als je toevallig weer een keer in Parijs komt...' Ze gaf hem geen kans zijn zin af te maken.

9

Lisa knipperde met haar ogen; ze had het koud. Het dekbed was van het bed af geschoven. Ze maakte allerlei bewegingen, rekte zich uit, haar armen omhoog en haar benen gestrekt.

Toen ze haar ogen eindelijk helemaal open had en om zich heen keek, schrok ze. Ze lag naakt op een bed, haar handen zochten haast automatisch naar het laken om zichzelf te beschermen maar vonden het niet. Schichtig keek ze om zich heen, naast haar lag een man op zijn zij, ook naakt. Hij snurkte.

Plotseling voelde ze zich misselijk worden, en het koude zweet brak haar uit. Oh my god, dacht ze. Peter Paul lag naast haar, hij was nog diep in slaap.

Zachtjes kreunend kwam ze omhoog en steunde op haar elleboog. Ze was nog nooit in deze kamer geweest en ze kon zich in eerste instantie ook totaal niet herinneren hoe ze hier terechtgekomen was.

Maar langzaam kwamen de beelden terug. Ze liet zich terugzakken en sloeg haar handen voor haar gezicht. Het klopte niet, voor zover zij zich kon herinneren was ze met Jochem geweest. Of had ze met allebei...?

Voorzichtig, om Peter Paul niet wakker te maken, stapte ze het bed uit. Het draaide in haar hoofd en ze had een smerige smaak in haar mond. Langzaam kwamen er beelden terug. Hoewel ze zich vreselijk beroerd voelde, herinnerde ze zich dat het eerst geweldig geweest was. Hoe later het werd, hoe meer energie ze had gekregen. Praten en dansen en toen die berg coke op tafel. Ze had voor het eerst in haar leven gesnoven en zich daarna waarschijnlijk als een idioot gedragen, en dat was geëindigd in seks met twee mannen.

Ze kokhalsde, ieder moment zou ze kunnen overgeven. Ze zocht naar een kledingstuk, maar vond niets. Toen schuifelde ze de gang op. Aan het eind ervan vond ze het toilet, glipte naar binnen en ging op haar hurken voor de pot zitten. Nog geen seconde later kwam haar maaginhoud omhoog en golfde de wc in. Ze stikte zowat, telkens als ze dacht dat ze klaar was, kwam er een nieuwe golf naar boven. Met toiletpapier probeerde ze haar gezicht schoon te vegen. Uitgeput ging ze met haar hoofd in de handen op de wc-bril zitten. Langdurig kletterde haar plas in de toiletpot.

De verwarring was totaal. Hoe was het mogelijk dat ze ook met die Peter Paul gevreeën had? Hadden ze haar zonder condoom genomen? Ze keek omhoog door het schuine raampje, de lucht was helder blauw, geen wolkje te zien. Ze wilde zo snel mogelijk naar huis, weg van Peter Paul.

Voorzichtig stapte ze de wc uit. Het was doodstil. Ze sloop door de gang terug naar de slaapkamer, Peter Paul lag nog steeds met open mond te snurken. Aan het voeteneinde lag haar slipje, de rest van haar kleding moest ergens anders in huis zijn. Een trap voerde naar de grote hal beneden. Treetje voor treetje daalde ze langzaam af.

'Kan ik u helpen, wellicht?' zei een stem achter haar.

Ze verstijfde. Een man liep om haar heen en kwam voor haar staan. Geschrokken sloeg ze haar handen voor haar borsten.

'Ik ben de butler, mevrouw. En misschien heb ik uw kleren gevonden, ze liggen nu in de keuken. Als u met mij meeloopt, heb ik ook een kop koffie voor u. Daar zult u vast wel behoefte aan hebben,' zei hij met een stalen gezicht.

Ze volgde de butler naar de keuken. Haar kleren hingen keurig over een stoel, de schoenen stonden eronder. Ze haalde opgelucht adem toen de butler een mok koffie inschonk en meteen daarna de keuken weer uit liep. Nu kon ze zich in ieder geval zonder toeschouwers aankleden. Ze had maar één gedachte: zo snel mogelijk weg hier.

Over een andere stoelleuning hing een colbert. Een autosleutel was er kennelijk uit gevallen en lag op de zitting.

Aarzelend voelde ze in de binnenzakken van het jasje. Haar hart bonkte in haar keel toen ze een portemonnee tevoorschijn haalde.

Ze vond een paar pasjes en een creditcard op naam van Peter Paul de Graaf. Contant geld had die hufter niet bij zich; die grote fooi achteraf was vast en zeker nooit gekomen. Hoe kon ze zo stom zijn geweest?

Boven werd een wc doorgetrokken. Lisa verstijfde, in één beweging schoof ze de portemonnee terug en pakte de autosleutel met de Porschehanger van de zitting. Op haar tenen liep ze de tuin in.

Die klootzak kon straks zijn auto bij haar komen ruilen voor haar geld. En een fikse fooi. Ze zou hem laten zien wie hier het laatst lachte.

Zachtjes liep ze over het grind naar de auto. Ze keek over haar schouder, er was geen enkele beweging rond het huis.

Bij de Porsche drukte ze op het knopje dat op de sleutel zat. Het palletje achter het raam kwam omhoog, waarna ze de deur kon opentrekken. Ze kroop moeizaam achter het stuur en bestudeerde met haar nog benevelde brein het dashboard. Dat leek niet ingewikkelder dan dat van een andere auto. Toen stak ze de sleutel in het contactslot en startte de motor.

Muziek schalde luid uit de radio. Wanhopig zocht ze naar de volumeknop. Ze voelde met haar voet, eerst de koppeling, daarnaast voetrem en gaspedaal. Haar hand zocht de versnellingspook. Kom op, meid, schoot het door haar heen, dit beestje moest ze aankunnen. Ze trapte voorzichtig het gaspedaal in, het gebrom van de motor zwol aan. Feitelijk was er geen verschil tussen een gewone auto en een Porsche, deze kon alleen wat harder.

Ze trapte de koppeling in en rukte aan de pook om de wagen in zijn achteruit te zetten. Toen ze gas gaf en de koppeling op liet komen, schoot de Porsche vooruit het grasperk in. Ze trapte hard op de rem, en schakelde opnieuw. Schokkend reed de auto naar achteren en kwam weer tot stilstand. Even concentreerde Lisa zich op de pook, ze moest weten hoe de versnelling werkte, anders lukte het nooit. Nadat de pook in z'n eerste versnelling stond, keek ze door de voorruit.

Ze verstarde, haar ogen puilden uit. Peter Paul kwam schreeuwend en met zijn armen zwaaiend het huis uit rennen. Hij was op blote voeten en dat verbaasde haar omdat ze zich realiseerde hoe pijnlijk dat moest zijn.

Door het lawaai van de motor kon ze niet horen wat hij schreeuwde, maar ze begreep hem zo ook wel. Een paar meter voor de auto bleef hij staan.

Met haar handen stijf om het stuur keek ze recht vooruit. Ze kon er niets aan doen, haar blik gleed omlaag naar zijn opbollende buikje en het heen en weer slingerende geval daaronder. Als ze niet zo'n haast had gehad, had ze moeten lachen.

Toen drukte ze met haar rechtervoet het gaspedaal flink in. De motor brulde, het leek een briesend paard dat niet langer in toom gehouden kon worden.

Het hielp niet, Peter Paul bleef met uitgespreide armen staan om haar de doorgang te belemmeren. Zijn onverstaanbare geschreeuw eindigde in de duidelijke beweging van zijn lippen die de woorden 'vuile hoer' vormden.

Dat was de druppel. Woedend gaf Lisa gas en gooide tegelijkertijd het stuur naar rechts. De auto schoot als een pijl vooruit, ze hoorde een klap en een schreeuw. Ze wist dat ze Peter Paul geraakt had, maar haar enige wens was zo snel mogelijk uit Laren weg te zijn.

Peter Paul lag spiernaakt op de bank in de huiskamer. Die bitch had hem aangereden alsof hij een hond was, hij had wel dood kunnen zijn.

Terwijl hij met een hand zijn mobiel tegen zijn oor drukte, voelde hij voorzichtig met zijn andere over zijn linkerbil, waar hij geraakt was. Hij kreunde hard.

Caroline kwam binnen en sloeg, toen ze hem zag liggen, van schrik een hand voor de mond. Snel gooide ze een plaid over hem heen.

'Politie Gooi en Vechtstreek.'

'Mijn Porsche is net gestolen. Pal onder mijn neus. Kenteken 7-HLX-58. Ik denk dat ze richting Amsterdam rijdt.'

'Uw Porsche...' klonk het van de andere kant. 'En wie bent u, als ik vragen mag? En waar bent u?'

'Dat mag u best, maar kunt u er eerst een oproep uitgooien? Want als ik het eerst allemaal moet uitleggen, is mijn auto al in het buitenland.'

De agent leek niet onder de indruk.

'Hoelang geleden is uw auto gestolen, meneer?'

Over zo veel bureaucratie kon Peter Paul zich vreselijk opwinden.

'Nu net, man! Twee minuten geleden. Een gloednieuwe metallicgrijze Porsche Carrera. Dat rotwijf is ermee vandoor.'

Van woede smeet hij de plaid van zich af en hij probeerde overeind te komen.

'En ze heeft me ook nog aangereden. Ze heeft me verdomme aangereden, hoor je me?'

'Bent u gewond, meneer?' vroeg de agent stoïcijns.

Alsof het om een uit de hand gelopen ruzie ging in plaats van een autodiefstal.

'Wat is er toch gebeurd?' vroeg Caroline hardop.

'Is er iemand bij u, meneer?'

Vermoeid gaf Peter Paul zijn mobiel aan Caroline en ging weer achteroverliggen.

'Hallo, met Caroline.'

'Dag mevrouw, die meneer van daarnet, is dat uw man?'

Verbluft keek Caroline naar PP die jammerend onder de plaid naar zijn bil tastte. 'Nee,' antwoordde ze. 'Hij is een... gast. We hadden een feestje gisteravond.'

'Hij zegt dat zijn auto gestolen is, klopt dat?'

'Ik heb geen idee, ik kom net de kamer binnen.'

'Weet u of hij gewond is?'

'Ja, hij heeft een schaafwond op zijn bil, als dat alles is valt het wel mee. Maar hij heeft een Porsche, dat wel.' Ze liep naar het raam en keek naar buiten. 'En die is weg.'

'Mevrouw, hij heeft het kenteken doorgegeven,' zei de centralist, 'dus we gaan op zoek. En ik stuur een auto van ons naar u toe zodat we meneer even kunnen spreken. Wat is het adres?'

Toen Caroline de jodium rijkelijk over de bil van Peter Paul uitsmeerde, krijste hij van de pijn.

'Dat zal je straf zijn,' sneerde ze. 'De politie is onderweg om jou te horen en ik wil niet dat ze de resten van ons feestje zien.'

Ze had weinig medelijden met hem en sjorde hem omhoog om te zien of hij op zijn benen kon staan. Zo langzamerhand had ze er schoon genoeg van.

Door al het lawaai waren ook Arnoud en Jochem naar beneden gekomen, beiden in een keurige witte ochtendjas.

Arnoud klapte in zijn handen terwijl de butler koffie binnenbracht en de mokken voor hen op tafel zette.

Bij stukjes en beetjes vertelde Peter Paul wat er gebeurd was.

Caroline schaterde. 'Jij naakt voor die auto, dat had ik weleens willen zien.'

Arnoud leunde met zijn mok achterover op de bank. 'Maar wie is dat meisje dan, die Lisa? Waar heb je die opgedoken?'

'Heb je haar nummer?' begon Jochem. 'Als ik bel komt ze heus wel terug. Ze kan niet in die Porsche blijven rondrijden, dat snapt ze zelf ook wel.'

Peter Paul schudde zijn hoofd. 'Voor hetzelfde geld is het zo'n trut die voor een Poolse bende werkt, en staat mijn wagen al voor de Duitse grens, man.'

'Mag ik meneer er dan opmerkzaam op maken dat de juffrouw in kwestie een mapje met een pasje met haar naam en adres in het damestoilet heeft achtergelaten? Een studentenpas.' De butler trok een wenkbrauw op. 'Misschien vergeten na het poederen.'

'Of juist ervoor,' zei Jochem, bulderend om zijn eigen grap.

Op dat moment ging Jochems mobiele telefoon. Caroline pakte het ding voor hem van tafel, keek op de display en reikte het aan.

'Bram Horowitz zoekt je.'

Jochem nam op, luisterde en bromde af en toe iets ten antwoord. 'Zodra ik onder de douche vandaan kom,' zei hij voor hij het gesprek beëindigde. 'Of we IJburg al hadden bekeken.'

Peter Paul keek hem eerst afwezig aan, maar toen verschoot hij opeens van kleur. 'Jezus, dat lag op de achterbank!'

Jochem vloekte hartgrondig. 'Die auto. Die móét terug. Nu meteen, verdomme!' Hij sprong overeind en holde naar de butler in de keuken. 'Dat pasje! Waar heb je dat?'

Hij rukte het de man uit de handen en daarna vlogen Peter Paul en hij de trap op, Arnoud en Caroline vol verbazing achterlatend.

Binnen een paar minuten kwamen ze aangekleed en wel weer naar beneden, alsof de pijn bij Peter Paul helemaal weg was. Ze renden naar buiten, en nog geen seconde later scheurde de Landrover met Jochem achter het stuur de oprijlaan af.

Lisa had geen idee waar ze reed, in het begin moest ze alle zeilen bijzetten om de Porsche in bedwang te houden. Het ene moment leek de auto er met haar vandoor te gaan, het volgende moment ging het met horten en stoten. Naarmate ze verder kwam, ging het wat rustiger en nu reed ze met een gangetje van tachtig over de weg. Gelukkig was er op zondagochtend weinig verkeer.

Langs de A1 stopte ze op een parkeerplaats, ze moest nadenken. Het meenemen van de Porsche was een wilde actie geweest, uit blinde woede. De beelden van de nacht kwamen steeds weer terug. Ze was niet verkracht, ze was vrijwillig met de twee mannen naar bed gegaan, maar ze zou het cadeautje zijn voor één vent.

De vrijpartij met Jochem kon ze zich herinneren, de vrolijkheid in de jacuzzi en daarna in bed. Ze wilde niet toegeven dat het erg lekker was geweest. Maar wat er daarna was gebeurd, ze wist het niet meer. Hoe was die oude vent in haar bed terechtgekomen? Ze moest heel ver heen zijn geweest. Maar twee mannen betekende dubbel betalen, daarom had ze de auto meegenomen als onderpand. Maar hoe moest ze het verder aanpakken?

Het ergste was natuurlijk dat ze die vent fysiek had geraakt. Die was natuurlijk helemaal niet meer geneigd om naar haar te luisteren en haar keurig haar geld te geven. Maar ze kon niet terug. Ze greep haar gsm en belde Sophie.

'Je komt onmiddellijk naar mij toe met die auto. Op zondagmorgen is er in de buurt wel een parkeerplaatsje,' zei Sophie streng.

Bibberend startte Lisa de auto en keek voor zich uit.

'Lies, ben je daar nog? Ik zat net te denken, je kunt die kar beter in de parkeergarage van het ziekenhuis, het OLVG, zetten vlak bij mijn huis. Weet je hoe je daar komt?'

Lisa stuurde de Porsche de parkeerplaats af en de A1 op, richting Amsterdam. Ze had opeens haast. Voor ze naar Sophie zou gaan, wilde ze nog wat spulletjes halen uit haar containerwoning aan de Wenckebachweg.

'Kun je niet harder?' schreeuwde Peter Paul.

Hij had een stille hoop dat ze Lisa nog konden inhalen, ze had maar een voorsprong van een half uurtje of zo. Hij hoopte zelfs in stilte dat ze ergens langs de weg tegen een boom stond. Een Porsche besturen was niet voor iedereen weggelegd, en de manier waarop ze het terrein van de villa af gereden was, stelde hem bepaald niet gerust. De kans dat hij de auto zonder schade terugkreeg was gering, maar als iemand dat dossier in handen kreeg was de schade niet in geld uit te drukken.

Even dacht hij terug aan afgelopen nacht. Ook dit keer was het hem niet gelukt, hoewel zij naakt naast hem in bed had gelegen. Hij was erbovenop gekropen, maar dat hielp niet.

Scheldend stuurde Jochem de Landrover richting Amsterdam. 'Hoe kun je zo stom zijn om dat dossier in je auto te laten liggen?'

'Moest ik het op je nachtkastje in de logeerkamer leggen dan?' kaatste Peter Paul terug. 'Jullie wilden zo nodig dat ik het ging halen, jij en Horowitz.'

'En als de politie dat wijf pakt?' riep Jochem boven het lawaai van de motor uit.

Peter Paul maakte een hulpeloos gebaar. 'Dat kan niet... als de politie dat dossier in de Porsche vindt is alles verloren, het ligt open en bloot op de achterbank.'

Bij de afslag naar de Bijlmer hield Jochem in en zette toen de wagen langs de kant. 'En nu?' vroeg hij.

'Weet ik veel.'

'Verdomme PP, vertel op, wat weet je van haar?'

'Werkt voor een escortbureau, allemaal studentes.'

Jochem toverde Lisa's pasje tevoorschijn. 'Met naam, toenaam, telefoonnummer en... adres,' zei hij met een veelzeggende blik. 'Wenckebachweg 294-d.'

Hij startte de Landrover, reed tot de afslag naar de gevangenis en vanaf daar het industriegebied in. Langzaam manoeuvreerde hij de wagen onder het spoorviaduct door.

'Hier zitten toch de Hells Angels?'

Jochem knikte. 'Stukje verderop, volgens mij.'

Stapvoets reden ze langs alle parkeerplaatsen bij de studentencontainers en keken vol verbazing naar de honderden containers, omgebouwd tot studentenwoningen, die de roemruchte Bijlmerbajes aan het gezicht onttrokken. Alsof alle studenten uit de hele stad hier waren ondergebracht. Het was zondag, de meesten sliepen nog, het was er stil.

Jochem reed tergend langzaam naar de ingang van het containercomplex. Plotseling slaakte Peter Paul een kreet en wees voor zich uit. Van de andere kant naderde de Porsche.

Op datzelfde moment zag Lisa de Landrover. Zo een had ook in het rijtje dure wagens bij de villa gestaan, en haar intuïtie stond op scherp. Meteen daarna herkende ze de grote kale kop van Jochem achter de voorruit. Ze had niet eens de tijd om zich af te vragen hoe het mogelijk was dat ze er waren. Vol gas stoof ze verder in de richting van de Ringweg.

Het had geregend en het water spoot van onder de banden omhoog. Nog voor Jochem kon keren, was de Porsche al uit het zicht verdwenen.

Pas na de afslag RAI werd ze wat rustiger, er was nog steeds geen Landrover te zien. Met moeite drukte ze de knoppen van haar telefoon in.

'Soph, ik heb ze losgereden,' gilde ze door de telefoon. 'Zeg me hoe ik bij je kom, want ik heb geen idee.'

Sophie loodste haar naar het OLVG.

Toen de auto in de garage stond, keek Lisa vluchtig om zich heen. Alles wat ze in de auto vond, stak ze bij zich, ook de plastic tas met de zwarte ordner. Door de Oosterparkstraat rende ze meer dan ze liep naar Sophies huis; eindelijk was ze veilig.

Het was stil in de woonkamer, een rustig muziekje speelde op de achtergrond. Sophie bestudeerde het IJburgdossier, maar het viel niet mee om alles te begrijpen. Het ging over vastgoedtransacties op IJburg. Ze was er een paar keer geweest, er ontstond daar een nieuwe stad onder de rook van Amsterdam. Ze keek naar de divan, Lisa sliep. Ze had een dekentje over haar vriendin gelegd, die niet rustig sliep, ze zag haar af en toe schokken.

Medelijden voelde ze niet, het zou wel wennen; het leven was nu eenmaal hard. Zelf had ze één doel: zo snel mogelijk onafhankelijk worden. Een slimme meid was op haar toekomst voorbereid, was haar devies. Ze was niet van plan dit werk langer dan een paar jaar te doen. Dat ze voor die vrijheid haar lichaam verkocht, had ze er wel voor over.

Opnieuw boog ze zich over het dossier. Op een los velletje stonden aantekeningen en berekeningen. Wat haar het meest intrigeerde was het bijgevoegde kaartje. De naam Horowitz deed een belletje rinkelen. Was dat niet die bekende advocaat, die ook weleens op de televisie te zien was? Lisa had haar verteld dat er allerlei bankiers en vastgoedjongens in die villa in Laren hadden lopen feesten.

Toen Lisa echt begon te bewegen en haar ogen opsloeg, borg Sophie de stukken weg. 'Wil je een boterham?'

Lisa's maag rommelde inderdaad. Als vanzelf begon ze weer te vertellen. Sophie hoefde er niet eens om te vragen, ze luisterde aandachtig. Het beeld dat Lisa schetste was positief, die gasten waren rijk, ze hadden geld. Bonusjongens van de bank, waarschijnlijk verdienden ze miljoenen. Villa's, snelle auto's, het klonk veelbelovend.

'En jou hebben ze niks betaald?' vroeg Sophie nog eens voor de zekerheid.

Lisa schudde heftig van nee.

'Heb je het parkeerkaartje van het OLVG?'

Er begon zich een plannetje in haar hoofd af te tekenen, het moest toch vrij eenvoudig zijn om meer dan alleen maar Lisa's honorarium te krijgen voor de teruggave van die Porsche?

Zenuwachtig wipte Lisa van haar ene op de andere voet. Het was zondagavond, ze stond voor de ingang van gebouw C en ze vroeg zich af of Peter Paul haar wel zou kunnen vinden. Er waren hier meerdere woonblokken met containers, ze mocht hem niet missen.

Het was donker, ze dook in de kraag van haar jas weg tegen de gure wind. Af en toe sloeg er een vlaag regen in haar gezicht. Ze was alleen, met dit weer bleven mensen liever binnen. Even schoot de gedachte door haar hoofd dat ze op een tippelaarster leek, niemand haalde het in zijn hoofd met zulk weer langs de kant van de weg te gaan staan. Er zou dus ook een verkeerde kunnen stoppen.

Peter Paul had Sophie beloofd te komen, onder voorwaarde dat hij de auto terugkreeg. Hij zou een taxi nemen. Met verbazing had Lisa haar vriendin gadegeslagen, ze begreep er niets van hoe haar dit zo snel was gelukt.

'Kijk jij maar lekker tv,' had Sophie gezegd, 'ik ga nog even in de Porsche kijken.' Het was een gouden vondst, in de auto lagen visitekaartjes van Peter Paul de Graaf, filiaalmanager bij de KcB.

Toen legde Sophie Lisa uit wat het plan was, en het angstige meisje Lisa bestond niet meer. Zonder blikken of blozen had ze Peter Paul gebeld en gezegd dat hij haar kosten voor het werk plus vijfduizend euro vindersloon voor de Porsche moest betalen. Bovendien wilde ze haar studentenpas terug.

Die avond zou ze om acht uur voor de containerwoning staan, als hij dan met het geld kwam, kreeg hij te horen waar de Porsche stond. Precies op de afgesproken tijd zag ze een taxi aan komen rijden en ze keek ongegeneerd toe hoe Peter Paul uitstapte.

'Woon je hier?'

'Je weet waar ik woon.' Ze maakte een vage armbeweging naar

achteren. Uiteraard wilde ze hem niet in haar container ontvangen, ze zou de zaak op straat afhandelen.

De regen viel met bakken uit de hemel, en als vanzelf liepen ze naar de voordeur om te schuilen. Hij gedroeg zich vriendelijk en voorkomend, bood zelfs zijn excuses aan voor het feit dat hij haar niet had kunnen betalen, maar dat had hij zeker alsnog gedaan. Ze had echter nooit de Porsche mee mogen nemen, dat was wel dom van haar, zei hij met een lachje.

Ze stonden in het halletje achter de grote voordeur. Als er mensen binnenkwamen, kwam er ook een vlaag regen mee.

'Kunnen we niet even naar jouw woning?' vroeg hij terwijl hij zich van de deur afwendde en de kraag van zijn regenjas omhoogtrok.

'Heb je het geld bij je?' vroeg ze toonloos.

Hij knikte, deed zijn overjas iets open en gunde haar een blik op een witte envelop. 'Als we... af zouden kunnen maken waar ik vannacht niet helemaal aan toe kwam, doe ik er nog duizend bij.'

Ze keek hem plotseling vol interesse aan. 'Duizend?'

Hij knikte enthousiast.

'Toe dan maar.' Ze liep voor hem uit naar de lift. Galant hield hij de deur voor haar open; een paar minuten later zat hij in de enige riante stoel die haar container rijk was.

Peter Paul keek nieuwsgierig rond. Het huis bestond uit slechts één ruimte, met een klein keukenblokje in de hoek, een tafeltje om aan te werken en te eten en een gemakkelijke stoel waar hij nu zelf op zat. Als zij het dossier hier verborgen had, moest het niet moeilijk te vinden zijn.

Hij opende de enveloppe en begon de bankbiljetten te tellen. Met gretige ogen keek ze naar de dikke stapel: honderd briefjes van vijftig, rekende ze snel uit. Toen opende hij zijn portefeuille en trok nog tien briefjes van honderd tevoorschijn.

'Voor zo dadelijk vast,' sprak hij zacht. Toen hield hij zijn hand op voor de sleutels. 'Waar is de auto, Lisa?'

Zonder veel moeite trok zij een parkeerkaartje van onder haar blouse uit haar bh, ondertussen meedelend dat de auto in een parkeergarage stond.

'Welke parkeergarage, Lisa?'

Hij legde haar pasje op tafel.

'Die van het OLVG.'

Peter Paul fronste zijn wenkbrauwen. Hoe kwam ze erbij de Porsche daar helemaal neer te zetten? Indringend keek hij haar aan, nog steeds niet zeker dat ze niet tegen hem loog. Het kreng, hij moest toegeven dat ze het spel goed speelde.

'Dat is een eind hiervandaan. Waarom daar?'

Hij zag haar strak naar de stapel bankbiljetten kijken.

'Waarom niet?' was de wedervraag.

'Lisa, heb je iets uit die Porsche gehaald?'

Ze wist direct waar hij op doelde. 'Die ordner. In die plastic tas. Hij lag op de achterbank.'

'Heb je die teruggelegd?' Hij had opeens een scherpe, harde stem. Nerveus keek ze even weg. Sophie had dit moeten doen, zij niet.

'Die moet je terugkopen voor twintigduizend extra.'

Een vlaag van totale razernij schoot door hem heen. Had hij haar geen kans gegeven dit netjes te doen? Was hij niet bereid geweest haar te betalen?

Peter Paul kwam omhoog, haalde één keer uit en raakte haar vol onder de kin. Haar hoofd knakte achterover, vol in haar nek. Toen klapte ze met haar onderrug tegen de rand van het aanrecht. Even leek haar hoofd weer recht op haar romp te komen, maar het viel opnieuw naar achteren. Als een vormeloze zak aardappels zeeg ze langs het keukenkastje omlaag op de grond.

Het was stil in de container, er klonk geen geluid meer.

Hij wachtte niet af, elk moment kon ze bijkomen en het op een schreeuwen zetten; de wandjes waren vast erg dun. Zijn handen graaiden door haar kleren, betastten haar lichaam. Alles haalde hij overhoop, zelfs haar matras sleurde hij van het bed af. Na een paar minuten hield hij op, er was niets te vinden. Hij kon alleen nog maar hopen dat de ordner toch nog in de Porsche lag.

Giftig boog hij zich over haar heen en hief zijn hand om haar nogmaals te slaan.

'Waar is het?' beet hij haar toe. Haastig doorzocht hij opnieuw haar kleding. In haar ene broekzak zat haar telefoon, in de andere vond hij haar sleutelbos. Beide voorwerpen stak hij bij zich. Toen bukte hij zich weer over haar heen. Ze lag roerloos op de grond. Hij pakte haar bij de schouders en schudde haar stevig heen en weer. 'Kom op trut, waar?'

Haar hoofd slingerde volkomen krachteloos heen en weer, ze reageerde niet, maar dat drong pas na een tijdje tot hem door. Hij hield zijn wang bij haar mond en zijn vinger zocht de slagader in haar nek.

De aanval van blinde paniek had hij snel onder controle. Hij keek om zich heen, pakte zijn zakdoek en begon haastig wat plekken te poetsen die hij had aangeraakt. Vervolgens opende hij zachtjes de deur en keek om de hoek. Er was niets te zien. Toen hij uit de container weg liep, voelde hij hoe zijn jas bleef haken aan een spijker die half in de deursponning zat. Met een felle beweging rukte hij zich los.

Nogmaals een taxi nemen was natuurlijk het stomste wat hij kon doen, en die constatering leverde hem een voettocht van een half uur op. Felle tegenwind en regenvlagen sloegen in zijn gezicht. Toen hij eindelijk zijn Porsche in de parkeergarage vond, was de achterbank leeg. Het IJburgdossier was weg. Peter Paul zat een tijdje met zijn hoofd in zijn handen op de bestuurdersstoel voor zich uit te staren, zijn portier wagenwijd open.

'Alles goed met u, meneer?'

Geschrokken keek hij op. De bewaker van de garage stond naast hem. De bankier knikte afwezig, trok het portier dicht en startte zijn wagen, die even later traag de garage uit kroop om op te gaan in het drukke verkeer.

10

Met open ogen had ze hem aangestaard. Hij had er niet lang naar kunnen kijken en haastig haar ogen dichtgedrukt.

Waarom was ze nou ook zo stom geweest, waarom werkte ze niet gewoon mee? Dan was er nu niets gebeurd.

Hij vloekte, sloeg scheldend op zijn stuur, begon te huilen. Dit kwam nooit meer goed.

Ongemerkt was hij op de Zeeweg in Bloemendaal terechtgekomen. Bij het strand reed hij in de richting van Zandvoort en parkeerde daar zijn auto op de boulevard. Met dit weer was hij de enige die naar de grauwe branding zat te kijken. Boven zee pakten donkere wolken zich samen, er was storm op komst.

Hij kwam hier vaak, de zee bracht rust in zijn hoofd. Maar nu overheerste de angst, zijn leven was één groot drama. Al jaren worstelde hij met zichzelf, met zijn falen. Zijn gevoel van eigenwaarde had in de loop van de tijd flinke deuken opgelopen: de uitgebleven schitterende carrière, jonge academici die hem voortdurend op de ladder passeerden.

Het spel met het criminele geld was een mooi alternatief geweest, daarmee kon hij iets wat zij niet konden en tegelijkertijd zijn eigen zak vullen. En ook dat mislukte nu.

Hij stapte uit. Het begon weer te regenen, maar gebogen sleepte hij zich door het rulle zand tegen de harde wind in en stond een tijd lang met zijn handen in zijn zakken op de vloedlijn naar de kolkende branding te kijken. Opeens voelde hij de mobiele telefoon en opnieuw kwam het beeld van Lisa terug. Verder leven met de wetenschap dat hij een jong meisje had vermoord maakte hem een moment wanhopig, en woedend smeet hij het toestelletje zo ver hij kon in zee. Even overwoog hij hetzelfde met de sleutelbos te doen, maar iets hield dat tegen.

Wie kon hem hierbij nog helpen? Jochem? Hij smaalde, echte vrienden had hij niet. Hij zag zichzelf met handboeien om, afgevoerd naar het gevang, levenslang opgesloten. Er was geen uitweg.

Langzaam zakten zijn schoenen weg in het zand, als vanzelf vormden er zich kuiltjes omheen. Hij voelde het koude water.

Hij dacht aan zijn moeder, zijn vader was al overleden. Hij was enig kind en hij wist dat zijn ouders het moeilijk met hem hadden gehad. Zijn moeder wilde zo graag kleinkinderen en bleef maar hopen dat hij eens met een vrouw zou binnenstappen. Zelfs dat was hem niet gegund, als hij al iets met een vrouw kreeg, keerde ze zich na verloop van tijd weer van hem af.

Zijn gedachten vlogen alle kanten op, hij kon ze niet stopzetten. Het water stond tot aan zijn heupen. Alles in hem verzette zich hiertegen, zijn lijf schreeuwde dat hij terug moest. De golven beukten wild tegen hem aan, en een hopeloos gevoel nam bezit van hem: hij had gedacht dat het mogelijk moest zijn om door te lopen en onder te gaan, maar nu hij tot aan zijn borst in het water stond, wist hij dat hij dit niet kon. Er was moed voor nodig en die had hij niet. Verdomde lafaard, zelfs hierin faalde hij.

Voorbijgangers hadden de man in zee zien lopen en de politie gebeld. Bibberend van de kou werd Peter Paul afgevoerd naar het politiebureau in Zandvoort.

Ze waren aardig voor hem. Eerst kreeg hij een drenkelingenpak, een soort overall. Een paar keer stond hij op het punt hun te vertellen wat er gebeurd was, want hij was geen echte moordenaar, het was een ongeluk geweest. Die meid had hem gechanteerd; had ze dat maar niet gedaan, dan was er niets gebeurd.

Maar opnieuw zweeg hij.

'Gaat het weer een beetje?' vroeg een vriendelijke agente terwijl ze hem een warme beker koffie aanreikte.

De dienders vroegen zich af of ze de man zo weer weg konden

sturen, hij wilde per slot van rekening de zee in lopen; er moest iets met hem aan de hand zijn. Of ze familie konden bellen.

Peter Paul schudde zijn hoofd.

Even later kwam er iemand van de crisisdienst van de GG&GD met hem praten, maar hij hield zich op de vlakte. Het was een zwak moment geweest, had hij gezegd, hij voelde zich een beetje eenzaam de laatste tijd.

De psycholoog constateerde dat hij kennelijk geen gevaar meer voor zichzelf vormde, hij mocht naar huis.

De politie bracht hem terug naar zijn auto.

Deel 2

I

Hijgend stopte Claire halverwege de beklimming. Ze was kapot, na iedere stap omhoog gleed ze door het mulle zand weer naar beneden. Haar hart ging als een bezetene tekeer. Languit liggend in het zand keek ze omhoog naar de top. Alsof er niets aan de hand was stond Stephan daar van het uitzicht te genieten. Ze vloekte binnensmonds, kromde haar rug en schoof op handen en voeten langzaam verder omhoog. Kapot bleef ze naast Stephan liggen.

'Gaat het?' klonk het boven haar.

Ze stak haar armen uit en trok hem langzaam naar zich toe.

Haar mond zocht de zijne. Ze sloot haar ogen. Overal voelde ze zand maar het deerde haar niet. Niets raakte haar meer. Het verleden vervaagde hier. Jochem was ver weg. Ze was laf geweest en gevlucht zonder de confrontatie met hem aan te gaan, dat was haar stijl niet.

Ze ging zitten, zuchtte diep, trok haar knieën op en sloeg haar armen eromheen. Het uitzicht was prachtig, overal koperkleurige zandheuvels. Toen de twee andere Landrovers aan de voet van de heuvel tot stilstand kwamen, was het moment voorbij.

Zo warm als het hier overdag was, zo koud was het 's nachts, maar de nachtelijke sterrenhemel was onvergetelijk mooi.

Ze sliepen in tenten onder verschillende dekens. Het was vreselijk als je eruit moest om naar het gat in de grond te strompelen dat de benaming 'toilet' niet verdiende. Veel privacy hadden ze niet in de tent, alleen door een tentdoek waren ze gescheiden van hun buren.

Die avond vertelde Claire Stephan daarom onder de sterrenhemel voor het eerst over haar leven met Jochem. Over haar verliefdheid op de succesvolle bankier, over de feesten, de drank en de coke. Over hoe ze Jochem nu bedroog. Ze spaarde zichzelf niet.

Gelukkig was het donker en kon hij haar gezicht niet zien. Hij zei niets, hield alleen haar hand vast.

'Een paar maanden geleden is mijn vriendin bij mij weggegaan,' zei hij toen ze zweeg.

'Waarom?' vroeg Claire.

'Ze viel op een ander.'

Zijn vriendin had hem bedrogen, dat was duidelijk.

'Ging zij altijd met je mee op safari?'

Hij knikte.

Ze kropen in één slaapzak. Van de koude nacht hadden ze geen last meer.

2

Maandagmorgen kwam Anne fluitend het hoofdbureau binnen wandelen. Ze gooide haar tas haar kamer in, keek in de spiegel en liep door naar de recherchekamer.

Het was winter, iedereen liep in warme kleding. Anne niet, ze zag er zelfs een beetje zomers uit in haar fleurige jurkje met bijpassend jasje. Thuis had ze lang voor de spiegel gestaan en goedkeurend naar haar donkere panty en hoge hakken gekeken. Het waren niet de zwarte pumps die ze meestal op haar werk droeg.

Veel hoofden gingen als vanzelf naar de deur toen ze binnenkwam. Dirk kon een fluitje van bewondering nog net inhouden. Jaap reikte haar een kop koffie aan. Ze vormden een kring, dit werd weleens het ochtendgebed genoemd.

Het was geen officiële vergadering, maar aan het begin van de dag moest men elkaar even bijpraten, kijken of er nog bijzonderheden waren.

'Wat is het hier keurig schoon,' begon Anne opgewekt, terwijl ze haar eerste slok koffie nam.

'De schoonmaakdienst is dit weekend geweest,' zei Jolanda met een ijzige blik naar haar mensen. 'Het is helaas niet zo dat de heren zelf de handen eens uit de mouwen hebben gestoken.'

'Zeg Anne, hoe zit het met die dochter van die bankdirecteur?' vroeg Herman.

'Haar vader en ik hebben een goed gesprek gehad, en ik begrijp zijn zorgen nu een stuk beter. Jammer dat je er niet bij kon zijn, dan had je het ook begrepen.' Herman draaide nijdig aan zijn linker snorpunt. 'Vanmiddag komt hij trouwens hier, om twee uur. Dan praten we verder. Ik neem aan dat je dan wel kunt?'

Ze was nog niet van plan de hele groep te informeren over Remmelts verdenking van zijn schoonzoon, ze zou eerst het gesprek afwachten en Anne wist dat ze daarbij Hermans ervaring dringend nodig had.

'Ik heb haar gisteren wel door Jolanda op de telex laten zetten. En ik heb een collega in Parijs de hotels en de ziekenhuizen laten checken. Dat heeft niets opgeleverd, hoorde ik gisteravond.'

Na het ochtendgebed nam ze Herman mee naar haar kantoor. Toen ze het hele verhaal had verteld, begreep hij meteen dat dit een uiterst gevoelige affaire kon worden in plaats van de eenvoudige vermissing van een losgeslagen studente.

Op de Nassaukade zat het verkeer hopeloos vast. Remmelts besloot uit te stappen en het laatste stukje te lopen. Zijn chauffeur zocht wel een plekje om te parkeren.

Langs de waterkant liep hij naar de Elandsgracht. Hij keek over het water naar de achterzijde van het hoofdbureau van de politie. Normaal gesproken had hij zijn hoofd Interne Veiligheid meegenomen, maar nu ging het over zijn dochter en voorlopig wilde Remmelts elke ruchtbaarheid vermijden. Hij had voor alle zekerheid nog bij Jochem naar Claire gevraagd, maar die had hoofdschuddend gezegd ook weinig van haar gedrag te begrijpen. Schoorvoetend had hij ten slotte wel toegegeven dat ze ruzie hadden gehad over hun volgende vakantiebestemming, maar Remmelts voelde dat dat niet waar was.

Dus hier werkte Anne Kramer.

Met het hoofd in de nek staarde hij naar de tekst onder de beeldengroep boven de hoofdingang.

'T GEZAG DAT RUST BEHOEDT IN STAD EN STAAT
WAAKT RUSTLOOS TEGEN D'ONRUST VAN HET KWAAD.

Het gebouw ademde iets uit van een ver verleden, van voor de Tweede Wereldoorlog. Het was heel anders dan al die kantoren aan de Zuidas, de nieuwe skyline. Het leken sowieso twee verschillende werelden, de oude en de nieuwe stad, maar ze hoorden wel bij elkaar, ze gaven Amsterdam een internationaal aanzien.

De druk op de bankwereld om te veranderen was groot, en Remmelts voelde zich trots nu hij de Kc Bank door de crisis moest loodsen. Leren van fouten uit het verleden betekende bouwen aan het fundament voor de toekomst, was zijn credo.

Met een beetje pijn in zijn nek stond hij een minuut later bij de balie.

'Zeg het maar,' zei de portier vriendelijk.

'Mijn naam is Remmelts. Ik heb een afspraak met mevrouw Kramer. Anne Kramer.'

'Recherche,' vulde de ander met een hoofdknik aan. 'U wordt zo opgehaald.' De portier wees op een bankje.

De wachtruimte was klein, heel anders dan de entree van zijn bankgebouw, en de bezoekers waren ook van een heel ander, maar zeer uiteenlopend pluimage. Een tijdje observeerde hij de mensen die binnenkwamen en vertrokken.

'Goedemiddag.'

Remmelts draaide zich om, in de deuropening stond Anne. Hij hield even zijn adem in, want er was iets aan haar wat hij eerder niet had gezien. Iets wat hij bijna als warm zou hebben omschreven als hij niet had geweten dat ze een van de beste agenten van Amsterdam was.

'Fijn dat u tijd voor me hebt,' zei hij.

Er verscheen een vals glimlachje om haar lippen. 'Op ons hoeft u niet zo lang te wachten als bij menige bank,' zei ze voor ze zich omdraaide. 'Loopt u mee?'

Remmelts liep achter Anne aan de gangen door en de indrukwekkende binnenplaats van het gebouw op. 'Tjonge, wat een prachtige tuin hebben jullie hier.'

'Hebt u al iets gehoord van Claire?'

Hij schudde zijn hoofd. Anne kon de zorgen op zijn gezicht lezen terwijl ze naar haar kantoor liepen.

Herman stond op. Hij herkende de man tegenover zich, hij had hem meerdere malen op tv gezien. Ze gaven elkaar een hand.

Het was stil in de kamer terwijl Remmelts zijn tas opende, er een platte kartonnen map uit haalde en die op de tafel legde.

'Dit is alles wat ik in de gauwigheid en zonder achterdocht te wekken kon vinden. Veel word ik er ook niet wijs uit, behalve dan dat er naast elke hypothecaire lening andere geldstromen zijn en dat in elke overeenkomst Merwede Vastgoed een rol speelt. Ik had geen tijd om het verder uit te zoeken, helaas; ik moest hiernaartoe.'

'Hoe zit het met Jochem?' vroeg Herman. 'U zei tegen mijn collega dat uw dochter u vertelde...'

'Ze vertelde alleen iets over een mail die ze had gelezen, een mail van Bram Horowitz aan Jochem over vastgoed op IJburg. Horowitz kent u ongetwijfeld.'

'Breek me de bek niet open,' bromde Herman. 'Ik heb hem vrijdag nog in de rechtszaal te woord moeten staan. En dat is een vriend van Jochem?'

Remmelts haalde zijn schouders op.

'Geen idee, maar zijn naam staat wel in sommige stukken. Misschien is hij alleen zakelijk met Jochem Breedveld geassocieerd. Ik weet het echt niet. Claire zal dat vast wel weten.'

'Hoe komen we erachter of de verdwijning van uw dochter iets met die mail te maken heeft?' vroeg Herman zich af.

'Zullen we beginnen met een poging om mijn dochter te vinden?' vroeg Remmelts bijna wanhopig. 'Al het vastgoed op de hele wereld kan me gestolen worden op dit moment.'

De intens verdrietige klank van zijn stem vertederde Anne opeens. Ze had vreselijk met hem te doen en legde haar hand op zijn arm. 'Uw dochter komt op de eerste plaats. Ook bij ons, ook bij mij. Dat beloof ik. Maar het zou zeer goed kunnen dat mijn collega gelijk heeft, en dan wil ik alles weten over dat vastgoed, meneer Breedveld, meneer Horowitz en wat er verder van belang is. Kunnen we dat hieruit halen?' Ze wees op de map.

Remmelts schudde zijn hoofd.

'Dit is zeer summier. Als enige mogelijkheid zie ik een complete analyse van alle transacties die Jochem de laatste jaren namens de bank heeft gedaan.'

Herman knikte instemmend.

'Ik heb een voorstel. Kijk, het heeft weinig zin om meteen op Jochem af te duiken en hem over dat vastgoed uit te horen. Als hij fout zit, zal hij zijn kaken op elkaar houden, ook over Claire. Die slapende hond kunnen we beter nog even met rust laten. Het lijkt me beter de hele zaak in tweeën te splitsen, want het is ook raar als u helemaal niets doet met betrekking tot de verdwijning van uw dochter. Een deel gaat dus alleen over de vermissing van Claire. We sturen twee van onze beste rechercheurs op meneer Breedveld af en vragen hem het hemd van het lijf over haar verdwijning. Intussen kopieert u alles wat los en vast zit, zodat dat door onze financiële jongens kan worden doorgespit.' Herman keek Remmelts indringend aan. 'Dan weet Jochem dus wel dat u naar de politie bent gestapt, maar niet dat daar nóg een reden voor is.'

Remmelts knikte. 'Dat moet dan maar. Zoals het nu gaat, kan het ook niet doorgaan.' Hij rechtte zijn rug. 'En als hij met mijn bank loopt te sjoemelen, moet ook dat aan het licht worden gebracht en aangepakt.'

Anne was blij dat Herman het initiatief nam. Hier was hij goed in: ingewikkelde problemen uiteenrafelen en oplossingen aandragen.

'Het tweede deel,' ging Herman door, 'betreft die analyse. Kunt u ons gegevens in handen spelen zonder dat Breedveld of iemand anders bij de bank daar lucht van krijgt?'

Remmelts schudde zijn hoofd. 'Ik zou niet weten hoe. Ik weet niet eens waar ik die moet vinden en ongetwijfeld ligt er, als Claire gelijk heeft, ook nog het een en ander in Jochems bureaula waar ik geen weet van mag hebben. Voor het vergaren van alle stukken is medewerking van mensen binnen de bank echt noodzakelijk. Betrouwbare mensen. Maar die heb ik wel.'

Herman keek hem scherp aan. 'U moet wel erg voorzichtig zijn. Als iemand loslippig wordt...'

'Ik weet wie ik daarin kan vertrouwen,' wierp Remmelts tegen. 'Mijn secretaresse Emily is mijn volledige steun en toeverlaat in alles. Al jaren.'

Die woorden deden Anne verstoord opkijken. Had Remmelts misschien iets met zijn secretaresse? Ze voelde een steek van jaloezie, wat haar vervolgens weer verbaasde. Wat kon het haar schelen wat die man deed?

'Mag ik nog iets te berde brengen. Ik smeek u echt om volstrekte discretie, want als dit naar buiten komt, hebben we een geweldig probleem, zowel in- als extern. De imagoschade alleen al zou voor de bank catastrofaal kunnen zijn.' Remmelts kwam overeind ten teken dat hij vond dat het gesprek afgelopen was.

Ook Anne stond op. 'Discretie verzekerd,' zei ze terwijl ze haar hand uitstak.

'Anne, we moeten oppassen. Dit is een behoorlijk wespennest.' Herman draaide weer eens aan een punt van zijn snor. 'Die bankier wil ten koste van alles voorkomen dat de boel in de openbaarheid komt, maar bepaalt daardoor intussen mede de vorm van ons onderzoek.'

Anne keek hem niet aan. 'Vertrouw jij Remmelts niet?' De vraag kwam er scherper uit dan ze het bedoelde.

'Daar gaat het helemaal niet om,' antwoordde hij. Waarom reageerde zij opeens zo geprikkeld? 'Maar je moet hem geen invloed laten hebben op...'

'Bedoel je dat ik hem te veel beloofd heb, of zo?'

Opeens drong het tot hem door. Nu begreep hij ook waarom ze zich zo opgetut had. En ze had verdorie in al die maanden nog nooit iemand bij de portier opgehaald. Vrijdag liep ze nog te schelden dat ze naar Remmelts moest, en vandaag was ze een en al begrip en nam ze alle tijd voor die vent.

'Helemaal niet,' sputterde hij. 'Ik zou niet durven. Maar als we dit niet goed doen, kan het een enorme affaire worden. Dat heeft die man net zelf aangegeven. "Imagoschade" en wat al niet meer. Alles potdicht houden is hier al moeilijk, laat staan bij een bank met allerhande eigen agenda's. En ik weet nu al wie straks de grootste "imagoschade" oploopt, Anne.' Hij wees met een priemende vinger in haar richting. 'Jij. Vergis je daar niet in.'

3

Jochem Breedveld had geen strafblad, was een notoire hardrijder met een flink aantal bekeuringen op zijn naam en volgens het kadaster eigenaar van een penthouse in het appartementencomplex aan de Westerdoksdijk. Het pand kostte een paar lieve centen, boven het budget dat hij en Claire volgens Remmelts te verteren hadden.

Uiteraard lag Breedvelds werkelijke inkomen veel hoger. Volgens informatie uit dezelfde bron had hij al miljoenen aan bonussen bij elkaar vergaard. En hij was pas vijfendertig jaar.

'Een krankzinnige wereld,' zei Dirk. 'Zo jong al zo veel, dat verpest een mens voor zijn hele verdere leven.'

Jaap en hij maakten zich nauwelijks illusies; de kans was groot dat Jochem hen niet eens zou willen ontvangen. Hij was er in ieder geval niet toe verplicht. Maar het zou wel raar zijn als hij niet met de recherche over de vermissing van zijn vriendin zou willen praten.

'Dirk, veronderstel: je dochter van drieëntwintig is een kleine week weg en niet bereikbaar...'

'Kan ik ook aan jou vragen.'

'Doe nou niet zo lullig man, ik bedoel het serieus.'

Hun bureaus stonden tegenover elkaar. Jaap moest iets opzij buigen om Dirk achter zijn computer te kunnen zien zitten. Die staarde naar het plafond.

'Nou... ik zou de vriend van mijn dochter geweldig op zijn sodemieter geven als ze weg was en hij mij niet wilde vertellen waar ze zat.'

'Ik zou dat ook doen. Maar Remmelts niet. Die neemt genoegen met...'

'Dat doet-ie niet, want hij is uiteindelijk naar ons gestapt.'

'Naar Eerenberg,' bromde Jaap vanachter een stapel papier. 'En die heeft Anne erop gezet. Tegen wil en dank. Nou ja, eerst wel in elk geval...'

'En nu jaagt ze iedereen op alsof...'

Jaap gaf met zijn vlakke hand een klap op zijn stapel. 'Wat maakt het uit?! Pak je jas, dan gaan we die labbekak vragen waar-ie dat meisje heeft gelaten! Nu meteen!'

Het was even zoeken naar het appartement, er waren er honderden. Verbaasd stonden ze naar boven te kijken, de flats liepen uit in een punt. Dat was ze al die keren dat ze er in de loop der jaren langsgereden waren, nooit opgevallen. Op de bovenste verdieping zou Jochem Breedveld wonen.

'Net een glazen kooi, dat noemen ze met een duur woord een "penthouse",' schamperde Dirk.

Ze liepen naar de voordeur.

'Dacht ik het niet, geen gewone bel.'

De mannen staarden naar een display. Na meerdere bewoners gestoord te hebben, troffen ze eindelijk Jochem op de intercom.

'Recherche.'

Het bleef stil aan de andere kant.

Normaal gingen er deuren open als er 'recherche' werd gezegd, nu gebeurde er niets.

'Veenman en Van der Veer van de recherche,' probeerde Dirk zonder te veel dreiging in zijn stem te leggen. 'Kunnen wij even boven komen?'

Eindelijk klikte de deur open, Jochem had eieren voor zijn geld gekozen.

Het moest gezegd, het was een prachtig appartement met een ruim uitzicht over de hele stad.

Ze stonden even in de enorme woonkamer, maar toen Jochem zijn gasten niet uitnodigde om te gaan zitten, deden de beide rechercheurs dat maar uit zichzelf. Ze namen plaats aan een grote glazen eettafel.

Jochem stond in de keuken, die bijna volledig uit roestvrij staal leek te bestaan. Hij opende de grote koelkast en pakte een biertje. In één beweging ontdeed hij het flesje van de dop en nam een eerste slok.

'De heren ook een biertje?' vroeg hij toen.

'Nee, dank u,' kwam het eensluidend uit twee monden.

Jochem ging bij hen zitten.

'Wat wil de Amsterdamse politie van mij?'

Het klonk niet alsof het hem echt interesseerde waarom de recherche hem bezocht.

'Wij willen graag uw vriendin spreken, Claire Remmelts,' begon Jaap.

'Waarom?'

Als Jochem zich van de domme wilde houden, had hij de verkeerde tegenover zich.

'Waarom niet?' was Dirks wedervraag.

Jochem haalde zijn schouders op.

'Omdat ze in Parijs is, bij een vriendin.'

'Misschien kunt u haar even voor ons bellen, dan weten we allemaal dat dat klopt.'

Het begon verbazend snel donker te worden in de kamer.

Jochem stond op, liep naar de keuken, pakte nog een flesje bier uit de koelkast en hield het omhoog.

'Mijn zesde,' zei hij zacht. 'Maar ik beloof u dat ik vanavond niet meer zal rijden.'

'Claire?' herhaalde Dirk.

'Waarom zou ik haar bellen? Zegt iemand dat ze niet in Parijs is, soms?'

'Haar vader maakt zich zorgen, hij kan al dagen geen contact met haar krijgen.'

'En dan schakelt-ie de politie in?' Jochem smaalde. 'Ik heb hem nota bene vandaag nog verteld waar ze is. Mijn "schoonvader" is nogal beschermend ingesteld. Claire is verdorie drieëntwintig en gewoon even een paar dagen op stap om af te koelen.'

'Was daar aanleiding toe, dan?'

Opnieuw deed Jochem aan zijn antwoord een schouderophalen voorafgaan, maar verloor toen wonderlijk genoeg zijn zelfbeheersing. 'En gaat u dat dan wat aan, soms? Mag een mens ook al geen ruzie meer met zijn vrouw hebben zonder dat er meteen een blik agenten met honden en Peter R. De Vries voor de deur staan?' Hij dronk in één teug het flesje leeg. 'Zijn jullie klaar? Jullie hebben gezien hoe het er hier uitziet. Ze is hier niet, ze is in Frankrijk bij Loraine of hoe dat wijf ook heet, en wat mij betreft kunt u nu dus gaan. Wegwezen!'

Hij ging met zijn rug naar hen toe voor het raam staan. 'Jullie weten de uitgang.'

Hij hoorde hoe de voordeur dichtsloeg.

Jochem had wel gedaan of het hem allemaal niets uitmaakte, maar niets was minder waar. Toen de recherche voor zijn deur stond, was hij zich rot geschrokken. Zijn eerste gedachte was dat ze hem kwamen halen, dat het spel voorbij was, maar toen hij merkte dat het alleen over Claire ging, had hij opgelucht ademgehaald. Jochem wist weliswaar echt niet waar Claire was, maar die zorg woog niet op tegen de mogelijke ontdekking van zijn handeltjes.

Wat een bende. PP had gebeld dat de Porsche terecht was. Gisteren lagen de sleutels in zijn brievenbus; de auto had hij op de Brouwersgracht vlak bij zijn huis gevonden, had hij gezegd.

'En het dossier?' vroeg Jochem hoopvol.

'Njet, er lag niets in de auto.'

4

Sophie maakte zich zorgen. Ze had Lisa al een paar keer gebeld om te horen hoe het met de Porsche was afgelopen, maar Lisa nam niet op. Ze was nieuwsgierig. Wellicht waren ze vijfduizend euro rijker, en daar moesten ze toch even van genieten.

Die maandagavond nam ze de tijd om het dossier weer een keer door te lezen.

Het kostte nog steeds moeite om het te begrijpen, maar er begon al wat te dagen. Voor zover ze kon beoordelen ging het om woonblokken op IJburg, daarvoor moesten leningen worden aangevraagd bij de Kc Bank. Op zich was daar niet veel bijzonders aan, dacht ze nog. Maar dat kladje intrigeerde haar. Op de een of andere manier paste het niet bij de andere opsommingen en berekeningen, die keurig waren uitgedraaid.

Bezorgd stapte ze op haar fiets.

Het was een koud tochtje van een kwartier, langs het Amstelstation onder het viaduct door naar de Wenckebachweg. Lisa woonde in blok C. Als je geen sleutel had, moest je aanbellen, er was een schuifdeur die altijd automatisch dichtging. Ze hadden gelukkig een reservesleutel van elkaars huis, maar eerst drukte Sophie op Lisa's bel. Er kwam geen reactie. Ze stak de sleutel in het slot en zette haar fiets veilig binnen neer.

Toen ze de deur van Lisa's container opende, dacht ze nog dat ze zich onnodig ongerust had gemaakt, want er brandde geen licht. Ze tastte naar de schakelaar naast de deurpost en het licht ging aan. Haar adem stokte, ze sloeg haar hand voor de mond en slaakte een gil.

'Lisa,' schreeuwde ze.

Met een paar stappen was ze bij haar vriendin. Van de televisie wist ze dat je aan de keel moest voelen of er hartslag was. Ze voelde niets. Lisa's huid was ijskoud.

De recherche van District Oost bracht Sophie de Lange naar het politiebureau.

Daar werd de hevig ontdane vrouw gehoord door twee rechercheurs.

In het begin aarzelde ze. Haar ouders wisten niets van haar werkzaamheden en dat wilde ze zo houden. Maar het volgende moment zag ze het dode gezicht van haar machteloze vriendin voor zich en wilde ze alles doen opdat de moordenaar gepakt werd. Ze moest iets prijsgeven over het weekend; dat kon niet anders.

Ze vertelde wat Lisa haar had gezegd. Over het cadeautje dat Lisa moest spelen voor een man, over het feestje in Laren en hoe ze naast die oude vent wakker was geworden.

Veel meer wist ze niet, maar haar vriendin had drie namen genoemd: Jochem, Peter Paul en Arend of zo. Die Peter Paul had een huis aan een gracht in Amsterdam, waar Lisa besteld was.

'Weet u het adres van die villa in Laren?'

Sophie schudde haar hoofd.

Nog dezelfde dag werd een buurtonderzoek ingesteld, alle bewoners van de containerwoningen in blok C werden benaderd voor informatie, maar ondanks de flinterdunne wanden van de containers had niemand iets gezien of gehoord.

En de hele dag zochten 'witte pakken' van de forensische recherche in Lisa's woning naar sporen.

'Chef,' zei Dirk, 'misschien moet je dit even lezen.'

Anne boog zich over het stuk papier en ging met haar pen langs de regels. Het was een informatiebulletin van de recherche Oost over een jonge vrouw die die ochtend vermoord in een containerwoning was aangetroffen.

Ze hield haar pen stil bij de voornamen van de twee mannen van wie een getuige had gezegd dat ze bankiers waren. Nog geen tien minuten later reed ze met Jaap en Dirk naar de Wenckebachweg. Ze wilde zelf de plaats des onheils zien. Pas dan zou ze beslissen of het onderzoek naar de moord op dat meisje door haar bureau zou worden overgenomen, maar diep in haar hart wist ze al dat die kans heel groot was.

John Pel, leider Plaats Delict, wachtte Anne op en begeleidde haar naar de woning. Hij was haar vertrouwd, ze was hem al op vele moordplaatsen tegengekomen.

Ze leken altijd hetzelfde spel te spelen. Anne wilde zo veel mogelijk informatie krijgen en John kon nooit alles voor honderd procent bevestigen. Hij wilde haar altijd helpen, maar sporenonderzoek kostte nou eenmaal tijd.

'Nergens bloed,' bromde de rechercheur. 'Op het eerste gezicht ook geen zedenmisdrijf, het slachtoffer had haar kleren gewoon aan.'

'Vertel, John,' begon Anne, 'ik wil alles weten.'

'Waarschijnlijk een dreun op de kin, van onder en met een behoorlijke kracht. Mogelijk is ze daardoor achterover tegen de rand van het aanrecht geklapt, want er zat een blauwe streep horizontaal over haar onderrug.'

'Lijkschouwer al geweest?'

John knikte. 'Die zei hetzelfde.' Hij hief zijn hand. 'Maar... officieus, mevrouw Kramer. Heel officieus nog.'

Vanuit de deuropening keek Anne de container in. 'Weten we al hoe ze heet?'

'Lisa de Bruin. Volgens haar studentenpas die op tafel lag, was ze eenentwintig. Er zijn nog wat papieren gevonden, rijbewijs, verzekeringspasje en zo.'

'Hebben jullie iets gevonden dat van de dader geweest zou kunnen zijn? Sleutels? Kleding?'

De ander schudde zijn hoofd. 'Maar er waren wel vingertjes, dus het was een domme of een nerveuze kerel. Die afdrukken worden nu bekeken.'

'Alle info vanaf nu niet alleen naar Oost maar ook naar mijn afdeling,' commandeerde Anne. Er waren te veel aanwijzingen voor een connectie tussen dit meisje en de beide bankiers.

Onderweg naar het hoofdbureau zat ze achter in de auto met Dirk aan het stuur en Jaap ernaast.

'Jongens, de moord op dit meisje biedt ons een opening. Blijf die Breedveld op zijn huid zitten en probeer achter het adres van dat feest te komen. En vlooi uit wie die andere twee zijn. Die Arend en vooral die Peter Paul, want dat is de vent die Lisa inhuurde om als cadeautje mee naar Laren te gaan.'

'En hoe benaderen we die Breedveld?' vroeg Dirk. 'De eerste ontmoeting was geen bijster succes.'

'Weet je, hinderlijk volgen, blijven bellen, aanklampen. Thuis en op zijn kantoor in dat mooie bankgebouw, net zolang tot hij er gestoord van wordt,' zei Anne met een vals lachje.

Ze wist dat ze dat heel goed aan Jaap en Dirk over kon laten.

5

Claire voelde zich ziek. De week was zwaar geweest. Weinig slaap en ingewikkelde opdrachten tijdens de safariritten hadden het uiterste van haar gevergd. Half slapend hing ze in de bus naar het vliegveld tegen Stephan aan.

Bij het inpakken had ze alle kleren uitgeklopt, maar overal bleef ze zand voelen. Haar lange blonde haren hingen in klitterige slierten om haar hoofd.

Ze verlangde naar een warm bad en een goed bed.

Gebroken en huiverend kwam ze vele uren later op Schiphol aan, van de kou maar misschien vooral omdat de confrontatie met Jochem onvermijdelijk dichterbij kwam. Ze zag er huizenhoog tegenop.

Op spaarzame momenten had ze wel nagedacht over hoe het verder moest, maar tijdens de safari was het niet moeilijk geweest om alles weg te stoppen, er was afleiding genoeg.

Toch was ze niet ontkomen aan een vergelijking. Met Jochem waren er uitspattingen geweest, exotische oorden, boottochten op de Middellandse Zee, het kon allemaal niet op. Ze had zich er met veel plezier aan overgegeven. En hoe anders was deze week verlopen, ze was nog nooit zo moe geweest.

In de trein naar het Centraal Station spraken ze nauwelijks, ieder worstelde met z'n eigen gedachten. Als backpackers liepen ze door de Haarlemmerstraat, hij moest naar zijn huis in de Jordaan, zij naar de Westerdoksdijk.

Af en toe keek ze opzij, zich afvragend of hij zich ook zo lamlendig voelde, maar hij leek weinig last te hebben, voor hem was het verblijf in de woestijn alleen maar ontspanning geweest.

Hij leek niet voornemens enige druk op haar uit te oefenen om bij hem te blijven. Deed hij dat maar, flitste het door haar heen, dan wist ze tenminste dat hij het afscheid moeilijk vond. Maar diep in haar hart wist ze dat Stephan gelijk had; zij moest eerst haar eigen problemen oplossen. En dat zou ze.

Ze sjokte voort met het hoofd omlaag alsof ze naar een strafkamp ging. Ze had niet in de gaten dat Stephan al een tijdje naar haar keek.

'Claire, je hoeft het niet te doen, dat weet je toch, hè?' zei hij toen ze afscheid namen bij de Korte Prinsengracht.

Claire ging op haar tenen staan, sloeg haar armen om hem heen en kuste hem. 'Ik bel je,' zei ze met een verstikte stem, 'maar dat kan wel even duren, hoor.' Toen ze zich omdraaide en wegliep, had ze tranen in haar ogen. Hij keek haar na.

Net voor ze uit het zicht verdween, keerde ze zich nog een keer om en zwaaide. Hij wist dat er niets anders op zat, ze moest de ruimte hebben om haar eigen problemen op te lossen. Met een diepe zucht draaide hij zich om.

Tussen een penthouse en een bedoeïenentent lagen eigenlijk maar een paar uur, bedacht ze. Jochem had er gelukkig geen puinhoop van gemaakt.

In de kamer was alles opgeruimd, ze verbaasde zich, het was zelfs een beetje netter dan normaal. Ze wilde roepen dat ze er was, maar bedacht zich.

Zacht liep ze naar de slaapkamer, het bed leek onbeslapen. Even bekroop haar de gedachte dat hij al die tijd helemaal niet thuis was geweest.

Ze pakte haar rugzak uit en stapte daarna onder de douche. Minutenlang stond ze onder het neerstortende hete water, al het vuil van de laatste dagen spoelde van haar lijf. Toen ze naar beneden keek, lag er een ragfijn laagje zand op de douchevloer.

Ze hoopte dat Jochem de hele dag weg zou blijven. Ze had nog geen energie om de strijd met hem aan te gaan. Ze had zelfs niet de moeite genomen om haar mobiel aan te zetten. Ze zou hem later wel bellen dat ze weer thuis was. En daarna meteen vertellen dat ze niet bleef.

Slapen was het enige wat ze wilde. Ze dook naakt onder het donzen dekbed, en sliep al na een paar minuten. Ze was terug in de tent, onder een stapel dikke dekens. Iemand schudde haar heen en weer. 'Stephan, hou nou op, ik wil slapen,' riep ze.

Hij bleef rukken, waardoor ze eindelijk toch haar ogen opende.

Het eerste wat haar vreemd voorkwam, was het licht. Dat was er in de tent nooit, daar was het altijd donker.

'Toe nou...' De rest van de zin bestierf op de lippen.

Jochem stond naast haar bed en boog zich voorover.

De klap kwam onverwacht, ze had zijn hand niet aan zien komen. Weer kreeg ze een klap, nu tegen haar neus. Terwijl ze worstelde om te ontkomen, gingen de slagen in haar gezicht door. Ze bloedde als een rund en haar hoofd tolde van de pijn.

Eindelijk slaagde ze erin het op een gillen te zetten en het dekbed over zich heen te trekken. Maar met een ruk trok hij het weer van haar af.

Ze was naakt en alles zat onder het bloed. Ze rolde zich op om zichzelf tegen de slagen te beschermen, maar niets hielp, Jochem was door het dolle heen. Voor ze het in de gaten had, sleurde hij haar aan één been van het bed af. Nog voor ze op de grond terechtkwam, had ze een eerste trap in haar buik te pakken.

'Vuile slet!'

Er was geen enkele bescherming meer, ze lag in de hoek van de slaapkamer. Hij blééf haar schoppen, de helse pijn was overal. Ze duwde haar rug tegen de muur en trok haar knieën op om zich zo klein mogelijk te maken. Wijdbeens stond hij voor haar, klaar om weer uit te halen.

'Nou, waar was je?' siste hij.

'Jordanië.'

Ze fluisterde, haar stem was schor van angst. Haar antwoord leek hem te verwarren.

'Jordanië? Niet naar Parijs, dus? En wat heb je daar gedaan? Met wie was je daar?'

Tranen van pijn liepen over haar wangen. Ze zweeg en sloeg haar handen voor haar gezicht. Hij trapte met zijn puntschoen gemeen in haar dijbeen, ze zag het weer niet aankomen.

'Nou? Met wie?'

'Hou op,' gilde ze en probeerde overeind te krabbelen. De woede begon het te winnen van de pijn. 'Met een man. Ja, met een man. En wat ga je nou doen? Me vermoorden?'

Ze hoorde hem hijgen terwijl hij achteruit week.

'Dus toch,' was het enige wat ze hem nog hoorde zeggen. Trillend over haar hele lijf schoof ze zo ver ze kon de hoek in; elk moment kon hij opnieuw op haar in trappen.

Maar Jochem draaide zich om, liep de slaapkamer uit en trok de deur met een klap achter zich dicht.

In de kamer probeerde Jochem bij zinnen te komen. Ze zou haar vader ongetwijfeld vertellen hoe hij haar geslagen had. Dat kon hem zijn baan kosten, natuurlijk. Hij aarzelde. En dan zou pa Remmelts ook van haar te horen krijgen waardoor Jochem zo over de rooie was gegaan. Nee, de gevolgen van zijn uitbarsting konden verschrikkelijk zijn, dat begreep een kind zelfs.

Het leek alsof hij een schok van 220 volt kreeg toen er werd aangebeld. Verstijfd keek hij naar de voordeur. Zijn handen en kleding zaten onder het bloed. Niemand mocht zien hoe hij er nu uitzag.

Op het beeldschermpje naast de voordeur zag hij de twee mannen die hij nog kende van hun vorige bezoek. Hij keek nogmaals wanhopig naar zijn handen en zijn overhemd. 'Niet nu, verdomme.'

Hij moest snel handelen, Claire kon zomaar uit de slaapkamer komen. Opnieuw werd er op de bel gedrukt. Hij waste zijn handen, rukte zijn overhemd uit en propte het diep weg in de afvalbak die in een kastje onder het aanrecht stond. Toen schoot hij razendsnel een trainingsjack aan dat aan de kapstok hing. Alles bij elkaar had het niet meer dan dertig seconden gekost.

'Ja?' vroeg hij op onverschillige toon.

'Recherche. Kunt u even opendoen?'

Hij mocht geen argwaan wekken, zijn hersens werkten op volle snelheid. Onder geen enkele voorwaarde mochten die rechercheurs nu binnenkomen.

'Is dit jullie idee van een 1-aprilgrap of zo?' riep hij door de intercom. 'Ik krijg een slechte naam bij mijn buren, verdorie.'

'Als u nou even opendoet, dan bent u zo weer van ons af,' kraakte het uit het luidsprekertje.

'Dat doe ik niet, want ik was net op weg naar beneden,' zei hij met zijn meest geaffecteerde stem. 'Dus als u even wacht, kom ik naar u toe.'

Hij wachtte het antwoord niet af maar liep naar de slaapkamer.

Claire lag op het bed en had het dekbed tot haar kin opgetrokken. Toen hij het wegtrok, zag hij dat ze opnieuw uit angst in elkaar kroop. Ze huilde, haar lichaam schokte. Hij moest voorkomen dat ze ging bellen.

'Ik... jezus, Claire... Ik ging helemaal door het lint. Ik wilde dit niet.' Ondertussen liep hij naar de grote kledingkast en griste er een joggingbroek en een paar sportschoenen uit. 'Ik ga gauw wat spullen halen voor je en kom meteen weer terug om je te verzorgen, goed?'

Snel schopte hij zijn nette schoenen uit en trok over zijn gewone broek de joggingbroek aan. Daarna stormde hij het huis uit, de sportschoenen in zijn hand.

Eerst moesten die twee rechercheurs weg. In de lift stapte hij haastig in zijn schoenen. Hij klemde zijn kaken op elkaar toen de liftdeur openging.

'Heren, wat nu weer?'

'We willen weten of u inmiddels bericht van uw vriendin hebt ontvangen?'

'Nee, en als dat wel zo was, had ik u gebeld.'

Hij deed een stap naar voren om de mannen te passeren, maar Dirk pakte hem stevig bij zijn bovenarm. Als door een adder gebeten probeerde Jochem zich los te trekken. Dat lukte niet, de hand van Dirk was als een bankschroef.

'Het lijkt wel of u niet blij bent dat we Claire blijven zoeken,' zei Jaap lijzig.

Jochem spartelde heftig tegen. Dirk blies door zijn neus, zijn mond was een streep van de inspanning, maar loslaten deed hij niet.

'En ik vraag me af of alles wel helemaal in orde is bij u thuis.'

'Overal is weleens wat. Als wij een zielenknijper nodig hebben, weet ik die zelf wel te vinden.'

Dirk maakte de paar passen naar de auto razendsnel. Hij trok met zijn vrije hand het portier open en liet op dat moment Jochems arm los. Het zetje dat Jaap daarop in Jochems rug gaf, deed de bankier de auto in tuimelen.

'Wat fijn dat u even vrijwillig met ons mee wilt, meneer Breedveld.'

Jochem maakte een beweging alsof hij ging schreeuwen als een speenvarken, maar toen hield hij in; hoe sneller ze hier wegreden, hoe beter.

'Ben ik verdacht of zoiets, moet ik mijn advocaat bellen?' riep hij zo vriendelijk mogelijk. 'Ik weet werkelijk niet waar ze is.'

'Daar gaan we nog even over praten op het hoofdbureau,' bromde Dirk en daarmee eindigde de conversatie.

'Dit is gewoon een verkapte aanhouding. Hier zal een dikke klacht over worden ingediend, heren.' Toen deed ook Jochem er het zwijgen toe. Hij ging naar buiten zitten kijken.

Het spreekkamertje op het hoofdbureau was steriel, alleen een tafel en een paar plastic stoelen vulden de ruimte.

Dirk opende de laptop en logde in, er werd niets gezegd. Ze merkten wel dat Jochem zich ongemakkelijk voelde, misschien speet het hem toch dat hij hier zat.

Hij droeg sportkleding.

'Heren,' verbrak Jochem de stilte, 'u verpest mijn hele programma voor vandaag. Ik was net van plan naar de sportschool te gaan.'

Beide rechercheurs keken hem stoïcijns aan.

'Claire?' begon Jaap.

Breedveld zuchtte. 'Is nooit vermist geweest, iedereen heeft zich druk gemaakt om niks.' Hij zakte wat onderuit.

'Ze was niet in Parijs, maar in Jordanië. Ze is inmiddels thuis.'

Daarna keek hij ongeïnteresseerd naar buiten, voor hem was de zaak afgesloten.

Verbluft keken de rechercheurs hem aan.

'En dat kon u ons niet meteen vertellen?' vroeg Jaap kwaad. 'Dan waren we met haar gaan praten en...'

Jochem schoot omhoog. 'En dat is wat mevrouw niet wil, want mevrouw wil helemaal met niemand praten. Niet met mij en al helemaal niet met u.'

Dirk bromde. Wilde die vent hen te slim af zijn of sprak hij de waarheid? Om even een onderbreking te maken, schonk Jaap bekertjes water in.

'U ook?'

Breedveld sloeg het water in één keer achterover en zette het bekertje demonstratief weer op het tafelblad. Hij kwam overeind.

'Het was mij niet bepaald een genoegen, heren, en uw vervoermethodes al helemaal niet.'

'Ik heb nog wel een paar vragen,' viel Jaap hem in de rede.

Jochem slaakte een demonstratieve zucht en keek naar het plafond.

De grote rechercheur opende een map en haalde een rijbewijs tevoorschijn. Langzaam schoof hij het document over tafel. Ze zagen Jochem er een moment scherp naar kijken, toen draaide hij zijn ogen weg.

'Kent u deze vrouw?'

Breedveld schudde zijn hoofd.

'Volgens ons heb je haar afgelopen weekend op een feestje ontmoet,' ging Jaap verder. Hij had besloten om Breedveld in de tang te krijgen en tutoyeren maakte deel uit van zijn inmiddels beproefde tactiek.

'Ik kom op veel feestjes.'

'Maar niet alle meisjes op jouw feestjes worden een dag of wat later vermoord, toch?' Dirk trok een vragend gezicht. 'Zij wel. Ze heet Lisa, trouwens. Maar dat wist je al.'

Jochems handen trilden. Het was maar even, toen herstelde hij zich weer.

'Ik weet werkelijk niets van dit hele verhaal. En wat heeft dat met Claire te maken? Die is in elk geval niet dood, want ik heb haar net nog gesproken.' Met een van woede vertrokken gezicht keek hij van de een naar de ander. 'Jullie willen mij verdomme iets in mijn schoenen schuiven! Dat is het.'

Jaap en Dirk staarden hem aan zonder iets te zeggen.

'Dit is een trucje van Remmelts om van me af te komen, wedden? Hij heeft een vriendje bij de politie gevraagd om me ergens voor op te laten draaien, zodat hij me eruit kan trappen. Omdat niet mag uitkomen dat zijn lieve dochtertje vreemdgaat bij het leven!' Hij gromde. 'Nou, bewijs het maar! Ik heb niks gedaan.' Jochem stak zijn handen vooruit. 'Of je boeit mij of ik ga nu weg.'

Even later sprong hij voor het bureau in een taxi.

Claire kwam kreunend overeind en keek verdwaasd om zich heen. Het bed zat onder het bloed. Ze sleepte zich naar de badkamer en viel zowat flauw toen ze in de spiegel keek. Er kwam nog steeds wat bloed uit haar neus; met een handdoek probeerde ze het te stelpen.

Ze wilde zo snel mogelijk weg, Jochem kon elk moment terugkomen en opnieuw tegen haar tekeergaan. Snikkend van woede en pijn trok ze wat kleren aan, haar hoofd bonkte verschrikkelijk. Erger nog was het gevoel van schaamte. Het idee dat zij zich zo machteloos door haar partner in elkaar had laten slaan, was onverteerbaar.

Even kwam de gedachte in haar op haar vader te bellen, maar ze liet het idee meteen weer varen. Ze moest eerst zichzelf in veiligheid brengen, niet hem hiernaartoe laten komen en de boel nog verder laten escaleren.

Stephan, naar hem moest ze.

Hinkend van pijn liep ze naar haar telefoon. Het duurde eindeloos voor ze hem aan had en er verbinding was; ongeduldig zat ze op haar bed te wachten. Stephan had weinig woorden nodig.

Op het moment dat ze de gsm weer weg wilde leggen, begon die te piepen.

Vijftien gemiste oproepen zag ze op de display, de meeste van haar vader.

Stephan wachtte niet beneden zoals ze had gevraagd; toen hij aanbelde sleepte ze zich naar de voordeur en deed open. Alles werd steeds waziger terwijl hij haar onderzocht.

'Ik breng je naar de eerste hulp,' was het laatste wat ze hoorde.

6

Ze leken wel een echtpaar, zoals ze daar in de wachtkamer van het ziekenhuis zaten. Een gedistingeerde man in een keurig streepjespak, met naast hem een iets jongere, sportief geklede vrouw.

'Ik hoop maar dat ze er niets aan overhoudt,' zei Remmelts bezorgd.

Anne begreep zijn zorg, ze wist dat Claires verwondingen verschrikkelijk konden uitpakken. Wie zijn neus schendt... dacht ze. En voor zo'n leuke jonge meid gold dat dubbel. Er was net een arts bij hen geweest; Claires neus was gebroken. Het kon nog wel een tijdje duren voor de operatie achter de rug was, had hij ook gezegd.

'Maar doktoren kunnen veel tegenwoordig.' Anne probeerde hem moed in te spreken. Ze aarzelde maar toen deed ze het toch. Haar rechterhand schoof naar de zijne en ze kneep er zachtjes in. 'Het komt goed, meneer Remmelts. Daar ben ik van overtuigd.'

'Bert,' zei hij. 'Zeg maar Bert, dat vind ik zeker nu beter passen.'

Ze knikte instemmend, bijna verheugd. 'Anne,' zei ze. Vorige week was Remmelts voor haar nog een volslagen onbekende geweest bij wie ze met absolute tegenzin op kantoor kwam. Er gebeurde iets, maar ze peinsde er niet over om dat toe te laten. Wat het ook was, het was te vroeg, het ging te snel en het kon absoluut niet. Remmelts was een zaak, dus geen mens om je meer in te verdiepen dan beroepsmatig van belang was. Ze keek hem van opzij aan. Hij was knap, dat was ontegenzeggelijk waar.

Haar gsm ging over en ze grabbelde in haar tas tot ze hem vond.
'Met Anne.'

Ze moest de grootste moeite doen om te horen wat er gezegd werd, het was rumoerig.

Op weg naar het ziekenhuis had ze opdracht gegeven alles in het werk te stellen om Jochem aan te houden. Maar haar meest ervaren rechercheurs hadden zich door Breedveld in de luren laten leggen, hij had ze niet binnengelaten. En intussen lag Claire total loss op haar bed.

Toen ze in het ziekenhuis aankwam, had Bert Remmelts op dit bankje gezeten. Als hij zijn dochter alleen had durven laten, was hij ongetwijfeld zelf achter Jochem aan gegaan.

Ze bromde een antwoord en verbrak de verbinding. Net toen ze Bert wilde zeggen dat Jochem achter slot en grendel zat, stapte er een man in groene operatiekleding op hen af en schudde hen de hand.

Ze veerden op, gespannen om wat de man over Claire zou zeggen.

'Loopt u even mee?'

Hij wilde de mededeling blijkbaar niet midden op de gang doen. Anne legde even haar hand op Remmelts schouder.

De arts ging hen voor naar een klein kamertje en sloot de deur ter-wijl ze plaatsnamen op twee stoelen.

'Hoe is...'

'Met uw dochter gaat het goed; haar neus is gezet. De operatie is prima verlopen, heb ik begrepen.'

'En haar gezicht? Ik bedoel, blijf je het zien?'

'Uit de foto's bleek al dat de breuk gelukkig meeviel, dus de kans op een volledig herstel is groot. We moeten natuurlijk een slag om de arm houden,' besloot hij zijn verhaal, 'maar mijn collega verzekerde me dat niemand er over een tijdje nog iets van zal kunnen zien.'

Het was alsof er een kolossale last van Remmelts schouders viel en een droge snik ontsnapte hem.

'Uw collega?' vroeg Anne. 'U hebt de operatie niet zelf uitgevoerd?'

De dokter schudde zijn hoofd.

'Er is een andere reden waarom ik u het nieuws kom brengen. Ik ben Stephan Jorritsma, ik was de afgelopen dagen met uw dochter in Jordanië.'

'Maar u bent wel een chirurg?'

Hij knikte. 'Ik ben hier in opleiding. Het is allemaal wel een heel wonderlijk toeval, moet ik zeggen.' Hij liep naar de deur. 'Ik zal wat te drinken voor u halen. Allebei koffie?'

Verbouwereerd knikten Anne en Bert om elkaar vervolgens sprakeloos aan te kijken tot Stephan met drie plastic bekertjes terugkwam. Hij ging zitten en begon te vertellen. Pas toen hij zweeg, nam hij een slok van zijn eigen koffie. Die was inmiddels koud.

Stephan keek naar Anne. Claire had verteld dat haar moeder was omgekomen bij een aanrijding. Misschien Remmelts' tweede vrouw of zijn vriendin, schoot het door hem heen.

'Waarom hebben jullie niet even uit Jordanië gebeld?' vroeg Anne nijdig. 'Het hele Amsterdamse politiekorps is voor jullie gemobiliseerd.'

Stephan keek naar zijn handen met de lange, fijne vingers. 'Sorry. U hebt helemaal gelijk. Niet om me ervan af te maken, maar Claire vertelde me pas heel laat dat ze haar familie zonder bericht achtergelaten had.'

'Mag ik bij haar?' vroeg Remmelts, maar Stephan schudde zijn hoofd.

'Ze is nog helemaal onder narcose, en ik denk dat het goed is dat ze nog even echt rust krijgt. De zwellingen nemen het snelst af als mensen zich volledig ontspannen.' Hij stond op en opende de deur voor hen. 'Ik zorg ervoor dat u morgenochtend direct naar haar toe kunt. Erewoord.' Remmelts schudde aarzelend Stephans hand, Anne knikte hem slechts toe. Ze kon de onbezonnenheid van de jonge dokter nog steeds niet waarderen.

Toen ze het ziekenhuis uit liepen, stond de chauffeur van Bert nog steeds te wachten. 'Chris, ik ga op eigen gelegenheid naar huis. Morgenochtend kun je mij op de gebruikelijke tijd in Aerdenhout ophalen.'

De chauffeur knikte, stapte in de auto en reed weg.

Bert Remmelts keek Anne diep in haar ogen. 'Als jij nu niet met me mee uit eten gaat, zou dat de tweede grote teleurstelling van de dag worden,' zei hij.

Anne deed even alsof ze nadacht over haar antwoord.

Een half uur te laat rende Anne de volgende morgen door het hoofd-bureau. Ze moest naar 'de gouden gang', waar de korpsleiding ze-telde. De muren waren hier allemaal gelambriseerd, in tegenstelling tot in de rest van het gebouw. Anne vond het maar overdreven op-smuk.

Toen ze binnenkwam, zat Eerenberg achter zijn bureau de krant te lezen. Hij had zijn uniformjasje al aan, en Anne wist wat dat bete-kende: hij moest weg.

'We hebben precies nog vijf minuten.'

Ze knikte. 'Sorry.' Ze ging op een stoel voor zijn bureau zitten.

Hij zag er vermoeid uit, had wallen onder zijn ogen. Zo langzamer-hand wist ze best dat hij een hell of a job had, je hoefde niet jaloers te zijn op zo'n baan. Iedere dag de camera's op je gericht, altijd wel iets om over te klagen. Je moest van beton zijn om daar rustig onder te blijven.

'Hoe gaat het met je, Anne?'

Ze hapte naar lucht en voelde dat ze een vreselijke kleur kreeg. Wist hij het? Van wie? Had Bert het hem verteld? En zo ja, wanneer dan in godsnaam? Wat moest ze Eerenberg vertellen? Dat ze verliefd was geworden op zijn bankvriend, een man die een rol speelde in een onderzoek? Eerenberg zou niet alleen raar opkijken, hij kon haar wel-eens flink de mantel uitvegen.

'Druk, maar het verdwenen slachtoffer is...'

'Dat bedoel ik niet, hoe gaat het met jou?'

Ze was helemaal niet gecharmeerd van zijn plotselinge vertrouwe-lijkheid. 'Zullen we zeggen dat je vorige week wat... dwars was?' zei hij met een ernstig gezicht.

'Ik dwars?'

'Je had helemaal geen zin in dat bezoek aan Remmelts, toch? Zijn dochter is inmiddels wel terecht, begreep ik van hem. En dat je vervolgens een gigantische bouwfraude boven water hebt gekre-gen?'

'En een dode jonge vrouw, al is het een andere dan we vreesden.' In een paar zinnen probeerde ze uit te leggen wat er gebeurd was.

Hoofdschuddend hoorde Eerenberg het allemaal aan. 'Leuke baan heb jij, Anne.'

'Je bent zelf toch recherchechef geweest?'

'Eén van mijn leukste banen, af en toe kan ik daar vreselijk naar terugverlangen.'

'Nog tijd voor een kopje koffie, meneer?'

Eerenberg zuchtte. 'Helaas, Jan. Dat redden we niet meer.' Hij stond op.

Anne had de bediende niet eens binnen horen komen. Boeren Jan, noemde ze hem, hij was jarenlang boer geweest en pas op latere leeftijd bode van de hoofdcommissaris geworden. Het uniform zou hem nooit helemaal passen, zijn lijf was daar veel te bonkig voor. Anne had een zwak voor hem. Dag in dag uit stond hij klaar om Eerenbergs bezoekers van een natje en een droogje te voorzien en na zijn dienst stapte hij op zijn bromfiets naar Zunderdorp om zijn paar overgebleven koeien te verzorgen.

Anne volgde hem en op de gang fluisterde hij dat ze nog wel wat paling van hem kon krijgen.

'Nee toch, niet weer Jan,' antwoordde Anne met gespeelde verontwaardiging.

Schichtig keek Jan om zich heen, en toen knikte hij. De illegale fuiken hadden weer een vette vangst opgeleverd.

'Pas op, hè.' Anne stak haar wijsvinger waarschuwend omhoog. 'Als je gepakt wordt, dek ik je niet, maar misschien kom ik je wel in de cel opzoeken,' zei ze lachend waarna ze snel doorliep naar haar eigen kamer.

Normaal gesproken stelde Anne nooit zelf verdachten in verzekering. Al haar teamleiders waren hulpofficieren van justitie. Arresteren was een onderdeel van hun dagelijkse werkzaamheden.

Nieuwsgierig als ze was en kwaad om wat de man Claire had aangedaan, wilde ze Jochem Breedveld echter in levenden lijve zien. Ze zat achter de tafel in de verhoorkamer, toen hij binnen werd gebracht.

'Ga zitten,' begon ze.

Hij pakte de stoel bij de rugleuning, ging zitten en keek haar zwijgend aan.

Dus dit was de bankier die ieder jaar dikke bonussen opstreek en de man die weerloze meiden in elkaar ramde. Wie dat kon, kon er ongetwijfeld ook een per ongeluk doodtrappen.

Ergens kon Anne zich wel voorstellen dat Claire op deze vent gevallen was, hij had wel iets met die kale kop. Het leek haar een vent die zich makkelijk tussen mensen kon bewegen, opvallend als hij binnenkwam, vooral voor vrouwen.

'Mijn naam is Anne Kramer.'

Hij reageerde niet, bleef zwijgen.

'U wordt verdacht van zware mishandeling van Claire Remmelts. Ik ga u twee maal vierentwintig uur in verzekering stellen. De officier kan dat daarna nog een keer verlengen.'

Het leek een eenzijdig gesprek te worden. Breedveld blikte of bloosde niet.

'Er is een advocaat voor u opgeroepen. Als u al een advocaat hebt, kan die ook worden gewaarschuwd. U bent niet tot antwoorden verplicht, overigens.'

Haar blik ging van de man naar het formulier. Ze moest zien dat ze hem aan de praat kreeg.

'Erkent u dat u Claire Remmelts hebt mishandeld?'

'Heeft zij aangifte gedaan?' vroeg hij afgemeten.

Hij toonde geen enkele emotie. 'Ik heb zelf een advocaat en die wil ik eerst spreken. Niet zo'n pro-deo-eikel. Bovendien wil ik haar aangifte lezen.' Hij zakte wat onderuit op zijn stoel.

'Dat is geen antwoord op mijn vraag.' Claire was nog niet in staat geweest om een verklaring af te leggen, maar vandaag zouden Jaap en Dirk die opnemen.

'Zoals u wilt,' zei ze en ze schreef op dat de verdachte geen verklaring wenste af te leggen. Daarna zette ze een handtekening en schoof een kopie van het formulier over tafel naar Jochem toe.

'Twee keer vierentwintig. Ik wed dat er dan wel een aangifte ligt, meneer Breedveld. Een flinke.' Ze stond op. 'Nog één ding. Er zal wat wangslijm van u worden afgenomen. U bent verplicht daaraan mee te werken.'

Ze zag hoe er een schaduw over zijn gelaat gleed.

Jochem ontkende Lisa ooit eerder gezien te hebben. Bij de sectie was sperma in haar vagina aangetroffen. De getuige, de vriendin van Lisa, zei dat het slachtoffer daags voor de moord had verteld over de seks die ze met 'die kale' had gehad, en Anne kon niet ontkennen dat een DNA-match noodzakelijk was om Breedveld voor meer dan de mishandeling vast te zetten.

Het gesprek met Claire verliep niet makkelijk. Haar gezwollen gezicht ging voor het grootste deel schuil achter een dikke laag verband, praten viel haar uiterst moeilijk.

Jaap en Dirk waren er snel achter dat er op dit moment niet veel meer te halen viel dan de bevestiging dat Jochem Breedveld de dader was. Claire bevestigde die vraag met een knik. Eén klap was op haar neus terechtgekomen, waardoor die was gebroken. Hij had haar daarna overal op haar lichaam geslagen en geschopt. Haar hele lichaam was bont en blauw. Ze bleek ook nog een gebroken rib te hebben.

'Doet u aangifte tegen Jochem Breedveld?' vroeg Dirk.

Claire knikte opnieuw.

Dirk maakte een aantekening dat er direct foto's van de slaapkamer gemaakt moesten worden als ondersteunend bewijs.

Hij moest zich telkens over Claire heen buigen om haar te kunnen verstaan.

'Weet je nog dat je je vader hebt verteld over een vastgoeddeal, net voor je op vakantie ging?'

Heel langzaam ging haar hoofd heen en weer. 'Nu niet, later,' fluisterde ze. Daarna sloot ze haar ogen.

Op dat moment verscheen er een jonge arts. Bezorgd boog hij zich over haar heen, hij vond het veel te vroeg voor een gesprek met de recherche.

'Stephan Jorritsma,' stelde hij zichzelf voor.

'De prins op het witte paard,' zei Dirk. 'Die ongetwijfeld een doktersverklaring over het letsel kan regelen.'

'Dat kan ik zeker, maar alleen als u nu weggaat en Claire voorlopig nog even met rust laat. Ze kan nog niets hebben.'

7

Sophie staarde naar het dossier. Ze was ervan overtuigd dat de dood van haar vriendin iets met het handgeschreven briefje te maken had.

De beelden van de containerwoning kwamen telkens terug. Ze was maar even binnen geweest en toch stond alles op haar netvlies gegrift. De dode Lisa op de grond, tegen het aanrechtkastje aan, midden tussen de chaos. Alles was overhoop gehaald. Waren ze op zoek geweest naar dit dossier? Waarschijnlijk wel, want ze had nooit van Lisa gehoord dat ze ook nog iets anders uit de Porsche had gehaald.

Als dat klopte, had Sophie kennelijk een bom in handen, want iemand was bereid ervoor te moorden. Allerlei gedachten vlogen door haar hoofd. Angst, woede en verdriet om haar dode vriendin, maar de gedachte om naar de politie te gaan verwierp ze direct. Dat zou haar niets opleveren.

Het dossier begon haar leven te beheersen. Het was verkeerd geweest om Lisa het geld voor de Porsche alleen te laten halen. Even voelde ze het achter haar ogen prikken, maar Sophie was een harde. Ze moest de boel niet op zijn kop zetten, hield ze zich voor. Lisa was ongetwijfeld stom geweest, te jong en onervaren om het tegen deze types op te nemen.

Ze sloeg het dossier weer open. Eén ding was haar wel duidelijk: de stukken waren opgemaakt door advocaat Horowitz en die zou dus onmiddellijk weten waar ze over belde. Als ze dat zou doen, tenminste.

Ze klapte haar laptop open om de website van Horowitz te bekijken. Niet doen, zei een stem van binnen, niet je eigen computer gebruiken. Nog voor ze een toets had aangeraakt sloot ze de computer weer. Via haar IP-adres zou ze zichzelf kunnen verraden. Zelfs het feit dat zij belangstelling toonde voor Horowitz' website kon haar verraden.

Om de hoek was een internetcafé. Ze wilde via de website van Horowitz met hem in contact komen, dat zou haar niet veel moeite kosten.

In een paar minuten had ze een nieuw hotmailaccount aangemaakt om vervolgens lang te dubben over de te sturen tekst. Als haar mail via de website binnenkwam, was de kans groot dat die advocaat hem niet zelf las, iemand van het personeel leek waarschijnlijker. De tekst moest dus onschuldig zijn, maar wel zodanig dat het bericht bij Horowitz zelf terecht zou komen.

Sophie keek op de klok, haar half uur was bijna om, ze moest opschieten.

'Ik kan u informatie geven over "IJburg", neem via dit mailadres contact met mij op.'

Meer niet, dit moest genoeg zijn. Als het dossier belangrijk was, zou hij snel reageren. God zegene de greep, zei ze tegen zichzelf, ze kneep haar ogen dicht en drukte op de verzendtoets.

Toen ze naar huis liep, voelde ze zich beresterk; en ze was niet op te sporen. Ze waren nog niet klaar met haar.

'Meneer Horowitz, hebt u iemand gevraagd iets over het onderwerp "IJburg" uit te zoeken?' vroeg de secretaresse via de intercom.

Bram schrok op. 'Hoe bedoel je?'

Even later beende hij met het afgedrukte bericht naar zijn kantoor. Woord voor woord las hij de tekst en keek toen naar het mailadres. Asil21@hotmail.com, het zei hem niks. Het verrekte dossier had via Peter Paul bij Jochem terecht moeten komen, maar die had hem inmiddels verteld wat er gebeurd was. Hij was natuurlijk bezorgd geweest, maar zolang hij er niet van hoorde, was geen nieuws goed nieuws.

Zijn hand ging naar de telefoon. Tot zijn grote ergernis kreeg hij PP's voicemail.

'Bel me onmiddellijk terug,' sprak hij in.

Hij staarde naar de tekst. Als het dossier in handen van de politie kwam, was het afgelopen. Voor de financiële recherche moest het mogelijk zijn om te ontdekken waar het allemaal om te doen was en op welke manier ze het hadden gedaan. Hij zag het al voor zich: op de kamers van het hoofdbureau zou een gejuich opgaan als ze deze paperassen in handen hadden. En ze zouden de vlag uitsteken als ze zijn naam hieraan konden verbinden.

De laatste weken had hij het gevoel dat zijn wereld stukje bij beetje kapot werd gescheurd. Hij had er geen greep meer op, op de een of andere manier gingen er steeds meer zaken mis. Juist nu de beursgang van het vastgoedbedrijf van Arnoud dichterbij kwam, liep alles in het honderd. Door het succes waren de bankiers onvoorzichtig geworden, veel te overmoedig.

En Marcella was een paar weken geleden bij hem weggegaan, na ruzie over coke. Hij voelde zich eenzaam, het zat hem dwars dat ze vrijwel niets van zich liet horen.

Een half uur later belde Peter Paul terug. Toen Horowitz de mail had voorgelezen, bleef het even stil.

'Is er iets wat ik zou moeten weten? Weet jij waar dat dossier is, verdorie? En wie is asil21?'

Peter Paul aarzelde. Hij kon Horowitz niet uitleggen dat dat meisje dood was.

'Een journalist? Peter R. de Vries?'

'Die had mij gewoon gebeld en gezegd dat er een dossier bij het vuilnis stond, of zo. Waar is IJburg gebleven?'

'Bram,' fluisterde PP bijna. 'Ik zit midden in een vergadering, verdomme. Ik kan nu niet praten.'

Het beeld van het dode meisje verscheen even op zijn netvlies, het achtervolgde hem overal.

'Nu!' brulde de advocaat in de hoorn.

'Het is dat hoertje,' haastte PP zich. 'Toen ze mijn Porsche jatte, lag dat verrekte dossier op mijn achterbank. En dat is nog steeds weg. Jochem wilde niet dat ik het je zou vertellen, maar ik dacht...'

'En daar kom je nu mee?' Horowitz brulde van woede. 'Zijn jullie gek geworden? Wie is dat grietje, weet je dat al? Laat ik je dit zeggen: jullie gaan dit probleem zelf oplossen. En heel snel, want de mensen met wie ik te maken heb... Pak een pen!'

Wanhopig zocht PP in zijn zakken en schreef achter in zijn agenda wat Bram dicteerde, de boodschap en het mailadres.

'En nu?'

'Gebruik je verstand, met deze mail maken we een kans om het dossier terug te krijgen. Alles rondom IJburg moet geregeld zijn voor allerlei mensen er lucht van krijgen.'

Zonder verder nog iets te zeggen smeet Bram de hoorn op de haak.

Nerveus liep PP door de gang heen en weer, de vergadering was hij totaal vergeten. Wat wilden ze? Geld? Iets anders? Lisa had geld gevraagd, dus die kans was groot. Maar hij had Lisa vermoord en de mogelijkheid bestond dat... hij vroeg zich af of ze misschien een vriend had gehad.

Sophie twijfelde. Ze was nerveus, wilde steeds kijken of er al een antwoord was. Ergens verwachtte ze dat niet, maar haar beeldscherm lonkte.

Ze kon alleen opgespoord worden als ze terugmailde, veronderstelde ze. Haar wijsvinger hing boven de entertoets. Doen of niet? Ze sloot haar ogen en drukte. Misschien had ze zich vergist en was het dossier geen rooie cent waard en had Horowitz hartelijk om haar zitten lachen.

Maar naast de standaardmailtjes van Microsoft zat er een ander bericht in haar mailbox. Van bramprive@live.nl. Dus toch, ze hadden teruggemaild. Ze opende het bericht, haar ogen vlogen door de tekst en daarna weer en nog een keer.

'*Hartelijk dank voor uw medewerking. Kunt u mij de informatie doen toekomen. Als ik het in mijn bezit heb, kan ik u een ruimhartig vindersloon garanderen.*'

Vindersloon. Nu moest zij zich blootgeven, de bal lag weer bij haar. Die Horowitz was natuurlijk een sluwe vos.

Sophie liet de laptop aan staan en liep naar de keuken. Met een mok thee in haar hand keek ze even naar buiten. Beslissen. Het moment was daar: stoppen of doorgaan? De politie bellen? Ze smaalde. Die map verbranden was waarschijnlijk verstandiger dan dat.

Maar een kwartiertje later zat ze in het internetcafé een antwoord te formuleren.

'*Als uw vindersloon 30.000 euro bedraagt, zal ik na betaling aangeven waar u de informatie kunt vinden.*'

Ze las de tekst nog een keer. Eerst maar eens zien, dacht ze toen nuchter. Straks lag de bal weer bij de advocaat. Zij had het dossier en hield de troeven dus in handen zolang niemand die bij haar kon vinden.

Het pijltje ging als vanzelf omhoog. 'Bericht verzonden', stond er een seconde later.

Peter Paul staarde naar het scherm.

Dertigduizend euro stelde geen ruk voor. Professionals zouden tonnen vragen, dit was een amateur. Hij had al een tijdje geprobeerd Jochem te bereiken, maar die nam niet op.

Peter Paul zat thuis aan de keukentafel. Hij schoof een groot stuk pizza opzij, hij kon geen hap meer door zijn keel krijgen omdat hij twijfelde. Weer pakte hij zijn gsm, hij moest Jochem spreken. Die zou wel weten hoe hij dit varkentje moest wassen.

Weer de voicemail. PP smeet zijn mobiel opzij en keek met zijn hoofd in beide handen voor zich uit. Allerlei plannen passeerden de revue. Driftig schoof hij de fles wijn opzij, hij moest nuchter blijven. Hij had behoefte aan een plek waar hij zelf onzichtbaar was, om van daaruit de afperser te observeren. Pas als het echt veilig leek, kon hij contact maken voor een eventuele overdracht.

Voorlopig zou hij die dertigduizend niet betalen maar de afperser laten denken dat hij dat wel wilde doen. Eerst maar eens zien wie of wat er tevoorschijn zou komen.

Onmiddellijk nadat ze wakker werd, klapte Sophie haar laptop open om te kijken of ze beet had.

'Vrijdag aanstaande om 16 uur op de Dam, naast ingang Paleis. Dossier in een plastic AH-tas in uw linkerhand.'

In één keer blies ze haar ingehouden adem uit. Vrijdagmiddag had ze college, daarvan kon ze wel wegblijven.

Ze haastte zich een half uur later op haar fiets naar de bibliotheek, waar ook computers stonden die ze kon gebruiken. Toen ze erachter zat, hield ze haar capuchon op en haar hoofd gebogen. De camera's in de hoeken waren haar niet ontgaan.

De Dam was niet verkeerd. Een overdracht kon tussen veel mensen onopvallend plaatsvinden en de massa bood bescherming. Wie haar iets wilde doen, liet dat wel uit zijn hoofd met honderden omstanders.

Ze probeerde zich een beeld te vormen van de overdracht. Als je het helemaal goed wilde doen, ging je niet zelf maar spande je een ander voor je karretje, iemand die jou niet kende. In films stuurden ze er vaak een klein jongetje op uit.

Ze lachte zacht. Natuurlijk zou ze het dossier niet aan een jong kind meegeven om van een afstandje toe te kijken hoe die het uit zijn handen liet grissen. Eerst betalen; dan zou ze laten weten waar Horowitz de ordner kon ophalen.

'Akkoord. U hebt een Bijenkorf-tas in uw linkerhand met daarin een doorzichtig plastic zakje met het geld. Kleine coupures.'

Op vrijdagochtend kocht ze een pruik. Hoewel de zon niet scheen, zou een grote zonnebril ook helpen.

Om drie uur zette ze met een bonzend hart haar fiets op slot voor de Bijenkorf en liep naar binnen.

Peter Paul liep met zijn fiets aan de hand over de Dam naar het Paleis. Het was al vrijwel onmogelijk om je auto in de buurt te parkeren, maar een Porsche kon bovendien rekenen op allerlei aandacht waar hij nu niet op zat te wachten. Daarnaast had hij redenen om te vermoeden dat zijn tegenstander ook niet met de auto zou komen.

Voor de zekerheid had hij een aanbetaling bij zich gestoken; een bedrag van drieduizend moest voldoende zijn om serieus genomen te worden.

Een kwartier voor tijd zette hij zijn fiets vast aan een lantaarnpaal en nestelde zich in de koffiebar naast de Nieuwe Kerk. Vanaf een kruk bij het raam had hij een prima zicht op de ingang van het Paleis. Het was druk op de Dam, zomer of winter maakte nauwelijks verschil. Toeristen en dagjesmensen liepen in groten getale de Kalverstraat in en uit.

Hij had geprobeerd zich een voorstelling te maken van de afperser. Het moest iemand zijn die Lisa had gekend, waarschijnlijk had ze het dossier aan een vriend in bewaring gegeven, dus waarschijnlijk een jong iemand. Hij bracht de grote kom latte naar zijn mond en staarde naar buiten.

Sophie stond voor de Bijenkorf. Als ze die dertigduizend had, zou ze zichzelf eens lekker gaan verwennen. Ze keek op de klok boven het Paleis, het was vijf minuten voor vier. Rustig wandelde ze over het plein, de plastic tas in haar hand. Ze had er een paar oude tijdschriften in gedaan, zodat de tas gevuld leek. Duiven vlogen voor haar op.

Naast de ingang van het Paleis stond niemand. Terwijl ze heen en weer liep, verstreken de minuten.

Dit was niet goed, ze was stom geweest. Ze had hier nooit met die tas moeten gaan rondlopen, ze had hier net zo goed in haar blote kont kunnen gaan staan, die lui wisten nu hoe ze eruitzag. Schichtig keek ze om zich heen. Ieder van die honderden mensen kon haar ongemerkt in de gaten houden.

Ze liep de hoek van het Paleis om en ging met haar rug tegen de muur staan, trok de pruik van haar hoofd en propte die in de binnenzak van haar jas, samen met de zonnebril. Het plastic tasje liet ze vallen. Toen liep ze terug, de hoek weer om en dwars over de Dam naar de Bijenkorf om haar fiets te pakken. Ze wilde zo snel mogelijk weg.

Bezweet van het harde fietsen kwam ze in de Oosterparkstraat aan en duwde even later haar fiets de gang in. Iets geruster liep ze de trap op.

Peter Paul stond nog even naar het huis te kijken. Op driehoog ging het licht aan, zag hij. Hij liep nonchalant maar strak langs de gevel naar de voordeur en keek of er een naambordje hing. Sophie de Lange, las hij. Ze moest een vriendin of misschien wel familie van Lisa zijn. Of was ze een collega? Hoe dan ook: dat ze een vrouw was, bood perspectief.

Rustig fietste hij terug naar de Brouwersgracht en schonk zich daar tevreden een glas gin-tonic in.

Ongemerkt ging zijn hand naar zijn nog altijd beurse linkerbil. Hij zag het beeld van de optrekkende Porsche weer voor zich, een seconde later gevolgd door het beeld van het dode meisje in de containerwoning.

Het liefst wilde hij zich bezatten, er zat genoeg gin in de fles. Toch hield hij zich in, hij moest nu zijn verstand erbij houden. Kon hij dat dossier in handen krijgen zonder allerlei toestanden? Het mocht niet weer misgaan, zoals bij Lisa.

Bij de vrouw aanbellen en dan brutaal naar binnen stappen was geen optie. Ze zou hem onder aan de trap al zien en hem ongetwijfeld niet verder laten komen. Inbreken dan? Hij schudde zijn hoofd. Hij zag zich al met zijn oude lijf en zijn hoogtevrees via de regenpijp naar boven klimmen. Ongetwijfeld kende Horowitz wel een echte inbreker, maar de herinnering aan diens woede-uitbarsting weerhield Peter Paul ervan de telefoon te pakken. Bovendien betekende een inbreker weer dat nog iemand anders ervan zou weten, en die zouden alleen maar lastige vragen gaan stellen of meer geld eisen.

Hij schudde vermoeid zijn hoofd. Toch moest hij in haar woning zien te komen; ongetwijfeld lag daar het dossier. Hij nam plaats achter zijn laptop. Nu nam hij een risico, maar hij wist niets beters.

'Oosterparkstraat. Ik weet nu dus waar u woont. Het lijkt me in orde. Ik was bang met het geld in de val te worden gelokt. Het is me echt alleen om het dossier te doen en ik garandeer uw veiligheid. Ik stel een overdracht voor op zondagavond bij u, als afgesproken voor 30.000. Akkoord?'

Ze zou echt de politie niet laten komen, want ze had per slot van rekening zelf het contact gezocht, zij wilde geld zien.

Cheers, zei hij tegen zichzelf, terwijl hij zijn glas voor de vierde keer gevuld omhoog hield. Toen de bel ging, schrok hij.

'Wie is daar?' riep hij in de intercom.

'Recherche.'

Had die Sophie zo snel de recherche al gebeld? Binnen een kwartier? Zouden ze zijn computer...? Hij vermande zich, liep naar beneden en opende met een ruk de voordeur. Heel even leek de wereld om haar as te tollen en hij verloor een beetje zijn evenwicht.

Dirk greep hem vast. 'U bent Peter Paul de Graaf, meneer?'

De wankelende man knikte. 'Heren,' zei hij terwijl hij zijn rug rechtte, 'ik sta op het punt naar bed te gaan.'

Jaap haalde de foto van de dode Lisa tevoorschijn. 'Kent u dit meisje?'

Peter Paul draaide zijn hoofd af. 'Nee, ik geloof het niet. Maar ik ben niet lekker. Ik wil naar bed.'

Dirks geduld raakte op. Hij greep de dronken man bij zijn trui en trok hem naar zich toe.

'Kijk nog eens goed, knurft.'

Met ongefocuste blik keek Peter Paul naar de foto.

'Geen flauw idee,' wist hij uiteindelijk uit te brengen. 'Is ze dood?' Jaap knikte.

'U moet me nu echt excuseren.' Peter Paul draaide zich om en sloeg de deur achter zich dicht.

Binnen leunde hij even tegen de muur, daarna strompelde hij naar boven en leegde zijn maag boven de toiletpot.

Voor de deur concludeerden Dirk en Jaap intussen dat dit niet het meest geschikte moment was voor een kruisverhoor en ze namen zich voor later nog eens terug te komen.

Sophie was eerst vreselijk geschrokken. Hij had voor haar deur gestaan! De paniek gierde door haar lijf. Misschien had hij eerder ook wel zo voor Lisa's deur gestaan.

Langzaam was ze erin geslaagd om zichzelf te kalmeren. De tekst was niet dreigend, eerder vriendelijk. De man wilde gewoon zijn spullen terug en er ook keurig voor betalen.

Lisa was argeloos geweest, had het gevaar niet zien aankomen. Dat zou Sophie niet gebeuren. Goed, hij wist waar ze woonde maar dat zou hem niet helpen, als ze maar voldoende veiligheden inbouwde. Maar hij zou geen voet in haar huis zetten. De overdracht zou op haar voorwaarden plaatsvinden en anders maar niet. Opeens kwam er een plannetje in haar op dat snel uitgroeide tot een geweldige oplossing. Ze typte een antwoord. Nu hij wist waar ze woonde had al dat gedoe met andere locaties toch geen zin meer.

'OK, zondagavond om 8 uur. Overhandiging bij de voordeur. U komt niet binnen en ik ben dan niet alleen.'

Ze grijnsde. Als zij haar geld had, stond die vent nog een verrassing te wachten.

8

Herman zat alleen in zijn kamer en staarde naar de kaartjes, foto's en krantenknipsels op het prikbord. Zijn rechercheteam sprak altijd van 'de wand van Herman'.

Misschien was het wat ouderwets in dit digitale tijdperk, maar Herman hield zijn wand, die een groot deel van de muur in zijn kamer besloeg, in ere. Het was als het verschil tussen nieuws op internet of in de krant, een echt papieren boek of een e-reader.

Het had iets weg van een schoolbord van vroeger, de zijkanten konden worden ingeklapt en het geheel werd gecompleteerd met een hangslot tegen mogelijke pottenkijkers.

Zijn blik gleed over drie witte indexkaartjes die onder elkaar aan de linkerkant hingen: CLAIRE REMMELTS, STEPHAN JORRITSMA. Rechts daarnaast stond op een kaartje: BERT REMMELTS KC BANK.

Anne kwam binnen en bestudeerde de wand terwijl Herman midden op het bord nieuwe kaartjes prikte.

ARNOUD DE VRIES, JOCHEM BREEDVELD, PETER PAUL DE GRAAF.

'Wat een rare zaak,' zei ze. 'Een verdwijning, een fraude en een moord die toch echt met elkaar te maken hebben, maar de draadjes lijken werkelijk flinterdun.'

Bijna demonstratief bracht Herman zijn laatste kaartje aan: BRAM HOROWITZ.

Claire had haar eindelijk verteld hoe dit groepje in beeld was gekomen.

Op het kaartje van Jochem stond dat die was heengezonden na een volledige bekentenis over de mishandeling van Claire.

Weer liep Herman naar het bord en prikte aan de rechterkant eerst de pasfoto van Lisa. Op haar kaartje stonden de datum en plaats waar haar lichaam gevonden was en het vermoedelijke tijdstip van overlijden. Eronder hing hij sectiefoto's en twee foto's van de plaats delict.

'Is Horowitz ook meteen verdachte?' vroeg Anne. 'Laat niemand hem hier zien hangen, want voor we het weten hebben we een proces aan onze broek.'

'Anne, zie je ergens op dit bord staan wie verdachte is en wie niet?' Maar hij begreep wat ze bedoelde, de topadvocaat zou een tegenstander van formaat zijn. Het idee dat ze met een rechercheteam huiszoeking bij die man zouden doen, was haast ondenkbaar. Voor justitie daar ooit toestemming voor zou geven, moest er een ware stortvloed aan bewijslast zijn.

Anne staarde naar de wand. Ze begreep nog steeds niet helemaal hoe het meisje in deze zaak paste. Het enige wat ze wist was dat getuige Sophie verteld had dat Lisa in Laren bij vastgoedbaronnetje Arnoud de Vries op een feest met bankiers, kennelijk Breedveld en De Graaf, was geweest.

Op het kaartje van Lisa stond met grote letters DNA.

'Weten we al wat over dat spermaspoor?'

Herman nam een slok koude koffie. 'Uitslag na ongeveer een week.'

9

Bram Horowitz schonk whisky voor zichzelf in. Hij hield van het tikken van de ijsblokjes in een kristallen glas. Voorzichtig knipte hij de punt van zijn sigaar, waarna hij die eerst bevochtigde met zijn lippen om hem vervolgens zorgvuldig aan te steken. De eerste trek was altijd het heerlijkst, een moment van rust in wilde tijden. Even hield hij de rook binnen, bolde zijn wangen, om daarna verzaligd uit te blazen.

Het was zondagmiddag, tijd voor overdenking. Hij zat in zijn studeerkamer in zijn diepe stoel, een stoel waar vroeger alleen het hoofd van het gezin in mocht zitten.

Rondom stonden grote kasten vol boeken tegen de wanden. De laatste jaren was er niet veel van lezen terechtgekomen, de werkdruk en alle andere besognes hadden hem volledig in beslag genomen. Hij was een bekende Nederlander geworden, op straat hoefde hij geen moeite te doen om te zien dat mensen hem herkenden. Soms waren ze zo brutaal dat ze hem aanspraken, hem zelfs om een handtekening vroegen. Als hij er met vrienden over sprak, lachten ze er hartelijk om. Het streelde zijn ijdelheid.

Als vanzelf ging zijn hand naar de grote staande asbak, waarin hij de eerste as aftipte.

Er gingen de laatste tijd te veel dingen mis. Hij moest een uitweg vinden. Peter Paul en Jochem waren tot voor kort succesvol geweest, maar naarmate de tijd verstreek werden die twee onbezorgder. Jochem smeet met geld en PP was stom genoeg om een compleet dossier te laten jatten door een snollebol. Succes werkt verslavend, risico's zagen die mannen niet meer scherp genoeg.

Tot overmaat van ramp kreeg Horowitz ook nog te horen dat meneer Jochem zijn vriendin, de dochter van zijn baas, het ziekenhuis in getrapt had. Horowitz had een kantoorgenoot gestuurd om Jochem bij te staan, en die had het uiteindelijk voor elkaar gekregen dat de bankier was heengezonden. Maar Horowitz had geen enkele reden om gerustgesteld achterover te leunen, al leek hij dat aan de buitenkant wel te doen. Wat een jaar geleden nog een stevig bouwwerk had geleken, brokkelde in een razend tempo af. Zijn hand ging naar de telefoon.

'Heb je het al terug?'

'Vanavond,' antwoordde PP. 'Ik breng het bij je langs.'

Horowitz' wangen bolden zich na een flinke trek aan zijn sigaar. Hij fronste zijn wenkbrauwen. Als Remmelts, de directievoorzitter van de KcB, Jochem Breedveld eruit zou trappen voor wat zijn dochter was aangedaan, kon Horowitz dat heel goed begrijpen. Maar tegelijkertijd zou bij het uitruimen van de spreekwoordelijke bureauladen uit kunnen komen wat Jochem de afgelopen jaren in alle stilte voor hun driemanschap had geregeld.

Hij blies de rook uit.

Een onderzoek in die richting kon leiden naar de herkomst van de andere geldstroom, en hij kende genoeg voorbeelden uit de geschiedenis van de advocatuur over collega's die een heel hoge prijs hadden moeten betalen voor het niet goed op de winkel passen van tijdelijk afwezige cliënten.

Anne Kramer had zelf met Breedveld gesproken. Die mededeling van de bankier was reden voor zorg. Ze was een doorzetter, dat had hij al ondervonden bij het liquidatieproces waarin Willem de Leder destijds bij verstek tot zestien jaar veroordeeld was. Als die mevrouw Kramer zo'n interesse toonde in een man die zijn vriendin een paar klappen had gegeven, klopte er iets niet. Als haar aandacht de Kc Bank gold, konden ze van alles verwachten en liepen ze grote risico's.

Hij dacht diep na. Werd het niet eens tijd dat deze jonge vrouw een prachtige stap in haar carrière zou maken? Korpschef in Drenthe of zoiets? Maar de politietop was daar vermoedelijk niet voor te porren, want hij had bij hen geen goede reputatie. Bovendien zou hij een slapend hondje wakker kunnen maken. Maar de komende dagen moest hij zijn ambtelijke contacten her en der wel weer wat aanhalen. Mevrouw Kramer zou het vast niet slecht doen als directeur-generaal op een ministerie. Onderwijs of zo. Hij had nog wel wat tegoed van sommige vrienden van zijn studentenvereniging.

10

In een van de kamers van het hoofdbureau werd op maandagochtend om acht uur met veel haast een projectruimte vrijgemaakt die plaats moest bieden aan zo'n vijftig rechercheurs. De interne dienst was ermee bezig, er werd geschoven met verplaatsbare tussenschotten en bureaus. Het materiaal lag in de kelders, binnen een paar uur kon een speciaal geformeerd rechercheteam steevast aan de slag.

Toch was het ook voor Anne schrikken toen ze het bericht kreeg dat er in Amsterdam-Oost opnieuw een jonge vrouw vermoord was aangetroffen. Twee vermoorde vrouwen in een week riepen allerlei vragen op, vooral over een mogelijke samenhang. En zolang de dader niet gepakt was, zou ze tegen sombere en mopperende gezichten van de driehoek aankijken. Niet dat zoiets haar verontrustte; ze had al het nodige meegemaakt.

Met haar teamleiders maakte ze snel planningen voor de uit te zetten werkopdrachten. Hermans wand ging voorlopig op slot; een mensenleven had voorrang op een fraudezaak.

Over een paar uur moest het in de projectruimte een mierennest zijn. Ze hadden haast. De eerste dagen van het onderzoek waren het belangrijkst. In de eerste week was de aandacht van de media groot, veel mensen belden dan de politie met informatie.

'Anne,' zei Dirk en hij reikte haar met een duister gezicht een vel papier aan. 'We kennen het slachtoffer.'

Sophie de Lange, las ze, en ze liet het papier aan Herman zien.

'De getuige,' bromde die en hij schudde zijn hoofd. 'Deze affaire stinkt tot in alle hoeken en gaten.'

De Oosterparkstraat was afgesloten met politielinten. Schermen van de forensische dienst blokkeerden het zicht voor pottenkijkers. Een jonge agent patrouilleerde achter het lint.

Normaal was dat niet nodig. De meeste mensen respecteerden het lint, maar nu probeerden journalisten er toch langs te komen. Af en toe liepen er mannen in 'witte pakken' voorbij.

Tientallen buurtbewoners en passanten verzamelden zich bij de afzetting. Sommigen keken slechts, anderen waren druk met elkaar aan het speculeren over wat er gebeurd was. Niemand wilde iets missen.

Een vrouw hing uit het raam van het huis naast dat van Sophie.

'Ida, ze zeggen dat het Sophie is,' riep Truus omhoog.

Ida knikte. 'Verschrikkelijk, zo'n lief kind. Als ik ziek was, deed ze boodschappen.' Ze depte even haar ogen.

'Het is een schande,' riep Truus met een vuurrood gezicht van inspanning voor een camera, wild zwaaiend met haar armen. 'Vorige week is hier ook een oude dame beroofd, maar de politie is nergens te bekennen.'

'Die zijn alleen maar bezig om bonnen uit te schrijven,' riep een oude man.

Het meisje van AT5 dat Truus welwillend de microfoon onder haar neus duwde, kon een glimlach nauwelijks verbergen. Dit werd een prachtig shot voor het nieuws van vanavond. Haar ogen schoten heen en weer op zoek naar iemand van de politie. Er was nog nergens een voorlichter te bekennen, maar dat gaf haar de kans een echte agent aan de jas te trekken. Plotseling ving ze een glimp op van een vrouw die met twee rechercheurs haastig in de richting van het huis liep. De cameraman rende hijgend achter haar aan.

'Mevrouw Kramer? Klopt het dat er opnieuw een vrouw is vermoord?'

Ook anderen staken hun microfoons naar voren om Annes antwoord op te nemen. Herman liep door, hij liet de camera's graag aan Anne over. Die was ervaren genoeg om daarmee om te gaan.

'Er is inderdaad een overleden vrouw aangetroffen. Het onderzoek is net gestart; ik kan u verder nog geen informatie geven.'

Het nietszeggende antwoord was voor de journalisten minder belangrijk dan haar aanwezigheid, want die betekende dat dit geen alledaagse moord was.

'Dit is de tweede moord deze week op een jonge vrouw. Is er misschien een seriemoordenaar aan het werk in onze stad?' vroeg het meisje onschuldig.

Anne had zich al omgedraaid, maar aarzelde even.

'We weten niet of het dezelfde dader is,' antwoordde ze. 'Maar inderdaad, twee is ook een serie, ja.'

Anne moest glimlachen, de verslaggeefster van AT5 zag er op het eerste gezicht erg jong uit, een beetje schriel zelfs, maar zij voerde juist het hoogste woord, de andere journalisten stonden eromheen en lieten haar de kastanjes uit het vuur halen.

John Pel stond Anne in de deuropening al op te wachten.

'Zeg John, ik heb niet iedere week zin in je.'

Hij grijnsde. 'Anne, wat jammer nou, ik begon juist aan je te wennen.'

Hij maakte een gebaar alsof hij haar een arm wilde geven om haar over de drempel te leiden.

Maar meteen daarna werd zijn stem serieus. Het eerste werk van het forensisch team was alles op de video vastleggen, daarna begon pas het minutieuze onderzoek naar sporen; naar bloed, vingerafdrukken en alles wat maar een aanwijzing in de richting van de dader of daders kon zijn.

Van een afstandje kon Anne een blik werpen in de slaapkamer waar de vrouw lag. Er was behoorlijk gevochten, stoelen en een tafeltje lagen ondersteboven. De matras was deels van het bed getrokken, en het meisje lag op de grond naast dat bed, haar trui was half over haar hoofd getrokken, van onderen was ze naakt. Het leek alsof dader en slachtoffer vechtend van het bed waren gerold.

'Wat is je eerste beeld, John?'

'Zo te oordelen is ze niet zo lang geleden vermoord, ik denk gisteravond, een uur of twaalf geleden.'

John had direct na aankomst de arm van het meisje aangeraakt en gevoeld dat de huid en het weefsel nog bewogen. Maar de huid voelde wel koud aan; de rigor mortis had ingezet en was weer afgenomen, maar nog niet zo lang geleden.

Hij wees op het slot van de huisdeur. 'Volledig intact, de dader is dus mogelijk een bekende voor het slachtoffer geweest, ze heeft hem in ieder geval binnengelaten.'

'Verkracht?'

John zuchtte. 'Zoals ze erbij ligt, lijkt het logisch, maar zonder sectie durf ik er geen eed op te doen. Ze heeft wel vreselijk gevochten en zich duidelijk verzet.' Hij maakte een aantekening op het schrijf-plankje in zijn hand. 'Het vuil onder de nagels moet onderzocht worden op mogelijk epitheel van de dader. Het is heel waarschijnlijk dat ze haar aanvaller heeft gekrabd.'

'Sophie de Lange,' mompelde Anne. Het lezen van die naam was als een bak koud water die over haar heen werd gegooid.

'Het heeft ook een voordeel,' reageerde Herman nadenkend, 'al is het dan een geluk bij een vreselijk ongeluk.'

Anne trok haar wenkbrauwen op. 'Welk voordeel?'

'Nou, misschien zitten we dichter bij de oplossing dan we denken. Die bankier...'

'...vermoordde zijn vriendin niet. Hij trapte haar wel in elkaar, maar liet haar vervolgens in levenden lijve achter, en uit niets blijkt een overeenkomst met wat hier is gebeurd. Bankiers zijn niet per definitie ook moordenaars...'

Anne stuurde de dienstauto rustig over de Stadhouderskade.

'Wat een diepe zucht zeg.' Herman keek opzij. Stilte. 'Gaat het wel goed met je?'

Ze stonden stil voor het rode verkeerslicht, het was druk. Ze staarde voor zich uit en het ontging haar dat het licht op groen sprong.

'Groener kan het niet,' zei Herman. Een auto achter hen toeterde. 'Wil je niet praten?'

'Jawel, maar ik weet niet precies hoe ik het uit moet leggen.'

'Jij en Remmelts?'

Ze kleurde. 'Hoe weet je dat? Kun je het zien?'

Herman zweeg en wachtte rustig af. Ze moest zelf maar beslissen wat ze erover wilde zeggen. Hij had zijn ogen en oren niet in z'n zak.

'Weet je,' begon ze, 'ik had Bert liever op een andere manier ontmoet. Gewoon, buiten het werk om.'

Allerlei gedachten schoten door haar heen. Vanaf het moment dat ze Bert ontmoet had was er geen rust meer in haar leven. Alsof ze in een glijbaan zat en steeds sneller naar beneden roetsjte. Zelf leek ze er geen enkele controle meer op te hebben. Het ene incident volgde het andere op.

'Herman, we hebben twee vermoorde vrouwen en we weten niet wie erachter zit. Dan is er een bekende advocaat die met een vastgoedhandelaar en twee bankiers de boel oplicht en we weten niet hoe. En een meisje verdwijnt om daarna terug te keren en helemaal in elkaar getrapt te worden door een van die zo keurige verdachten in krijtstreep, zonder dat ik kan begrijpen waarom.'

'En ondertussen raak jij halsoverkop en tot over je rooie oortjes gecharmeerd van een vent die deel uitmaakt van...' Herman zweeg abrupt.

'Jij snapt het. Het is zo verwarrend; als je verliefd bent ga je lekker met elkaar uit en samen genieten van leuke dingen. Maar dat kan niet, want ik heb Bert leren kennen in het onderzoek waar we nu in zitten. Begrijp je?'

Herman knikte bedachtzaam. Hij had zijn zin niet afgemaakt en daar had de oude rot een heel goede reden voor. Remmelts maakte deel uit van elk van de drie zaken, had hij zich gerealiseerd. Hij was de vader van Claire, de baas van Breedveld en... de moordenaar van die twee vrouwen? Herman schudde zijn hoofd. Nee, dat leek onlogisch.

'Misschien moet je er een weekje tussenuit? Even diep nadenken. Ik red me hier wel.'

Anne wist dat Herman haar uitstekend zou vervangen. Even overwoog ze zijn voorstel.

'Bedankt, Herman, dat je even naar me geluisterd hebt. Dat lucht op. Maar nee, ik geloof dat ik toch beter hier kan blijven.'

Ze reed de auto de binnenplaats van het hoofdbureau op.

Op haar kamer zat Cees Hoogeboom op haar te wachten.

Hij was de financiële man van de recherche en leidde het verkennende onderzoek naar de Kc Bank. Toen ze binnenkwam en hem begroette, viel haar meteen op dat hij zich net als bankmensen kleedde. Gewone rechercheurs droegen over het algemeen gemakkelijke kleding en liepen zeker niet strak in het pak. De financiële jongens hadden meer de neiging zich aan de kledingvoorschriften van de Zuidas aan te passen.

Soms was het eigen kweek, dan weer kwamen de financiële experts van de recherche van buiten. Maar het gebeurde steeds vaker dat ze jaren in het bankwezen hadden gewerkt, om daarna de overstap naar de politie te maken. Dat vonden ze spannender. Anne wist dat er inmiddels al zo'n tachtig financiële experts bij de Amsterdamse politie werkten.

'Zo Cees, verlang jij nog weleens terug naar je vorige baan?'

Hij grijnsde 'Absoluut niet. Ik heb de afgelopen dagen weer bij de KcB rondgelopen en ik wist meteen weer waarom ik ben weggegaan.'

Anne had Cees een paar dagen geleden uitgebreid geïnformeerd over de gevoeligheid van dit onderzoek. Er mocht niets uitlekken, het zou een ramp zijn als de pers te weten kwam dat de recherche zich met de KcB bemoeide. Cees had geen twee woorden nodig, als geen ander wist hij dat de president-directeur van de Kc Bank behoorlijk zijn nek uitstak.

'Anne, ik heb nog nooit zo'n medewerking gekregen,' begon hij.

Een kwartier lang zat Anne naar zijn bevindingen te luisteren. Het was een soort les over de financiële wereld en haar relaties met de vastgoedsector. Af en toe duizelde het haar, heel langzaam begon ze te begrijpen dat het dagen, misschien wel weken zou kosten om alle bankactiviteiten van Jochem Breedveld te achterhalen, laat staan die te beoordelen op illegale activiteiten.

Uit het eerste onderzoek bleek dat Jochem veel contacten onderhield met Peter Paul de Graaf, werkzaam op het KcB-kantoor aan het Haarlemmerplein. Die twee schoven elkaar verschillende vastgoedzaken toe; niets spectaculairs, maar toch...

'Je bent niet toevallig de naam "IJburg" ergens tegengekomen?' vroeg Anne.

Hoogeboom schudde zijn hoofd.

In de werkkamers van de digitale recherche heerste topdrukte. Als je niet wist dat je bij de recherche was, zou je denken dat je je in een werkplaats bevond. De 'digi's' werden ze in het korps genoemd, en de afdeling was de laatste jaren uit haar voegen gebarsten.

Een deel van de digitale rechercheurs was bezig met de bestrijding van cybercrime, hun verdachten zwierven over het internet. Een van hun prioriteiten was het opsporen van kinderporno. De werkplek bestond uit minimaal drie beeldschermen per rechercheur. Een tweede afdeling, die van de loodgieters, stortte zich op in beslag genomen laptops, gsm's en computers of andere gegevensdragers. Iedere agent wist zo langzamerhand dat er veel data op deze apparatuur te vinden waren, vaak het bewijs van een misdrijf.

Gisteren had Anne met de dienstdoende chef gebeld; de telefoon en laptop die in Sophies woning gevonden waren, moesten met voorrang behandeld worden. Digi Piet had geprobeerd haar uit te leggen dat er nog tientallen wachtenden voor haar waren.

'Moet ik jou uitleggen dat een dubbele moord de hoogste prioriteit heeft,' hoorde hij haar vinnig zeggen aan de andere kant van de lijn. Piet had zijn schouders opgehaald en geantwoord dat hij de andere wachtenden wel bij haar langs zou sturen. Ze had niet eens gereageerd, hij werd de volgende dag op de briefing verwacht om er de eerste resultaten te melden.

Anne zat die ochtend vroeg op de punt van een van de bureaus, om haar heen druppelden de leden van het onderzoeksteam binnen. Voor aanvang van een briefing was het altijd een kakofonie van geluiden.

Vanaf haar plekje observeerde ze stilletjes de mensen om zich heen. Ze kon er met een glimlach naar kijken. In de afgelopen twee jaar was er iets gegroeid, teamgeest zou je het kunnen noemen.

Toen ze haar hand opstak hield het geroezemoes langzaam op. Ze was van plan eerst stil te staan bij de binnenkomende tips. Het journaal en programma's als *Opsporing verzocht* waren van oudsher mogelijkheden om het publiek te bereiken. En naar haar mening werd er te weinig gebruikgemaakt van het internet. Beide slachtoffers waren student geweest, en die bereikte je via sites.

'Zeg John, had Sophie niet felrode teennagels?'

Hij keek haar niet-begrijpend aan en bladerde toen in zijn aantekeningen. 'Nu je ernaar vraagt, ja dat klopt.'

Anne wipte van de punt van het bureau af en liep naar een laptop.

'Mijn kinderen lezen geen kranten, kijken alleen MTV en TMF, maar zitten wel constant voor dit scherm. Lisa en Sophie waren studenten. Als je meer tips wilt, moet je een nieuwe markt aanboren.'

Ze zag de gezichten betrekken.

'Met een vuurrode teennagel?'

'Wees eens creatief. Zet een kort filmpje op die sites, ik dacht zelf aan een kort filmpje met beelden van de Wenckebachweg en de Oosterparkstraat. Uiteraard ook met foto's van beide slachtoffers, misschien een paar flitsen van de plaats delict. En dan eindig je met de teen van Sophie waar een kaartje om gebonden is. Dan weet heel Nederland dat ze op de snijtafel ligt. Dat roept reacties op.'

Er werd gegniffeld.

'Anne, daar komt gedonder van,' probeerde Herman nog. 'Zo'n politiebericht gaat volgens een vast...'

Ze wuifde zijn protesten weg. 'John, kom op, doe je best. Maar voor je het op internet zet, wil ik het nog wel even zien.'

Daarna keek ze de kring rond, ze zocht naar Digi Piet. Hij zat achterin, een beetje verscholen.

'Ben je nog boos op mij?' vroeg ze.

Er klonk onderdrukt gelach terwijl hij zijn handen hief. 'Op jou? Onmogelijk.' Toen haalde hij een map tevoorschijn en sloeg die open. 'Lisa en Sophie hadden regelmatig contact via msn. Niet dagelijks, maar volgens mij waren ze, gezien de teksten, goede vriendinnen. Wat ons bevreemdde, was dat we bij Lisa geen mobiele telefoon hebben gevonden. Wij hebben de gsm van Sophie namelijk uitgelezen en daar stonden sms-berichten in van een prepaid telefoonnummer, getekend met "Lisa". Sophie de Lange had ook het nummer van een escortbureau in haar telefoonlijst staan. Die tent heet Dutch Students. We hebben gebeld en uiteindelijk wilde een niet zo vriendelijke juffrouw ons wel vertellen dat Sophie voor hen gewerkt heeft. Dat mens schrok zich lam toen ze hoorde wat er met haar personeel gebeurd was. Vervolgens vertelde ze toch een opzienbarend nieuwtje, namelijk dat Lisa sinds kort voor hetzelfde bureau aan de gang was.'

'En mogelijk als escort in de villa in Laren terecht is gekomen,' zei Anne. Ze wees naar Dirk. 'Bel dat bureau en vraag naar het adres waar Lisa zich op de avond van dat feest moest melden. En wie haar huurde.'

John Pel stak zijn vinger op. Hij had zojuist bericht op zijn mobiel uit Rijswijk gehad. 'Er is een DNA-match gevonden. Het sperma dat bij Lisa is aangetroffen, is afkomstig van Jochem Breedveld.'

Je kon even een speld horen vallen. Het liefst had Anne een gat in de lucht gesprongen. De inspanningen van de laatste dagen begonnen eindelijk vruchten af te werpen, en zelfs razendsnel. In één keer vielen talloze puzzelstukken op hun plaats.

'En nog wat,' ging John verder. 'Uit de sectie op Sophie blijkt dat ze niet verkracht is. Ze heeft behoorlijk wat klappen opgelopen en zich als een tijgerin verdedigd, maar uiteindelijk het onderspit moeten delven, ze is gewurgd. We hebben haar nagels schoongemaakt. De moordenaar moet op meerdere plaatsen gekrabd zijn, want we hebben onder de nagels huidschilfers aangetroffen. Mogelijk kunnen we daarmee het DNA van de dader vaststellen.'

'Een tientje op Jochem,' bromde Herman en hij liep het kantoor uit. De anderen wilden ook opbreken, maar John Pel bleef staan.

'Nog een laatste punt.' Hij rommelde in zijn tas en haalde een dossiermap tevoorschijn. 'Volgens mij bedoelde je dit met IJburg, Anne.'

Hij legde een plastic AH-tas met een zwarte ordner op de tafel. 'Sophie had dit onder in haar wasmand vol vuile was verstopt.'

Dit was een doorbraak. De bewijzen tegen Jochem Breedveld leken zich op te stapelen.

Eerst had Anne niet willen geloven dat een bankier een moordenaar kon zijn, maar na de mishandeling van Claire moest ze haar mening bijstellen. En nu een DNA-match waaruit afgeleid kon worden dat hij met Lisa naar bed was geweest. Zijn ontkennende verklaring Lisa eerder ontmoet te hebben zou hij nu echt moeten intrekken. Jochem zou vandaag nog aangehouden worden, de tweede keer in een korte tijd.

Op haar bureau lag een grote stapel post, al dagen was ze daar niet meer aan toegekomen. Ze keek ernaar, schoof de stapel met een wilde zwaai opzij en pakte haar luid piepende telefoon.

'Hallo Anne,' klonk Bert Remmelts' stem. 'Ik wil je even bellen, want ik moet een paar dagen naar New York. Beetje onverwacht, maar ik dacht...'

'Hoe laat vlieg je?'

'Eind van de middag, ik moet uiterlijk om vijf uur inchecken.' Het liefst was ze meteen in de auto gesprongen. Hij spookte door haar hoofd, en ze moest hem zien, al was het maar kort.

'Kun je om drie uur al op Schiphol zijn?'

Ze hoefde zijn antwoord niet eens af te wachten. Haar recherchechefs moesten het maar een paar uur zonder haar doen.

II

Voor Jochem Breedveld kwam de aanhouding als een donderslag bij heldere hemel.

Toen hij door de intercom hoorde dat de recherche weer voor de deur stond, dacht hij dat het een volgende poging was om hem aan de praat te krijgen.

'Heren, dit wordt een crimineel adres,' riep hij met gemaakte vrolijkheid naar beneden.

Eerst nog even verbaasd maar al snel met schrik in de benen zag hij dat het dit keer niet alleen de twee hem bekende rechercheurs waren; er kwam een hele stoet zijn huis binnen.

'Wat is dit...?' De woorden bestierven hem in de mond.

Een hem onbekende mevrouw stapte naar voren. 'Mijn naam is mevrouw Koperslager, rechter-commissaris.' De vrouw drukte hem een paar vellen papier in de hand. 'Meneer Breedveld, u wordt aangehouden op verdenking van moord dan wel doodslag op Lisa de Bruin. Er zal bovendien in uw woning een huiszoeking plaatsvinden. Daar kunt u toestemming voor geven en anders geef ik er nu het bevel toe.' Ze hield een ander papier omhoog.

Met grote ogen keek Jochem haar aan. Een aanhouding en huiszoeking voor witwassen kon hij zich nog voorstellen, maar moord op Lisa... Eerst deed hij alleen verrast, maar toen Jaap en Dirk hem vastpakten en in de boeien sloegen, begon hij te schreeuwen.

'Ik heb niemand vermoord! Ik heb dat kind nooit aangeraakt!' Hij bleef schreeuwen, ook toen hij door de rechercheurs afgevoerd werd.

Op het hoofdbureau stond een man achter een hekwerk iets in een computer te tikken. Breedveld moest alles uit zijn zakken halen, zijn riem afdoen, zijn veters uit zijn schoenen halen en een formulier ondertekenen. In een apart kamertje werd hij door een andere man in uniform helemaal afgetast.

De vraag of hij een advocaat wilde, maakte hem opnieuw woest. 'Bel Horowitz maar; hij is mijn advocaat! En zeg hem dat hij verdomme deze keer zelf komt!'

Voor hij het in de gaten had, zat hij in de cel en hoorde hij de deur achter zich dichtslaan. Voorzichtig ging hij op de stenen brits zitten, straks zou hij een matras en een deken krijgen, hadden ze gezegd. Hij keek rond. De ruimte was te klein om er rondjes in te lopen. In de hoek stond een stalen toiletpot. Hij moest nodig, waarschijnlijk van de zenuwen.

Langzaam liet hij zijn broek zakken, en heel voorzichtig kwam zijn achterste in aanraking met de stalen pot. Hij schrok van de kou. Hij voelde zich vernederd zoals hij daar zat, bang dat ze hem met een onzichtbare camera bespiedden.

Naar zijn idee duurde het uren voor hij geluid op de gang hoorde. De deur knarste open en een man maakte met een beweging duidelijk dat hij mee moest komen. Gedwee liep Breedveld achter hem aan.

Ademloos luisterde hij naar de inverzekeringstelling. Een politieman zei hem opnieuw dat hij verdacht werd van doodslag op de 21-jarige Lisa de Bruin.

'En wanneer was dat?' vroeg Jochem. 'Wanneer is ze vermoord?'

De ander beet hem toe dat die informatie later zou komen. Jochem kon geen woord meer uitbrengen. Met gebogen schouders liep hij terug naar de cel.

Horowitz was ook dit keer niet zelf gekomen. Het gesprek met diens kantoorgenoot, een half uurtje later, stemde Breedveld niet vrolijker. De man vroeg niet eens of hij het wel of niet gedaan had, maar benadrukte dat hij zijn mond moest houden tijdens de verhoren, wat er ook gebeurde. Alles wat hij nu aan de recherche vertelde, zouden ze tegen hem gebruiken. Eerst moest duidelijk worden welke bewijzen er feitelijk lagen. Opnieuw moest hij naar zijn cel. Het idee dat hij hier dagen of weken zou zitten, vloog hem aan. Hij wilde wel van de daken schreeuwen dat hij Lisa niet vermoord had, maar zwijgen was de strikte opdracht van de advocaat.

Het was koud in de cel, hij deed geen oog dicht. Urenlang zat hij na te denken, verward, woedend dat ze hem dit aandeden. Er kwam steeds één gedachte boven. Peter Paul zou het dossier halen; er moest iets tussen hem en dat meisje gebeurd zijn.

Pas tegen de ochtend viel hij in een onrustige slaap en met een bonkende koppijn werd hij weer wakker. Hij hoefde geen seconde na te denken, wist meteen waar hij was. Een uurtje later werden zijn matras en deken weggehaald en kreeg hij koffie en een ontbijt op een plastic bordje.

In de verhoorkamer stonden een tafel met een formicablad en drie stoelen, verder niets. Kaler had de ruimte niet kunnen zijn, er was niets wat een verdachte afleiding kon bezorgen. In de afgelopen jaren hadden Jaap en Dirk al veel verdachten gehoord, maar daar had nooit een bankier tussen gezeten.

De apparatuur werd aangezet, elk woord werd opgenomen. Ze namen even de tijd om naar Jochem te kijken, die er beroerd uitzag. Dirk noemde datum en tijdstip waarop dit verhoor werd afgenomen.

'U bent niet tot antwoorden verplicht.'

Jochem knikte slechts.

'Slecht geslapen?' informeerde Jaap vriendelijk.

'Wat denk je zelf?' grauwde Jochem. 'Wat zou jij doen als je van een moord beschuldigd werd die je niet begaan hebt?'

De opdracht van zijn advocaat om te zwijgen was onhoudbaar. Hoe kon hij ze nou duidelijk maken dat hij onschuldig was als hij niets mocht zeggen?

'Hoe is het met Claire?' vroeg Dirk fijntjes

'Weet ik niet,' antwoordde Jochem bits.

'Jullie zijn niet meer bij elkaar, is het niet? Komt het goed met haar neus?'

Breedveld zweeg.

'Ben je je tong verloren?'

'Je advocaat heeft zeker gezegd dat je beter kunt zwijgen?' vroeg Jaap.

Toen Jochem weer niet reageerde, vervolgde Dirk: 'Doen ze altijd, jongen.' Hij bladerde in de stukken. Met zijn vinger liep hij langs de regels. 'Kijk, hier heb je verklaard dat je Lisa nooit ontmoet hebt. Klopt toch, hè? Je hebt het zelfs ondertekend.'

Jochem haalde zijn schouders op.

'Iemand is vermoord, jij beweert dat je haar niet kent en dan vinden we jouw sperma in haar vagina.' Jaap verbrak met een zware stem zijn eigen stilzwijgen. 'Jongen, een beter bewijs dat je liegt, bestaat bijna niet.'

Jochem kromp even in elkaar.

Het stonk in zijn cel. Zijn darmen waren in de war. Dit was niet vol te houden. Hij moest nadenken, er waren dingen die hij niet begreep. Zittend op de brits met zijn hoofd in de handen probeerde hij te analyseren wat er gebeurd moest zijn.

Hij had Lisa niet vermoord, hij was zelfs nooit in haar woning geweest. Maar hij vermoedde wat er wel gebeurd moest zijn. Hij kon alleen moeilijk zeggen dat ze met Peter Paul moesten gaan praten. Dan zou IJburg ongetwijfeld boven water komen want daar was het allemaal om te doen geweest. Praten betekende dat hij zichzelf in nog grotere moeilijkheden zou brengen. Maar als hij zijn mond hield, kon hij weleens heel lang blijven vastzitten voor iets wat hij niet had gedaan.

Hij kokhalsde, voelde dat hij geen kant meer op kon.

Af en toe hoorde hij geloop op de gang en het gerammel met sleutelbossen, daarna was het weer doodstil. Hij werd knettergek van dit vierkante koude rothok.

Dirk mopperde. Nog even en de hele wereld stond op haar kop. Dan moest de recherche vriendelijk en schriftelijk aan de advocaat vragen of ze de verdachte nog even mochten spreken.

'Eigenlijk zouden ze in Den Haag zelf eens gepakt moeten worden door een stelletje van die criminelen, dan praatten ze wel anders.'

'Nou, nou, Dirk,' suste Jaap, 'er is nog niks verloren. Hij gaat echt wel praten, hoor. Dat kon ik in één oogopslag zien.'

'Ik de boze en jij de vaderlijke figuur?'

Jaap dacht na. Wat Dirk voorstelde was zo oud als de weg naar Rome, dat werkte bij geen enkele verdachte meer. Maar Dirk was het niet met hem eens, Jochem was een groentje en hij had zitten trillen als een espenblad. Dus zakte Jaap een beetje onderuit en ging Dirk in de aanval. 'Een beetje doortastend, alsjeblieft,' had Jaap nog gezegd voor hij met verve aan zijn vaderrol begon, sjouwend met water en koffie. Hij had zelfs een stroopwafel voor Jochem meegenomen.

Dirk zat nu recht tegenover Jochem, zei niets maar fixeerde hem met zijn ogen. Jochem keek weg, volgde dankbaar Jaaps bewegingen.

'Zeg klootzak, jij hebt dat meisje ook verkracht, nietwaar?'

Iets te doortastend, vond Jaap, maar het was of Breedveld even bevroor. Dat duurde maar een seconde, toen veerde zijn grote lichaam op van zijn stoel, die met een klap achteruit vloog. Hij greep de tafel en drukte die met al zijn kracht van zich af.

'Jullie gestoorde idioten! Verdomme, wat denken jullie wel?'

Dirk hield de tafel tegen en Jaap pakte Jochem bij de arm. Rustig leidde hij zijn verdachte naar een hoek van de kamer.

'Luister, joh. Het is echt waar. Er is sperma bij Lisa gevonden en dat heeft toch echt jouw DNA-profiel.'

Langzaam zakte Jochem langs de muur naar beneden. Hij sloeg zijn handen voor zijn gezicht, pas nu begreep hij het.

'Dat bewijst dat ik het met haar heb gedaan, maar toch niet dat...'

'Even later is ze dood,' vervolgde Jaap. 'Jij kent haar niet, zeg je tegen ons. En wat vindt de patholoog? Nou? Jochem, jongen, wij kunnen een en een bij elkaar optellen en dat kan de rechtbank ook. Je gaat voor doodslag en met een beetje pech maakt de officier er moord van.'

Breedveld hijgde. De klem waar hij in terechtgekomen was, kneep hem inwendig helemaal fijn. Hij keek op.

'Bel Horowitz. Ik wil alleen met hem praten. En zeg dat, als-ie niet komt, ik de hele boel op de fles laat gaan.'

12

Het kostte haar veel tijd om de stad uit te komen, alle wegen zaten vast. Toen haar mobiel opnieuw ging, lag ze eindelijk op snelheid op de Ringweg richting Schiphol.

'Ben je onderweg?' Zijn stem had direct effect op haar zenuwen. Alles in haar tintelde.

'Ik ben over vijf minuten op Schiphol.'

'Ik sta bij Departure, Gate 3 bij de KLM, weet je dat te vinden? Want dan stuur ik mijn chauffeur weg en stap ik bij jou in.'

Toen ze voorreed zag ze hem al staan, hij zwaaide. Zijn koffer zette hij op de achterbank, daarna schoof hij naast haar. Even was het stil, toen streelde hij haar wang en bracht zijn mond naar de hare. Nog geen seconde later lagen ze in elkaars armen.

Anne probeerde uit alle macht hem nog meer naar zich toe te trekken. Ze had geen oog voor haar omgeving, alleen hij bestond nog.

'Laten we hier weggaan,' fluisterde hij in haar oor, 'we vallen op.' Hij wees haar de weg naar een hotel. 'Maar wil je dit wel?' vroeg hij voorzichtig. 'We hebben niet meer dan een uurtje.'

'Waar wachten we dan nog op?' vroeg ze.

Hij lachte wat verlegen. Na het drama van de dood van zijn vrouw had hij zich min of meer teruggetrokken. Zijn leven bestond uit hard werken, het was een manier om weg te duiken, niets te hoeven voelen. Anne was de eerste vrouw na al die jaren van eenzaamheid.

Tijdens de rit naar het hotel keek hij tersluiks opzij, ze had een blos op haar wangen van opwinding.

'Zeg, meneer de president-directeur, ik ga daar niet als een bakvis een kamer huren. Dat mag jij doen. Jouw creditcard is vast ook veel betrouwbaarder dan de mijne.'

Bij het hotel aangekomen bleef ze zitten en duwde hem, om hem aan te sporen, zowat de auto uit. Dit had ze niet achter zichzelf gezocht, ze was een eerzame vrouw die hijgend van opwinding voor een hotel stond. Ze lachte hardop, het moest niet gekker worden.

Iedere minuut die verstreek leek wel een eeuwigheid. Schiet op man, schoot het door haar heen. Ze wilde maar één ding: zijn lijf voelen.

Toen de deur van de hotelkamer eindelijk openging, smeet ze haar tas op tafel en sprong in zijn armen. Hijgend en trekkend vlogen de kledingstukken in het rond. Jacob was voor haar de enige geweest; bedeesd en nooit vurig. Maar de wereld leek in één klap veranderd, er was geen houden meer aan, Anne ging helemaal los. Ze gaf zich onbeheerst, kende geen remmingen. Staand tegen de muur klom ze tegen hem op, sloeg haar armen en benen om hem heen. Nog geen seconde later voelde ze hem al diep in zich, schreeuwend en puffend gingen ze tekeer.

Voorzichtig droeg hij haar naar het bed, stopte haar liefdevol onder de deken, waarna ze in elkaars armen kropen.

'Pas op dat we niet in slaap vallen,' fluisterde hij zacht.

'Die kans is klein, lieve jongen.'

Ze boog zich over hem heen en begon hem voorzichtig over zijn hele lijf te masseren. Hij kreunde zacht van genot. Ze zag dat hij weer opgewonden raakte. In een uur kon er veel gebeuren. Ze glimlachte. Hij had wel een mooi lijf, moest ze toegeven. Als hij na deze tweede keer moe was, moest hij in het vliegtuig maar een tukje doen.

Ze streek zachtjes zijn nog donkere haren opzij, op de een of andere manier was zijn gezicht haar al vertrouwd. Langs zijn borstharen ging ze verder omlaag.

'Mannetje, je bent dan misschien al 52, maar ik moet toegeven, als lover...'

'Nou?'

'Doe je niet onder voor een 50-jarige,' zei ze gierend van de lach.

Hij trok haar ondersteboven, en wat volgde leek op een worstelpartij.

Een uur later liepen ze samen door de vertrekhal. Anne vermeed angstvallig hem aan te kijken, laat staan dat ze hem aanraakte. Ogen, vooral cameraogen waren overal, en het laatste wat ze wilde was dat iemand hen zou betrappen.

Hun tijd was op, het keurslijf dwong hen uit elkaar. Ze vertelde hem van de DNA-match; het zag ernaar uit dat Jochem Breedveld het meisje Lisa had vermoord en hij was inmiddels weer aangehouden.

'Hij was mijn... schoonzoon, zal ik maar zeggen. En mijn collega.' Remmelts schudde zijn hoofd. 'Vreselijk. Dat iemand zo kan ontsporen.'

Ze stonden voor de counter, wilden allebei niet toegeven aan het onvermijdelijke afscheid.

'Ik bel je zodra ik in New York aankom, goed?'

Anne knikte. Haastig keek ze om zich hen, pakte toen zijn hoofd beet en gaf hem snel een laatste zoen.

De ochtend na Schiphol kon Anne alles aan, het was alsof ze in een andere wereld leefde. Vroeger dan normaal sprong ze uit bed, het leven leek haar toe te lachen. Ze liep ongedurig rond. Stofzuigen, opruimen, stof afnemen; alle dingen waar ze nooit aan toe kwam, deed ze nu enthousiast. Haar wasmachine draaide op volle toeren, en ze nam alle tijd om een heerlijk ontbijt voor de kinderen klaar te maken.

Eindelijk hoorde ze voorzichtig geschuifel bij de trap.

'Mam?'

Marit kwam slaperig aan de ontbijttafel zitten en staarde verdwaasd naar haar glas jus d'orange. Na de slopende nachtelijke uren in de discotheek kon ze nog weinig hebben.

Even later maakte Wout zijn intree. Zijn 'goedemorgen' was niet meer dan een grom. Hij staarde vol afgrijzen naar het ontbijt dat zijn glimlachende moeder voor hem had neergezet. 'Waarom dit vrolijke gedoe?'

'Vrolijk? Ja. Mag een mens ook eens vrolijk zijn?'

Ze nam een slok van haar jus d'orange. Terwijl ze haar warme croissant besmeerde, keek ze naar haar beide kinderen. De gedachte aan de hotelkamer bezorgde haar weer even kippenvel, het was fabelachtig geweest. Voor haar gevoel liet ze niets blijken. Doodgemoedereerd at ze haar broodje.

'Jongens, ik moet straks nog even naar Amsterdam.'

Normaal keken ze er niet van op, het gebeurde vaker, maar nu reageerde Marit onmiddellijk.

'Maar ik wilde met je naar de stad. Dat hadden we afgesproken.'

In de afgelopen weken had ze naar een jas gezocht. Marit was heel kieskeurig, meestal moest er dan ook flink in de beurs getast worden. Ze leek op haar moeder, dacht Anne met een glimlach.

'Ga met mij mee naar Amsterdam, dan doe ik eerst de persconferentie en daarna gaan we samen de stad in.'

Marit keek bedenkelijk. 'Hoelang zit ik dan op je kamer te wachten?'

'Neem huiswerk mee, ik denk een uurtje.'

Een schot in de roos, Marits gezicht klaarde op. Ze nam een flinke hap van haar broodje.

Anne keek naar haar zoon. 'En wat ga jij doen, vandaag?'

'Genieten van het feit dat jullie allebei een tijdje weg zijn,' was het antwoord.

Verbaasd keek ze hem aan. 'Krijg je bezoek? Iemand die wij niet mogen...?'

'Ik heb maandag tentamens.' Daarna bleef het even stil. Anne keek hem strak aan. Hij leek te blozen. 'Lieke komt hier ook studeren. Ik moet haar helpen met scheikunde, daar begrijpt ze niks van.'

'Lieke...' Anne keek haar zoon aan, ze wist niet goed wat ze hierop moest zeggen. Wout was achttien en liep niet in zeven sloten tegelijk.

'Waar is dat gedoe met die pers eigenlijk voor?' vroeg Wout om ervan af te zijn. 'Het is weekend, hoor.'

Anne pakte de krant. 'Kijk.' 'Seriemoordenaar in Amsterdam?' kopte *De Telegraaf*. 'Ik ga proberen de angstgevoelens bij de burgers een beetje weg te nemen, want het blijkt allemaal niet waar te zijn.'

Enige tijd later zat ze met Marit in de auto naar Amsterdam.

'Ben jij nou altijd zenuwachtig voor zo'n persconferentie?'

Anne knikte. Aan een ander zou ze dat niet snel toegeven. Marit schoof haar hand naar haar moeder toe.

'Een beetje verliefd,' schalde door de boxen toen Anne de cd-speler aanzette. Ze zongen allebei hartstochtelijk mee met André Hazes.

De persconferentie werd gegeven in een speciaal daarvoor ingerichte ruimte op het hoofdbureau. Met de chef Voorlichting stapte Anne het lokaal binnen. Vooraf hadden ze stilgestaan bij de verklaring die Anne zou voorlezen. In het persbericht werd aangegeven dat de politie alle registers had opengetrokken.

Als het aan Anne lag had ze ook even aandacht besteed aan het verdriet van de ouders, maar de chef Voorlichting had haar dringend aangeraden het zakelijk te houden. En ze zou zwijgen als het graf over de bijverdiensten van de vrouwen, mogelijk waren de ouders er niet van op de hoogte geweest. Ze hadden ook even overlegd over de vraag of de initialen van Jochem Breedveld genoemd moesten worden.

'Waarom niet?' had de chef Voorlichting gevraagd.

'Ik heb geen bekentenis over de moord. Horowitz zal zeggen dat we zijn cliënt al via de media hebben veroordeeld,' was haar reactie.

'Voor allebei is wat te zeggen, maar belangrijker is dat het gevoel van onveiligheid onmiddellijk zal verdwijnen als we kunnen melden dat er een verdachte is aangehouden.'

Ze gaf hem gelijk, maar hief waarschuwend haar vinger.

'Alleen leeftijd en initialen. Achtergronden en de naam van de KcB houden we erbuiten zolang we kunnen.' Bert zou haar ongetwijfeld dankbaar zijn, al was hij niet de reden.

De moeilijkheid zat hem in de vragen na afloop. Anne had enige ervaring met journalisten, en je kon de gekste vragen verwachten. Met de uitdrukking 'in het belang van het onderzoek geen commentaar' moest ze doorgaans de deur dichthouden tot het echt onvermijdelijke moment. Dat zou aanbreken als bekend werd dat de twee slachtoffers escortgirls waren geweest die cokefeestjes van KcB-bankiers hadden 'opgeleukt'. Ongetwijfeld zou dan uitkomen dat een van die bankiers een relatie had gehad met de dochter van de president-directeur. En nog erger zou het worden als zou blijken dat díé man die escortmeisjes vermoord had. Eén ding had ze inmiddels geleerd: je moest nooit liegen tegen journalisten en ze bereidde zich daarom toch maar op een kruisverhoor voor.

Voor een zaterdag zat de zaal behoorlijk vol. Vooraan waren camera's opgesteld, de microfoons van zowat alle zenders stonden als een waaier op het midden van de tafel voor haar neus. De voorlichter nam naast haar plaats.

Ze keek de zaal rond, zag veel bekende gezichten.

'Mevrouw Kramer zal eerst een persbericht voorlezen, daarna kunt u vragen stellen.'

In twee minuten had ze het bericht voorgelezen. Er ontstond wat rumoer toen ze aangaf dat er een 35-jarige verdachte was aangehouden.

'Kunt u bevestigen dat de twee slachtoffers elkaar kenden en mogelijk vriendinnen waren?' vroeg Paul de Bie van *Het Parool*.

'In het belang van het onderzoek...' begon ze.

Hoe kan hij dit weten, vroeg ze zich even af, maar ze wist inmiddels dat lekken vanuit het korps een onuitroeibaar fenomeen was.

Opnieuw ging de hand van De Bie omhoog. Hij is scherp, dacht Anne. Op zijn triomfantelijke gezicht kon ze aflezen dat hij meer wist dan zijn collega's.

'Die verdachte J.B., klopt het dat die bankier is bij de Kc Bank?'

Er ging een schok door de zaal. Anne was verbijsterd; hoe kon hij dit allemaal weten?! Ze moest nu kalm blijven.

'In het belang van het onderzoek kan ik u daarover...'

'Die samenwoont met de dochter van Bert Remmelts, de president-directeur van de Kc Bank?'

'Ik kan u daarover in dit stadium niets zeggen, behalve dat de Kc Bank als zodanig van dit moordonderzoek geen deel uitmaakt.' De formulering van de zin kostte moeite, het stoïcijns voor zich uit kijken nog meer.

Verdorie, iemand lekte, dat was wel duidelijk. En Bert zou het moeilijk krijgen, want zijn bank was al genoemd.

Woest rende ze Hermans kantoor binnen. Hij had zijn vrije zaterdag opgeofferd vanwege deze zaak. Talloze rechercheurs waren bezig met buurtonderzoeken en het verwerken van binnenkomende tips.

'Er wordt gelekt!' schreeuwde ze. Hij keek verschrikt op.

'Ik wil ze allemaal bij elkaar hebben. Zijn ze nou helemaal van de pot gerukt?'

Wat er was misgegaan, moest vreselijk zijn; Anne was witheet. Maar één ding wist hij zeker: het laatste wat je in zo'n situatie moest doen was iedereen bij elkaar roepen en een woeste toespraak houden. Dat zou alleen maar averechts werken.

'Stop Anne, vertel eerst eens wat er gebeurd is.'

Hij dwong haar te gaan zitten en tapte een bekertje water uit het tankje dat op zijn kamer stond.

'Hier, drink wat.'

Bij de eerste slok verslikte ze zich en ze proestte het uit. Voorzichtig depte ze met een doekje haar betraande ogen, bang dat haar mascara uitliep. Stukje bij beetje kwam het verhaal eruit. Herman glimlachte vaderlijk. Wat liefde al niet deed met een mens.

'Wat is het probleem, Anne? Remmelts heeft zijn schoonzoon toch niet zelf uitgekozen? Heb je hem al gesproken?'

'Hij zit in New York.'

'Al zit hij op de Noordpool, ze gaan hem vinden. Dus ik zou hem heel snel bellen als ik jou was. '

'Maar dat staat los van waar het eigenlijk om gaat.' Anne gromde. 'Bert is gepokt en gemazeld; die redt zich wel. Maar iemand van ons team kletst met de pers, Herman. Zoek het uit, alsjeblieft. Loslippige sensatiebakken kan ik missen als kiespijn.' Ze keek op de klok, het was in de VS vroeg in de morgen. Maar Herman had gelijk, ze zou Bert bellen zodra ze kon.

'Iets heel anders,' zei Herman zacht. 'Breedveld heeft vanmorgen bezoek gehad. Van Horowitz.'

'Nou en? Dat is zijn advocaat.'

'Wonderlijk is allereerst,' ging Herman onverstoorbaar verder, 'dat Breedveld aankondigde "alles op de fles te zullen laten gaan" als

Horowitz niet zelf op kwam dagen. Maar het meest wonderlijke is dat Horowitz ook meteen kwam.'

Annes ogen twinkelden. 'Breedveld weet dus echt iets wat zelfs de onoverwinnelijke Bram ernstig in de problemen kan brengen.'

Een stuk vrolijker liep ze even later de gang weer in. Marit stond ongeduldig op haar te wachten. Haar uitje zou haar dochter zich niet af laten nemen.

Deel 3

I

Met een volle bestelwagen reed Willem de Leder naar het dorp, zo'n twintig kilometer verderop. De open laadbak was gevuld met hout voor het schooltje. In deze periode was er weinig te doen op de wijngaard, het duurde nog even voordat de druiven geplukt moesten worden. Een mooie tijd om allerlei klussen te doen en in het dorp aan de slag te gaan.

Hij had een aantal arbeiders verzameld om eindelijk de school af te bouwen. De kinderen van het dorp kregen les in de openlucht, als het regende ging het verder onder een golfplaten afdak.

Hij keek opzij naar zijn dochter. De baby zat op schoot bij Lotte en maakte tevreden geluidjes. Zijn hart schoot vol. Soms kon hij met verbazing naar zichzelf zitten kijken; de keiharde crimineel van vroeger leek niet meer te bestaan.

Een leven zonder Lotte en Sanne leek hem onmogelijk, hij kon zich daar geen voorstelling meer van maken. Niet dat het allemaal koek en ei was, Lotte was niet iemand die alles zomaar slikte. De afgelopen dagen hadden ze knallende ruzie gehad, ze was woedend op hem geweest. Ze had hem recht in zijn gezicht gezegd dat ze hem zou verlaten als hij niet precies vertelde wat er aan de hand was. 'En denk maar niet dat ik Sanne hier laat!' had ze geschreeuwd.

Hij was dom geweest, hij had gereageerd als vroeger. Zijn gezichtsuitdrukking tijdens de ruzie sprak boekdelen: waar bemoeide zij zich eigenlijk mee. Dit zijn zaken die een vrouw niet aangingen. Hij had het niet letterlijk zo gezegd, maar het woord 'keuken' was wel gevallen. Ze was des duivels geweest, ze was niet naar het andere eind van de wereld gekomen om alleen maar het huishouden te doen en met haar benen wijd te liggen.

De ruzie ging over zijn grote geldzorgen. Juist omdat hij wist dat ze het met zijn handelwijze niet eens zou zijn, had hij lang gezwegen en geprobeerd het zelf op te lossen. Maar er was een oplossing. Ze moesten hem zijn geld terugbetalen. Als dat gebeurd was, kon hij het verleden eindelijk afsluiten. Niet alleen had hij recht op dat geld, hij had het dringend nodig om de wijngaard weer rendabel te kunnen maken. Af en toe had hij 's nachts wakker gelegen van het idee dat ze ook failliet konden gaan en hier weer weg moesten. Het zou een ramp voor zijn gezin zijn, maar ook voor de arbeiders en hun gezinnen uit het dorp. Die leefden allemaal van de opbrengsten van de wijngaard.

Na lang aandringen en zwijgend tegenover elkaar aan de eettafel zitten, had hij het schoorvoetend verteld.

'Waarom heb je me dat nou niet eerder gezegd? Ik ga wel een baan zoeken. Dat smerige geld zou je eigenlijk niet meer moeten willen gebruiken,' had ze gereageerd. Ze kon niet begrijpen dat hij deed alsof het om gewoon geld ging. Met bloed, zweet en tranen verdiend, zei hij steevast. Ze had geschamperd: van een ander, ja.

Maar over zijn lijk dat zij een baan zou zoeken. In zijn wereld bestond emancipatie niet, een vent zorgde voor zijn gezin. Als kemphanen hadden ze tegenover elkaar gestaan. Het liep hoog op. Pas toen hun dochtertje van het geschreeuw wakker was geworden, waren ze stil geworden.

Na een tijdje was ze bij hem op schoot gekropen; hij had nukkig gezwegen. 'Je hebt hier een kale plek,' had ze geplaagd. 'Je wordt een dagje ouder. Maar een vos verliest wel zijn haren, niet zijn streken.' De grote schommelstoel had als vanzelf heen en weer bewogen. Lange tijd hadden ze zwijgend bij elkaar gezeten, in gedachten verzonken. Na een jaar voelden ze zich hier thuis.

'Als ik niks doe, gaan we failliet,' was het laatste wat hij erover gezegd had en toen had hij zijn beslissing genomen: hij moest naar Amsterdam om orde op zaken te stellen.

De weg naar het dorp was niet geasfalteerd, achter de bestelauto kwam een stofwolk omhoog. De rit duurde lang, opschieten was er op de zandweg niet bij. Hij stopte ook nog regelmatig om mensen in de laadbak mee te nemen. Arbeiders liepen hier enorme afstanden naar hun werk; als hij kon, nam hij ze steevast een stuk mee.

In het dorp renden de kinderen juichend de bestelwagen tegemoet. Het gehucht bestond uit tientallen rieten hutten en een krakkemikkig optrekje van golfplaten. Ernaast werden akkertjes bebouwd voor het dagelijkse voedsel.

Ze werden ontvangen door de dorpsoudste die hen met traditionele gastvrijheid uitnodigde om bij hem te komen eten. Niet dat hij met smaak zat te eten, ze kregen een bordje met een kippenpoot en wat slijmerige groente. De eerste keer had hij het laten staan, waarop Lotte hem op de vingers tikte en zei: 'Opeten.' Verbaasd had hij haar aangekeken. 'Ik niet, je wordt hier hartstikke ziek van.' 'Niet zeuren, opeten,' was haar enige commentaar. 'Het is goed om te weten wat je mensen elke dag moeten doorstaan. Dan ga je er misschien eens wat aan doen.'

Tot overmaat van ramp nodigde de dorpsoudste ze uit voor de kerkdienst. Ook die werd gehouden onder de golfplaten, iedereen zat op de grond. De dorpsoudste, tevens predikant, beduidde Lotte dat ze naast hem moest komen zitten. Er verzamelden zich meer vrouwen om hem heen, die Lotte als een zuster in hun midden namen. Een harem, schoot het door zijn hoofd, die dorpsoudste had het goed geregeld.

De dienst begon met een lezing uit de bijbel. Daarna volgden heel veel zang en dans. Het duurde niet lang of hij werd door een van de vrouwen bij de hand gepakt om mee te doen. In het begin waren zijn bewegingen nog wat houterig, maar na een tijdje ging het vlotter.

Lotte glimlachte, daar danste haar blonde reus, het zweet stond hem op het voorhoofd. Sanne sliep intussen gewoon in haar armen. Ze voelde zich gelukkig hier. Daar mocht geen eind aan komen, nam ze zich voor.

2

'Anne, meneer Hafkamp vraagt of je even langskomt. Je kunt om half vijf terecht.'

Anne had Olga, Hafkamps secretaresse, wel vaker aan de lijn gehad. Normaal was ze, in tegenstelling tot haar baas, altijd vriendelijk en behulpzaam, maar nu deed ze wat terughoudend.

'Is-ie boos op me?' vroeg ze dan ook.

Olga fluisterde opeens. 'Anne, hij was erg kwaad. Ik hoorde hem praten met Ottenberg, de procureur-generaal in Den Haag. Hij liep echt te razen over jou.' Ze liet haar stem dalen. 'Het ging over een gelakte teennagel.' Anne schoot in de lach, ze wist genoeg. Met een lek als Olga had ze totaal geen moeite. 'Moet ik zeggen dat je niet kunt?' vroeg Olga samenzweerderig. Ze was ongetwijfeld in staat om Hafkamp wat op de mouw te spelden.

'Nee, doe maar niet, ik kom gewoon. Ik ben niet bang voor hem.'

Anne kon zich de trammelant wel voorstellen. John Pel had er een geweldig filmpje van gemaakt. Aan het eind van de drie minuten zag je op de achtergrond de rode nagel met het kaartje steeds groter in beeld komen. Indrukwekkend vond Anne het. Maar Herman kreeg gelijk: dit zou dus een staartje krijgen. Anne kon er niet mee zitten. Inmiddels wist ze hoe ze met die Hafkamp moest omgaan. Niet tegensputteren, gewoon schuldbewust kijken. Hij kon daar absoluut niet mee omgaan.

Hafkamp was indertijd degene geweest die haar bij Eerenberg had aanbevolen voor de zware recherchepost. Waarom wist ze nog steeds niet precies. Misschien was ze hem opgevallen door haar optreden toen ze in de binnenstad een paar jaar wijkteamchef van het Wallengebied was geweest. Ze vroeg zich af of hij er inmiddels spijt van had.

Op weg naar de hoofdofficier belde ze Floor van Raalte, wijkteam-chef in Amsterdam-Oost. Al vanaf de opleiding waren ze bevriend. Af en toe namen ze het ervan, met een sauna of een dagje in een beauty-centrum. Anne had er wel weer zin in en bovendien moest ze toch aan iemand haar belevenissen met Bert Remmelts kwijt.

'Floor, wanneer gaan we weer?' riep ze zonder verdere inleiding.

'Wacht even... jongens, volgende week verder, ik heb nu een be-langrijk telefoontje,' hoorde ze Floor zeggen, die blijkbaar midden in een vergadering zat. Hier en daar werd nog wat gezegd, enig geschuifel met stoelen klonk, daarna werd het stil.

'Je belt precies op het juiste moment,' schaterde Floor. 'Af en toe heb je van die zeurpieten. Hoe is het met je?'

'Verliefd,' zei Anne en ze deed haar best zo luchtig mogelijk te klinken. 'Op een vent met een paar miljoen, schat ik zo.'

'En die heeft-ie ook nog eerlijk verdiend? Ik heb dat ook dagelijks. Gaat wel weer over, joh.' Floor schopte haar schoenen uit, trok nog een stoel naar zich toe en legde haar voeten erop. Tegelijk deed ze een greep in de pot met drop. Dit zou even tijd kosten, ze hoorde aan Annes stem dat er meer aan de hand was. 'Een Prins van Oranje of zoiets?' grapte ze. 'Of Louis van Gaal?'

'Hou op met je grappen, hij is keurig aan zijn geld gekomen. Maar ik sta nog steeds te trillen op mijn benen. Floor, je neemt me niet serieus.'

'Nou, vertel op, wie is het?'

'Bert Remmelts.'

Floor dacht na; de naam zei haar niets.

'Euh... moet ik die kennen? Zit hij in het korps, of ergens anders bij de politie?' Ze zweeg een ogenblik. 'O nee, hij was rijk, zei je.'

'Toe nou Floor, zit me niet te pesten. Die man ken je toch wel! Hij is de president-directeur van de Kc Bank! Kantoortje met uitzicht op de hele Zuidas.'

Geheel tegen haar gewoonte viel Floor opnieuw stil. 'En die is keurig aan zijn geld gekomen, zeg je? Zo'n graaier, zo'n bonusjager, zo een die de kredietcrisis heeft veroorzaakt? Miljonair? Van mijn belastingcenten, ja!' Ze haalde even diep adem. 'Maar vertel, hoe oud is-ie?'

De vrolijke sfeer was in één keer weg. 'Laat maar, Floor,' zei Anne kortaf, 'ik hoor het al. Je bent niet blij voor me.' Ze was in de buurt van het gerechtsgebouw.

'Ik maak maar een geintje. Mag ik er ook even aan wennen? Kennen jullie elkaar al lang? O meid, heel gauw samen naar de sauna, goed? Als je wilt mag je hem meenemen, hoor.'

Schaterlachend drukte Anne haar mobiel uit.

Ze moest wachten, Hafkamp was er nog niet. Anne gaf zichzelf tien minuten, als hij dan nog niet was gekomen, ging ze weg. Meteen riep ze zichzelf tot de orde: ze moest het schuldige meisje spelen, dan kwam het allemaal goed.

'Hallo Olga, druk zeker.'

Olga zuchtte. Het was de hele ochtend al een komen en gaan geweest, zei ze.

Als een wervelwind stormde Hafkamp binnen.

'Ah, mevrouw Kramer, loop gelijk maar mee.'

Galant hield hij de deur voor haar open en hij wees naar de stoel voor zijn bureau. Hafkamp was een kleine gedrongen man, zijn haargrens begon duidelijk te wijken. In het begin vond ze hem een engerd, hij kon haar met zijn koeienogen zo intens aanstaren dat ze er jeuk van kreeg.

Op zijn bureau lag een stapel stukken, hoog opgetast, en het had iets van een goocheltruc toen hij erachter verdween.

'Ik kan u bijna niet meer zien,' grapte Anne en hij lachte zowaar met haar mee. Met één beweging schoof hij de stapel opzij.

'Zo kunnen we zien wat we tegen elkaar zeggen.' Hij boog wat voorover en keek Anne met pretoogjes aan. 'Iedereen is boos op u, maar ik vind het wel leuk, hoor.' Ze trok haar meest onschuldige gezicht. 'Uw filmpje, met een briefje aan de teen van dat slachtoffer. Met die gelakte teennagel.' Hij sloeg zelfs van pret op zijn bureau. 'Weet u wel dat er al duizenden mensen naar dat filmpje hebben

146

zitten kijken? Maar ze zijn erg boos in Den Haag. Het is tegen alle regels; alleen *Opsporing verzocht* mag gebruikt worden.'

Met grote ogen keek Anne Hafkamp aan. Het leek erop dat hij haar niet eens de mantel ging uitvegen.

'Eerenberg heeft me van de hoed en de rand verteld. Hij is erg tevreden over uw aanpak en wij zijn dat ook. Ik begrijp dat, naast een verdachte voor beide moorden, ook de dochter van meneer Remmelts terecht is?'

'Die verdachte is wel bankier. Bij de KcB. Zijn advocaat... u kent meneer Horowitz?'

Hafkamps gezicht kreeg een bezorgde uitdrukking. 'Wie niet?' was zijn wedervraag.

'Zijn naam komt voor in dat IJburgdossier dat we bij het laatste slachtoffer hebben gevonden.' Ze zag Hafkamp slikken en boog zich wat voorover. 'Ik kom binnenkort bij u langs voor het groene licht.'

Hij keek bedenkelijk. 'Groene licht? Om Horowitz aan te houden?' Hafkamp schudde zijn hoofd. 'Dan wil ik eerst dat dossier zien. Jullie zullen met keiharde bewijzen moeten komen, anders lukt het niet.'

Anne stond op en pakte haar tas van de grond.

'Ik zal u vandaag nog een kopie van het dossier laten bezorgen. Zorgt u er dan voor dat uw officier de inverzekeringstelling verlengt?'

Ze draaide zich om en liep naar de deur. Achter haar bleef het stil, maar ze wist dat hij haar had begrepen.

3

In een paar weken tijd was zijn leven volledig op de schop gegaan. Van gevierde succesvolle bankier werd hij een sloeber in de cel.

Jochem had voor de mishandeling van Claire maar één nacht gezeten; nu wist hij niet eens meer welke dag het precies was. De uren regen zich aaneen. Het ergst was de onzekerheid.

Wat was hij onvoorstelbaar dom geweest. Hij kon zich wel voor zijn kop slaan. Waarom had hij niet gewoon de waarheid verteld toen ze hem de foto van Lisa lieten zien? Omdat ze een hoer was en dat paste niet bij zijn reputatie. Maar nu geloofden ze hem natuurlijk nooit meer. Stom. Om het zonder condoom te doen, was nog veel stommer geweest.

Die smerissen zouden in hoongelach vervallen als hij nu nog met de waarheid over Lisa kwam. Ze hadden gelijk: hij had werkelijk alles tegen en een rechtbank zou geen moment twijfelen en hem voor heel wat jaren wegstoppen in zo'n hokje als dit. Maar hij was nooit in haar woning geweest, en dat konden ze dan ook niet bewijzen.

Gekromd en doodziek van de spanningen lag hij op zijn brits; hij was al helemaal leeggelopen en toch leek het of hij iedere keer weer moest.

Wie had er gekletst? Iemand moest ergens in dit verhaal zijn naam hebben genoemd. Er schoot van alles door zijn hoofd. Hij kreunde. Dit was niet vol te houden, wat Horowitz ook had gezegd. Die hufter dacht ook alleen maar aan zijn eigen hachje.

Toen eindelijk de celdeur opendraaide, stond zijn besluit vast. Hij ging voor zijn eigen hachie, met nog langer zwijgen had hij alleen zichzelf maar.

Met afgezakte schouders zat Jochem even later aan het tafeltje en keek beide mannen vermoeid aan.

'Gaat het wel goed met je?' vroeg Jaap, die zijn rol tot het uiterste zou volhouden.

'Kramp in mijn darmen,' kreunde Breedveld.

'Imodium,' zei de man met de snor. 'Doet wonderen. Ik regel wel wat voor je.'

Dirk schoof over de tafel een foto naar Jochem toe. Lisa, zag hij. Haar gezicht was spierwit en vlekkerig. Ze was dood toen de foto gemaakt werd, dat was duidelijk.

'Vertel.'

Zijn hoofd kwam omhoog. 'Stom, ik heb gelogen over dat meisje.'

Zonder te interrumperen luisterden de rechercheurs naar zijn verhaal over de villa. Hij probeerde op hun gezichten af te lezen of ze hem geloofden, maar er kwam geen enkele reactie, ze keken hem stoïcijns aan.

'Ik ben dus in die villa met haar naar bed geweest,' besloot hij zijn verhaal.

Ze keken hem allebei somber aan. 'Nog meer bewijs dat je haar vermoord hebt, jongen,' bromde Dirk.

Verbijsterd keek Jochem hem aan. 'Ik heb het niet gedaan...' Hij vloekte hartgrondig.

'Ik wist niet dat een keurige bankier zo kon vloeken,' zei Dirk. Hij bladerde in het dossier. 'Die seks op dat feestje, wisten we al. Kijk, hier staat het.' Zijn vinger schoof over het blad. 'Even kijken... hier. Dit is uit het verhoor van Caroline Vervoort: "Arnoud en ik zijn toen naar boven gegaan. Jochem Breedveld en Peter Paul de Graaf zag ik daarna naakt met Lisa in onze jacuzzi springen. Later in die nacht heb ik gezien hoe Breedveld en Lisa op het bed in de logeerkamer seks hadden. Zij zat boven op hem en keek hem in het gezicht. Ik ben niet blijven kijken maar weer naar bed gegaan en werd pas wakker toen ik Peter Paul de Graaf de volgende ochtend buiten hoorde schreeuwen."'

Hij bladerde verder. 'En dan vertelt ze, en haar man bevestigt dat, het volgende: "Jochem Breedveld was heel erg aan het schelden op

Peter Paul. Waarom weet ik niet, want het was niet zijn auto. Vervolgens zijn ze samen naar boven gerend om zich aan te kleden, en zonder afscheid te nemen weggescheurd. Ik denk wel dat ze achter die Lisa aan gingen."' Dirk zweeg. 'Ik vraag het je nog maar een keer formeel: heb jij Lisa gedood?'

De klap kon niet harder aankomen. Zijn vrienden hadden hem verraden, gewoon over hem zitten lullen. Hij kon het bijna niet geloven.

'Heb je Lisa vermoord, ja of nee?'

Jochem haalde zijn schouders op.

'Wat ik ook zeg, ja of nee, het maakt voor jullie toch niet uit. Jullie hebben je oordeel al geveld.'

'Nee, ik wil nu van je horen of je de moord op Lisa bekent.'

Jochem zuchtte diep en schudde zijn hoofd.

Dirk pakte de foto van Sophie.

'Ken je deze vrouw? Kijk nou goed, want als je nu zegt dat je haar niet kent en morgen blijkt dat je haar wel moet kennen, zit je voor de rest van je leven vast.'

Met vermoeide ogen keek Jochem naar de foto en schudde toen bijna opgelucht zijn hoofd. Deze vrouw kende hij echt niet.

Jaap haalde intussen een zwarte ordner onder zijn stoel vandaan en schoof die over tafel.

'Kijk, die hebben we gevonden bij dit meisje thuis. "IJburg" staat erop. Zegt dat je iets?'

Jochem staarde geschokt naar het dossier.

'Ik heb die vrouwen niet vermoord,' fluisterde hij wanhopig. Hij zat er helemaal doorheen. Traag en aarzelend begon hij te vertellen; naarmate hij verder kwam ging het vlotter. Met verbazing hoorden Dirk en Jaap Breedvelds verhaal aan. Jaap maakte hier en daar een aantekening, alles werd op band vastgelegd.

Eindelijk vielen de puzzelstukjes op hun plaats. Op een stuk papier tekende Jochem hoe de witwasoperaties in elkaar staken, wie welke rollen had en hoe het stond met de beursgang van het vastgoedbedrijf.

'Meer weet ik niet,' zei Jochem ten slotte. Hij zakte onderuit op zijn stoel.

'En jij denkt dat wij dit geloven? Je hebt op geen enkele manier aangetoond dat jij Lisa en Sophie níét vermoord hebt.'

'Hoe kun je nou bewijzen dat je iets níét gedaan hebt?' Met zijn laatste krachten schreeuwde Jochem dat hij geen moordenaar was. Daarna zakte hij als een plumpudding in elkaar en bleef hevig schokkend op de grond liggen. Ze lieten hem wegbrengen en zorgden voor een arts.

De dagen daarna leverden geen nieuwe feiten op. Jochem staarde continu voor zich uit en zweeg. Op de vierde dag werd hij voorgeleid aan de rechter-commissaris. Jochem bekende meegewerkt te hebben aan een witwasoperatie; de moorden bleef hij halsstarrig ontkennen. Ze stelde hem in bewaring. In afwachting van verder onderzoek werd hij naar de Bijlmerbajes overgebracht.

De rechter-commissaris besliste dat de verdachte in alle beperkingen bleef. Geen kranten, geen televisie en vooral geen bezoek; alleen zijn advocaat mocht langskomen.

4

Anne lag al een tijd te draaien onder de dekens, het lukte haar niet om in slaap te vallen. De beelden van de briefing van vanmiddag bleven maar terugkomen. De aanwijzingen tegen Horowitz en de rest namen toe. De verklaring van Breedveld was voor 'IJburg' goud waard, hij vertelde precies welke rol de betrokkenen hadden gespeeld. Bovendien had hij een groot aantal eerdere vastgoedtransacties genoemd die met crimineel geld betaald waren. De moorden ontkende hij echter bij hoog en bij laag.

De druk vanuit het rechercheteam om door te pakken was groot. Vooral Cees Hoogeboom had benadrukt dat er snel actie moest worden ondernomen. Als er te lang gewacht werd, was de kans groot dat bewijzen werden weggewerkt, al lag een groot deel ervan in de administratie van de KcB, een plek waar ook Horowitz niet bij zou kunnen komen.

Met verve had Hoogeboom ervoor gepleit zo snel mogelijk ook de advocaat, Arnoud en Peter Paul aan te houden en huiszoekingen te doen. Hopelijk werden bij die verdachten nog meer aanwijzingen voor de witwastransacties gevonden.

Weer draaide Anne zich op haar andere zij. Ze twijfelde, hoe vond ze ooit de aanwijzingen op grond waarvan Hafkamp het groene licht zou geven? De hoofdofficier wilde harde bewijzen, en Anne kon die pas vinden als er huiszoeking werd gedaan. Zo kwam ze niet verder.

Ze stapte uit bed om een kop thee te maken, ze was klaarwakker.

Met opgetrokken benen zat ze op de bank, haar handen warmend aan het theeglas. Gedachten tolden door haar hoofd. Natuurlijk waren ze allemaal bang voor Horowitz. Jochem zat wel in de beperkingen, maar huizen van bewaring waren zo lek als een mandje, en helemaal als een van de daders vrij in en uit kon lopen bij een andere dader. Horowitz had juridisch zo veel macht dat het bijna onmogelijk werd om een normaal onderzoek tegen hem in te stellen. Ze begreep best dat hij via de media voor een hoop ophef zou zorgen, maar waarom was iedereen daar nou zo bang voor? Dit keer zou hij alleen zichzelf ermee belasten.

Het was doodstil in huis, de kinderen sliepen. Anne had de tv zachtjes aangezet, en keek naar herhalingen van de vorige avond. Ze verslikte zich zowat toen ze Horowitz bij *Boulevard* zag zitten. De media kon hij heel goed bespelen, inderdaad.

Haar theeglas was leeg toen ze plotseling op een idee kwam. Zou Bert...? Ze schudde haar hoofd. Nee, hij had geen invloed bij justitie. Ze schonk zich een flinke bel wijn in. Bert te hulp roepen, lag niet voor de hand. In zekere zin was hij partij. Maar toch, hij had natuurlijk wel de goede contacten... Ze keek op de klok en rekende, het was avond in New York. Behaaglijk kroop ze onder het dekbed, pakte haar mobiel en toetste zijn nummer in.

'Goedemorgen, meisje.'

'Ik zit hier nog in het holst van de nacht, hoor.'

'Waarom ben je dan wakker?'

Ze lachte zachtjes. 'Om jou.'

'Ik heb hier vertier genoeg.'

Anne voelde een steek van jaloezie.

'Hm... zo'n ouwe vent zien vrouwen niet meer staan. Voor Amerikaanse bimbo's ben jij allang over de houdbaarheidsdatum heen, meneer, dus blijf maar gewoon trouw aan mij. Daar heb je het meest aan.'

'Wacht even, waarom doen al die vrouwen hier dan zo vriendelijk tegen mij?'

Ze lachte. 'Omdat die nog geloven dat je geld hebt.'

Het was even stil.

'Ik mis je,' hoorde ze hem zeggen. Een gevoel van warmte stroomde door haar heen.

'Weet je al wanneer je terugkomt?'

'Vrijdag, om drie uur 's middags.'

'Bel je chauffeur maar af. Ik haal je.' Toen vertelde ze hem over het onderzoek en over de bewijzen die zich opstapelden. De recherche stond klaar om bij Horowitz en de anderen een inval te doen en de administraties in beslag te nemen.

'We zouden nu moeten doorpakken,' zei ze aarzelend, 'maar Hafkamp durft niet. Intussen wordt de kans steeds groter dat de media linken ontdekken tussen het witwasverhaal en jouw bank.'

'Die ze schromelijk hebben misbruikt, maar dat zullen de kranten vast vergeten te vertellen.' Bert zag al waar voor hem de schoen wrong. 'Ik ga nu de minister van Financiën bellen,' zei hij stellig, 'en die belt dan wel met zijn collega. De minister heeft er alle belang bij dat de KcB overeind blijft. Heus Anne, over een half uurtje wordt Hafkamp uit zijn bed gebeld door de hoogste baas van Justitie en dan krijg jij je huiszoekingsbevel.'

Ze spraken nog meer dan een uur over allerlei heel intieme zaken, en Anne sliep de rest van de nacht als een roos.

De volgende dag was de kogel inderdaad door de kerk. Tot verbazing van de betrokken officieren van justitie ging Hafkamp akkoord.

Niet veel later reden eenheden van het hoofdbureau weg om op de verschillende plaatsen huiszoekingen te verrichten. Met een grote zorgvuldigheid was de operatie al dagen daarvoor voorbereid, want bij een inval in een advocatenkantoor kon men zich geen fouten veroorloven. In Laren werd onderzoek gedaan in de villa van Arnoud en in Hilversum op zijn kantoor. Peter Paul werd in de bank aan het Haarlemmerplein aangehouden en tegelijkertijd werd een villa van Arnoud in Saint-Tropez doorzocht.

Annes contacten met haar collega Armand de Lasalle in Parijs waren bij de voorbereiding van grote waarde gebleken, de Amsterdamse politie kreeg alle medewerking van de Franse collega's.

Anne besloot zelf mee te gaan naar het kantoor van Horowitz. Dat leek de gevoeligste plek van het totale onderzoek. Onderweg vroeg ze

Cees Hoogeboom of er nog dingen waren waar ze speciaal op moesten letten.

'Bankafschriften, Anne, daar gaat het om, hopelijk kunnen we daarop zien waar het zwarte geld vandaan komt.'

De recherche had inmiddels een reeks van aanwijzingen verzameld. Aan de hand van een analyse bij de bank kon worden vastgesteld dat de witwasoperatie al zo'n twee jaar liep.

Hadden ze verwacht dat Horowitz moeilijk zou doen, dan hadden ze zich vergist. Het leek bijna alsof hij hen verwacht had. Hij gedroeg zich vriendelijk en voorkomend. 'Als u mij even zegt waar u naar zoekt, kan ik u helpen.' Toen hij afgevoerd werd, stak hij zijn handen vooruit.

'Mevrouw Kramer, moet ik niet geboeid worden?'

Ze begreep het wel, hij wilde er een show van maken, liever de grote jongen uithangen dan zich met een gebogen hoofd af te laten voeren.

Er stonden natuurlijk al journalisten voor de deur. Het zou haar niet verbazen als Horowitz ze zelf gebeld had toen hij de recherche voor zag rijden. Hij was er slim genoeg voor.

Anne schudde haar hoofd, die publiciteit gunde ze hem niet; hij hoefde niet geboeid te worden. Toen hij tussen twee rechercheurs de deur uit liep, sprak hij de journalisten aan.

'Over een paar dagen zal blijken hoe vreselijk een mens zich kan vergissen, heren,' riep hij luchtig. Hij zwaaide als een koning vanuit de auto toen die wegreed.

5

Waarom wist hij niet precies, maar de vrouw viel hem op. Ze zag er goed uit, eind dertig schatte hij.

Het ene moment stond ze vlak bij de schuifdeur waar reizigers uit kwamen, het volgende moment keek ze op het bord met de aankomsttijden. Hij kon het zo langzamerhand wel een beetje inschatten: ze was nerveus. Typisch het gedrag van een verliefde vrouw, niet van iemand die al jaren getrouwd was.

Spiedend gingen zijn ogen door de hal, hij was haar even kwijt. Toen zag hij haar weer, ze zat achter een espresso. Hij keek nog eens goed, er was iets bekends aan haar. Was ze net als hij misschien van de tv? Hij pijnigde zijn hersens.

Het belangrijkste deel van zijn werk bestond uit rondkijken, zoeken naar de juiste mensen voor een goed item voor de uitzending. Hij had er een neus voor.

Zijn tijd zat er voor vandaag zowat op. Hij had voor zijn programma *Hello Goodbye* al twee mooie items gedraaid. Eerst over een ouder stel, die waren al jaren getrouwd en nu moest de vrouw voor haar werk een paar weken naar het buitenland. Haar man bleef achter, de eenzaamheid droop van zijn gezicht. Dat zag je niet vaak, een stel dat geen dag zonder elkaar kon. Echte liefde. En daarna een gescheiden stel dat hun dochter kwam ophalen. Zij met een hondje, hij stond tien meter bij haar vandaan. Dat waren items waar hij op loerde, hij kon van tevoren absoluut niet zeggen waar hij mee thuis zou komen.

Deze vrouw scheen veelbelovend.

'Jongens, weten jullie wie dat is?'

De cameraman en de geluidsman keken naar de weglopende vrouw.

'Mooie benen,' zei de cameraman. Hij bracht zijn camera al in stelling. Toen ze zich weer omdraaide herkende hij haar.

'Volgens mij is ze van de Amsterdamse politie.'

Op een holletje liepen ze op Anne af. Lampen flitsten aan.

'Mag ik u wat vragen?'

Het leek of ze schrok, ze schermde haar ogen af tegen het felle licht.

'Bent u niet... ik ben uw naam even kwijt. U bent van de politie, toch?'

Hij zag de herkenning op haar gezicht, haar ogen richtten zich op de camera.

'En u bent van dat programma? *Goodbye* of zoiets?'

Ze had een aangename stem, en haar terughoudendheid verdween als sneeuw voor de zon. Ze was camera's gewend.

'Ah... nu weet ik het weer, Anne Kramer. Toch?'

Ze glimlachte vriendelijk.

'Mag ik u vragen wie u komt afhalen?'

'Dat mag u vragen maar die vraag ga ik niet beantwoorden.'

Hij dacht er niet lang over na, het leek hem geen risico.

'Een geliefde?'

De camera draaide, maar Anne schudde haar hoofd. 'Zoals ik al zei: ik ga u dat niet vertellen. Het is zakelijk, zullen we maar zeggen.'

Toch leek ze even te aarzelen, hij zag lichte onzekerheid in haar blik. Ze wilde het niet zeggen, en als zij dat niet wilde, moest degene die ze kwam halen iets bijzonders zijn.

'Een bekende Nederlander? Een grote crimineel die u persoonlijk komt arresteren?'

Anne moest moeite doen om niet in lachen uit te barsten. 'Dat laatste al helemaal niet,' zei ze. 'Ik denk dat die meneer het niet fijn zou vinden om zo omschreven te worden. Echt waar, ik ga het u niet vertellen en ik wil niet dat u het filmt. Ik heb dan wel een publieke functie, maar sommige dingen moet u niet willen doen. Misschien uit opsporingsbelang, en als dat niet helpt misschien wel voor mij.'

Hij bleef nog even proberen, maar ze wilde echt niet, glimlachte vriendelijk en liep weg.

Hij kon ieder moment komen. De schuifdeur ging open. De lange man was een kop groter dan zij, droeg een keurig pak en trok een reiskoffertje achter zich aan. Zonder aarzelen liep hij op haar toe, en voor Anne hem had kunnen beduiden dat niet te doen, sloeg hij zijn armen om haar heen en zoende haar vol op haar mond. Anne rukte zich los.

'Televisie,' beet ze Bert toe en ze liep toen haastig de andere kant op, hem meetrekkend.

Maar de camera miste niets, en de reporter wist het opeens: dit was de president-directeur van de Kc Bank. 'Kijk nou eens, die meneer Remmelts,' zei hij zacht en prees zichzelf voor zijn beslissing om nog even te blijven staan, vandaag.

Anne zat boven op Bert toen de telefoon ging. Eerst hoorde ze haar mobiel niet, ze was volledig in beslag genomen door haar bezigheden.

Tot haar verbazing merkte ze dat Bert zo fris als een hoentje was. Ze had een behoorlijke jetlag verwacht, maar daar was geen sprake van. Hij vertelde dat hij een soort bed in het vliegtuig had gehad, en horizontaal heerlijk onder een deken had liggen slapen.

'Ik mag alleen economy, rechtop en zonder beenruimte,' had ze pesterig geantwoord. Ze streek haar lange haar achter haar oor. Bert had zijn ogen gesloten. Haar nagels krasten voorzichtig over zijn huid. Ze zocht de plaatsen waar hij gevoelig was. Soms spanden zijn spieren samen en kreunde hij.

Hij stond zijn mannetje in bed. Zijn handen ondersteunden de beweging van haar heupen. Toen ze even aarzelde door de rinkelende telefoon, verstevigde hij de druk.

Ergens, heel ver weg, hoorde ze dat er een voicemail werd ingesproken. Iets zei haar dat ze de telefoon moest opnemen.

Pas toen ze op hem lag na te hijgen, mompelde Bert dat ze haar telefoon moest opnemen. Sloom stak ze een hand uit naar het nachtkastje en luisterde slaperig naar het bericht.

Bert deed zijn ogen open en keek over haar schouder langs de glooiende rug naar haar billen. Vanuit dit gezichtspunt had hij haar nog nooit bekeken, maar ze had een fantastische achterkant.

'Ja, maar waar gaat het dan over?' hoorde hij haar geprikkeld zeggen. Zonder verder commentaar legde ze de mobiel terug op het nachtkastje, kuste hem en zei dat ze even naar de tv moesten kijken, in *Nova* kwam Adèle van der Zee.

'En wie is dat?'

'De advocaat van Horowitz.'

'Zo, dat is gedurfd,' zei Bert. Hij draaide zich om en knipte de tv aan.

In stilte hoopte hij dat zijn bank buiten de publiciteit zou kunnen blijven, maar daar was hij niet gerust op. Op dit moment zat hij in elk geval niet te wachten op allerlei problemen, voor elke bank was het knokken om overeind te blijven.

Alleen vanwege Claire had hij de recherche erbij gehaald. Als zij niet vermist was geweest, had hij de interne controle alles uit laten zoeken en slechts in het uiterste geval de politie erbij gehaald. Hij sloeg zijn arm om Anne heen. Gelukkig was het zo gelopen. Anders had hij deze prachtige vrouw nooit ontmoet. Het kon gek lopen in het leven.

Het onderzoek en de aanhouding van Horowitz werden ingeleid door de presentator, ondersteund door een filmpje. Anne en Bert zagen hoe de advocaat door de politie werd afgevoerd, wuivend vanuit een grote auto.

Daarna wendde de presentator zich tot Adèle van der Zee.

Anne kroop tegen Bert aan. Ze wist niet of ze zich zorgen moest maken, er was de afgelopen dagen behoorlijk wat bewijs verzameld, maar toch was ze nerveus. Cees Hoogeboom was eerder die dag juichend bij haar binnen gestormd. Digi Piet had de computers van Horowitz gekraakt. Ze hadden cruciale bankgegevens boven water gehaald. Het spoor van het criminele geld leidde naar Liechtenstein.

Adèle was een kleine vrouw en ging gekleed in het zwart. Ze maakte een gedegen indruk. De advocate riep heftig dat deze aanhouding een flagrante schending van de privacy was; Horowitz werd door de werkwijze van politie en justitie bij voorbaat al veroordeeld. Dat had Hafkamp ook al gezegd.

'Het is ronduit schandalig wat hier gebeurt,' knarste Adèle.

Het viel Anne op dat er inhoudelijk over het onderzoek niets werd gezegd. Het ging alleen over de schade die aan het uitstekende imago van haar cliënt werd toegebracht. Hij was een bekende Nederlander, daar had men rekening mee moeten houden.

'Maar mevrouw Van der Zee,' onderbrak de presentator, 'had er dan een balkje voor zijn ogen geplaatst moeten worden?'

Anne glimlachte en schurkte zich in Berts armen. De presentator deed het goed, die liet niet toe dat er zomaar van alles geponeerd werd. Maar bij de volgende opmerking voelde ze Bert verstijven.

'De recherche moet in een andere richting zoeken. Het hoogste niveau van de Kc Bank is erbij betrokken. Mijn cliënt zal daar binnenkort een verklaring over afleggen. Ik sluit niet uit dat zelfs de president-directeur hiervan geweten heeft.'

Er klonk een hartgrondig gebrom achter Anne.

'De modderpot wordt kennelijk opengetrokken.' Hij stapte het bed uit en pakte zijn telefoon. De rust keerde die avond niet meer terug. Bert was constant in gesprek met leden van de Raad van Commissarissen. Anne maakte intussen wat eten voor hem klaar; ze kon niet anders dan hem rustig zijn gang te laten gaan. Dit waren voor hem cruciale momenten, dat begreep ze donders goed.

Ze hoorde Bert overleggen. De commissarissen vonden dat ze meteen een reactie in de media moesten geven, maar Remmelts was het daar niet mee eens; in zijn ogen was 'dat mens' geen reactie waard. En alles wat je in zo'n situatie zei, werd tegen je gebruikt. Horowitz moest eerst maar eens met feiten komen, zei hij. Het waren verhitte discussies.

Het enige wat Remmelts nodig had was het vertrouwen van de Raad van Commissarissen. Als daarnaar gevraagd werd moesten ze dat uitspreken, anders stapte hij onmiddellijk op, zei hij met overslaande stem.

De beer ging pas echt los toen er de volgende avond een stukje film werd getoond in RTL Boulevard.

Plotseling verscheen Anne zelf in beeld en haar gesprekje met de man van Hello Goodbye werd onverkort uitgezonden.

'Tja,' zei Albert Verlinde, 'de grote vraag was natuurlijk: waar wacht zo'n knappe smeris op? Nou kijker, oordeel zelf, zou ik zeggen.'

De zoen van Bert kwam pontificaal in beeld. 'Ik vraag me af of elke verdachte dat met mevrouw Kramer mag doen, John?'

Misdaadjournalist John van den Berg kon een lachje niet onderdrukken. 'Ja, dit is wel opmerkelijk nieuws,' vertelde hij smakelijk vanaf zijn hoge stoel. 'Maar die meneer is niet de gearresteerde bankdirecteur. Dat wil ik meteen even rechtzetten: deze man is geen verdachte.'

Af en toe keek hij op het papier voor zich. Hij wilde de dingen correct zeggen. 'Ik zal proberen het voor de kijkers uit te leggen. We hebben vandaag in de kranten kunnen lezen dat de bank waar deze meneer Remmelts president-directeur van is, de Kc Bank, betrokken lijkt bij een enorme witwasaffaire. En nu wordt die zaak onderzocht door de mevrouw in het filmpje, de baas van de Amsterdamse recherche, Anne Kramer. En als zij hem zo liefdevol van het vliegtuig komt halen, roept dat op z'n minst flinke vraagtekens op.'

'Zij lijkt hem in elk geval met enige regelmaat op de bank te spreken. Op de bedbank misschien wel,' sloot Verlinde af. 'Met dank aan de collega's van Hello Goodbye, die ons heel sportief dit stukje ter beschikking stelden.'

Anne was verbijsterd. De rel was geboren. Ze probeerde Bert te bereiken, maar die nam zijn telefoon niet op.

De volgende ochtend vroeg belde Cok uiteraard. Eerenbergs stemming was onder het absolute nulpunt gedaald, hij was al sinds gisteravond van alle kanten besprongen.

Vanaf het hoogste niveau was aangegeven dat Anne dit heel zwaar werd aangerekend; hij moest haar minstens van het onderzoek afhalen, maar beter nog kon hij haar tijdelijk op een wat rustiger plek in het korps neerzetten, was de suggestie. Vooral Hafkamp voerde de druk op, hij wilde Anne Kramer helemaal niet meer bij de recherche hebben. Haar geloofwaardigheid was geruïneerd en de affaire kon weleens reden zijn om Horowitz vrij te moeten laten. De messen werden geslepen, zoveel was hem duidelijk. Het lag allemaal buitengewoon gevoelig. De hele ochtend hingen er al journalisten aan de lijn.

Eerenberg had nog geprobeerd om de zaak af te doen als een privékwestie, maar die poging leed snel schipbreuk. Hij had nog geen beslissing genomen, het lag niet in zijn aard om zomaar toe te geven. Eerst wilde Eerenberg Anne spreken. Hij had ook geprobeerd Remmelts te spreken te krijgen, maar die hield zich onbereikbaar. Het verbaasde Eerenberg wel wat er kennelijk gebeurd was. Hij had Anne nota bene moeten dwingen naar Remmelts toe te gaan.

Hij wreef vermoeid over zijn voorhoofd. Anne was kennelijk als een blok voor die man gevallen. Ze had hem daar niets over gezegd, maar waarom zou ze ook, dat was natuurlijk privé geweest tot het moment dat het ook om witwasserij bij Remmelts' bank bleek te gaan.

Maar dat had Anne niet kunnen weten, natuurlijk. Ze was gescheiden, een vrije meid, dus waarom niet? Maar hij hoopte vurig dat de relatie die ze blijkbaar hadden, was begonnen voor Anne met 'IJburg' aan de gang ging, anders zou hij geen sikkepit voor haar kunnen doen.

Anne lag hem na aan het hart, hij had haar de afgelopen jaren leren waarderen. Ze was niet meegaand, kon behoorlijk dwarsliggen. Maar hij wist dat ze zich met hart en ziel aan het politiewerk gaf, van haar soort kon hij er nog wel een paar gebruiken. Hij neigde ernaar een beetje de vaderrol op zich te nemen; zolang hij hier de baas was, zou hij zijn mensen beschermen.

Eerenberg nam zich voor voorzichtig te zijn, Anne was soms een driftkikker, en één verkeerd woord kon genoeg zijn.

'Er is veel gedoe, Anne.'

Ze keek even voor zich uit. 'Ja, dat hoef je mij niet te vertellen,' reageerde ze met ingehouden woede. Op het recherchebureau was ze het gesprek van de dag. Dat zat haar niet lekker; zonder dat ze er erg in had, had ze er een rommeltje van gemaakt. Er werd besmuikt gepraat. Ze was in een positie terechtgekomen waarin ze zich nauwelijks kon verdedigen, en waarin haar positie als leider van het hele Amsterdamse team compleet ter discussie kon komen te staan.

Ze was verliefd, dat klopte inderdaad. En daar had niemand een zak mee te maken, dat klopte ook. Pas een uur geleden was ze manhaftig de recherchekamer in gelopen. Iedereen keek op, het werd onmiddellijk stil. Ze had het gevoel alsof ze er naakt stond. Niemand zei iets, maar iedereen dacht het.

Voor Bert was het nog erger geweest, in de loop van de dag had hij haar gebeld. Het was een van de moeilijkste dagen uit zijn carrière, de druk vanuit de Raad van Commissarissen om terug te treden, was immens. Hij weigerde, terugtreden bevestigde alleen maar dat hij ergens bij betrokken was. Dan kreeg Horowitz zijn zin. Dat nooit.

'Als we allebei stoppen, kunnen we met een riante vergoeding naar het andere eind van de wereld,' had hij gezegd. 'Maar als het aan mij ligt, doe ik het niet. Dit is mijn eer te na. We hebben helemaal niets kwalijks gedaan, hooguit iets doms.'

Zijn steun deed haar goed, maar zijn laatste woorden galmden nog na in haar hoofd. Iets doms, ja. Iets vreselijk doms.

Eerenbergs stem deed haar opschrikken uit haar gedachten. 'Anne, we moeten in deze situatie ons verstand gebruiken.'

Ze keek hem zwijgend aan. Hij moest eerst zelf maar laten zien waar hij stond. Met het feit dat ze zijn vriendje zo discreet mogelijk moest helpen toen diens dochter was verdwenen, was deze ellende begonnen. Met de armen strak over elkaar zat ze voor zijn bureau, het was een afwerende houding. Ze zag de hoofdcommissaris worstelen, maar hielp hem niet.

'Een rechercheonderzoek moet altijd objectief zijn, dat weet je.'

'En,' vroeg ze hem verbitterd, 'jij gelooft dat ik mijn objectiviteit kwijt ben?'

'Natuurlijk niet, Anne, je begrijpt me best.'

Ze rechtte haar rug nog verder. 'Dus jij laat je ook door Horowitz manipuleren, net als de rest?' Ze kwam overeind. 'Als je dat denkt, dan...'

'Zitten,' zei Eerenberg scherp.

'Als je mij van dit onderzoek haalt, neem ik ontslag.'

'Wie heeft het daarover? Ik haal je nergens af. Nog niet, tenminste. Maar je hebt er wel een bende van gemaakt.'

'Bert is ook een vriend van jou!'

'Maar ik sta hem niet te zoenen voor een draaiende camera, verdomme! Waar zat je verstand?'

Ze keek kwaad. 'Hij zoende mij! En alleen maar omdat hij niet in de gaten had dat er een camera was. Anders had-ie het echt wel gelaten. Dit kan hem ook zijn baan kosten, weet je dat wel?' Anne snoof minachtend. 'Als je van iemand houdt, kan je dat je baan kosten. Dat moet dan maar. Ik hou van hem.'

Ze stond rechtop voor zijn bureau, met een strak gezicht en haar lijf tot het uiterste gespannen.

Eerenberg keek haar peinzend aan. Als hij nu doorzette, zou ze ontslag nemen. Dan had Horowitz gewonnen, en de kranten konden dan schrijven dat Anne Kramer om disciplinaire redenen ontslagen was. Nuance bestond er niet in de media, Anne zou de zwarte piet krijgen. Het was de wereld op z'n kop, op deze manier kreeg dat kreng van een Adèle van der Zee toch haar zin: het zaad van de twijfel zou gezaaid zijn.

Eerenberg wist dat Anne over een paar jaar tot de top van de Nederlandse politie zou kunnen behoren. Haar probleem was alleen dat ze weinig diplomatiek was. Toch had hij haar honderd keer liever dan al die lui die met alle winden mee waaiden. Hij schudde zijn hoofd.

'Ik laat je niet los, maar zorg ervoor dat ik je niet nog eens zoenend met Bert Remmelts op een voorpagina aantref, want dan maak ik persoonlijk gehakt van jullie allebei. En lever zo snel mogelijk het sluitende bewijs tegen Bram Horowitz, dat zou voor alle partijen beter zijn.'

Driftig tikten Annes hakken op de gang, en ze smakte haar kamerdeur achter zich dicht. Al die kerels waren angsthazen, bang dat Horowitz stampij zou maken. Nijdig pakte ze een gietertje en begon haar planten water te geven. Met haar vinger voelde ze in de aarde, die was nog vochtig. Ze kregen te vaak en te veel water.

Hadden ze gelijk? Ben ik niet meer objectief omdat ik gek op Bert ben, vroeg ze zich af. Is het echt zo dat ik me in dit onderzoek zou kunnen laten beïnvloeden?

Ze zette de gieter weg en liep binnendoor naar de kamer van Herman.

'Hafkamp vindt dat ik niet meer objectief ben.'

Ze leek bereid ook met Herman de strijd aan te gaan. Hij keek op van zijn stukken, had zich die vraag allang gesteld en was niet verbaasd dat Hafkamp er zo veel problemen over maakte. Het was niet alleen maar een kwestie van angst voor de lange arm van Horowitz, de kans bestond ook dat de relatie een item zou worden op de terechtzitting.

Hij hoorde de advocaat van Horowitz al oreren: 'Meneer de president van de rechtbank, nu vaststaat dat de leider van het onderzoek, mevrouw Kramer, het bed deelt met een van de betrokkenen, de heer Remmelts, van wie overigens nog niet is vastgesteld wat zijn rol in deze zaak is geweest, is het van het grootste belang dat het onderzoek wordt overgedaan. Onder leiding van een ander dan mevrouw Kramer, welteverstaan.'

Diep in zijn hart wist hij dat het onzin was. Het lopende onderzoek verliep gewoon objectief, Anne was nooit in staat om in haar eentje dingen achter te houden of te manipuleren, al zou ze het willen. En het zou niet eens in haar opkomen om zoiets te doen, daar was ze veel te eerlijk voor.

Hij zuchtte. Het probleem was dat iedereen, inclusief die advocaat, dat wel wist, en toch was de kans groot dat ze de relatie van Anne en Bert zouden gebruiken om zand in de machine te strooien.

'Anne, ik vind dat je moet blijven én dat je naar me moet luisteren.' Hij dwong haar met zijn ogen te gaan zitten en schonk een beker koffie voor haar in.

'Dus jij vindt ook dat ik niet terug moet treden?'

'Wie vindt dat nog meer, dan?'

'Eerenberg.'

Herman draaide goedkeurend aan zijn snorpunt. De grote baas dacht hetzelfde. Terugtreden was een verkeerd signaal. Dat zou voor de buitenwereld een teken zijn dat er iets stonk.

'Ik wil iets tegen de hele groep zeggen,' zei Anne en Herman knikte instemmend.

Op en rond om de bureaus zaten tientallen rechercheurs te wachten. Er werden grappen gemaakt over de liefdesperikelen van hun chef; vooral de mannen hadden er een handje van, soms tot ergernis van de vrouwelijke rechercheurs.

Het geroezemoes nam onmiddellijk af toen Anne binnenkwam. Midden voor de groep stond ze stil, iedereen zweeg. Anne keek hen om beurten aan, sommigen kende ze al twee jaar. Dit was haar team, tot deze week was dit haar tweede huis geweest. Nu leek het alsof er een afstand was ontstaan.

Er prikte iets achter haar ogen, maar ze moest hier niet gaan staan janken. Anne rechtte haar rug en streek haar haar achter de oren. Ze voelde dat ze een blos op haar wangen kreeg.

'Ik hoef niet te herhalen wat er in de kranten over me wordt geschreven, denk ik?' Niemand zei iets. 'Inderdaad, ik heb een relatie met een man. Daar kan ik ook niets aan doen. Je kiest niet uit op wie je verliefd wordt, het gebeurt gewoon. Maar het zou moeten gaan om de vraag of ik het onderzoek naar de witwasaffaire wel objectief kan uitvoeren nu ik een relatie heb met Bert Remmelts.'

Hier en daar zag ze collega's instemmend knikken.

'Mijn antwoord is ja. Er is geen verschil met andere onderzoeken. Ik was al verliefd op Bert toen we hier niet meer wisten dan dat zijn dochter was verdwenen. Dat er bij zijn bank werd gesjoemeld, wisten wij toen niet en hij ook niet, dat kan ik jullie verzekeren. Want, ik stel het maar even: als hij in dubieuze zaken betrokken zou zijn, had hij ons er natuurlijk nooit bij gehaald. Maar het was juist Bert Remmelts die de zaak onder onze aandacht bracht en ons verzocht ermee aan de gang te gaan. Het gaat mij dus niet om subjectiviteit maar juist om de feiten. Ik heb besloten om te blijven, en ik heb tegen de hoofd-commissaris gezegd dat ik ontslag neem als ze mij van de recherche halen.' Je kon een speld horen vallen. 'Of als jullie er geen vertrouwen in hebben, dan stop ik er ook mee. Zeg het maar.'

Het bleef doodstil, niemand stak zijn vinger op.

'Jongens, ik meen het, denk er goed over na. Door mijn handelen wordt de recherche mogelijk in diskrediet gebracht, dus het gaat ook over jullie.'

Dirk stak zijn vinger op. Iedereen hield de adem in.

'Dus als ik nu zeg dat mijn vertrouwen weg is, stap jij op?'

Anne knikte beslist. Dirk liep tussen alle rechercheurs door naar voren.

'Weet je Anne, ga jij nou eens gewoon op mijn plek zitten.'

Een beetje verbaasd ging ze op zijn stoel midden tussen de andere rechercheurs zitten, haar blik op hem gericht.

'Anne, voor zo'n geweldige politievrouw als jij bent, vind ik je af en toe verbazingwekkend naïef. Als iemand van ons, wie dan ook, op zo'n manier in de problemen kwam, stonden wij voorheen als groep volledig achter hem of haar. Je bent een kanjer van een collega en een heel goede chef voor ons allemaal. En wij zullen er alles aan doen om jou te beschermen. Jij gaat helemaal niet weg, want dan loopt deze hele afdeling leeg, denk ik.'

Er klonk goedkeurend gemompel uit de groep.

'Wees niet bang voor de grappen, je moet je juist zorgen gaan maken als die niet meer gemaakt worden.'

Er werd geapplaudisseerd.

Anne stond op en kuste Dirk op beide wangen.

Op zaterdagmorgen kwam het huis pas tegen elven tot leven. Marit schoot 's ochtends eerst bij Anne in bed, dat waren de momenten waarop de dames vertrouwelijke zaken deelden.

Marit vertelde dat ze een vriendje had, Thijs heette hij. Het woord verkering wilde niet over haar lippen komen, maar na enig getrek van Anne bleek Marit behoorlijk verliefd te zijn.

Anne kletste gezellig mee, maar tegelijk wist ze dat ze nu eigenlijk over de pil moest beginnen. Natuurlijk waren haar kinderen goed voorgelicht, elke keer als ze erover begon deden ze alsof ze gek was geworden, maar een ongeluk zat in een klein hoekje, nietwaar. Ja, als er één dom was op dit gebied, was zij dat zelf wel. Twee keer met Bert naar bed, en ze had geen moment aan een voorbehoedsmiddel gedacht. Ze liep tegen de veertig. Stel je voor dat ze over een paar maanden met een dikke buik voor de rechter moest komen getuigen, mijmerde ze. Ze lachte stilletjes.

'Waarom zit je te grijnzen, mam?' vroeg Marit op een onschuldig toontje. Ze kwam omhoog op haar ellebogen en keek haar moeder aan. 'Geheimpje?'

'Misschien straks, eerst jij. Ga je met Thijs naar dat feestje?'

Het was vragen naar de bekende weg. Marit had al een week geleden verteld dat er een groot feest op stapel stond en Anne wilde zeker weten of het nog aan was.

'Dat weet je toch, mam?'

Marit kroop weer tegen haar aan en vertelde enthousiast over Thijs.

'Denk je aan de pil?' vroeg Anne terloops. 'Of denkt Thijs anders aan iets?'

'Hou asjeblieft op! Trouwens, dat moet jij zeggen.'

Anne verstijfde ter plekke.

'Wat...?'

'Mam, ik ben door duizend vriendinnen gebeld die het allemaal bij *Boulevard* hadden gezien. En je hebt tegenwoordig *Uitzending gemist*, dus...'

Nu zaten ze allebei rechtop in bed. Marit schudde bedenkelijk haar hoofd. 'Moedertje, moedertje, wat kun jij je aanstootgevend gedragen. Zelfs de kranten spreken er schande van.' Ze gierden het allebei uit.

Wout stak zijn hoofd om de slaapkamerdeur. 'Ik moet zo weg, ik heb honger.'

Even later, aan de ontbijttafel, vertelde Anne wat er de afgelopen week gebeurd was. 'Jullie moeder is hopeloos verliefd.' Ze kleurde na haar bekentenis.

Wout at gewoon door, deed alsof het hem niet aanging.

Marit giechelde weer. Haar moeder met een nieuwe liefde, dat vond ze leuk. Een fractie van een seconde kwam haar vader in haar gedachten, maar de blijdschap overheerste. 'Je was al een tijdje van slag,' zei ze wijs.

Anne knikte.

Wout stond op, hij moest voetballen.

'Je zegt niet eens wat je ervan vindt,' riep Anne.

'Geen probleem hoor. Doe het alleen wat minder openlijk voortaan. De halve school blijkt naar *Boulevard* te kijken!' Hij trok de deur achter zich dicht.

Anne bleef een beetje confuus achter. Marit zag het aan haar gezicht.

'Jeetje mam, je bent zo gevoelig tegenwoordig. Vroeger was je anders. Er is niks aan de hand, je bent gewoon verliefd. Gaat zo weer over.'

Marit begon de tafel af te ruimen, ze moest het ijzer smeden nu het heet was. Ze wilde graag met haar moeder naar Haarlem, de vorige keer in Amsterdam had ze niet gevonden wat ze zocht.

'Neem je creditcard mee, ik heb er zin in.'

Anne wist dat ze te makkelijk toegaf. De laatste tijd werd er nogal wat geld uitgegeven aan kleding. Alle schuldgevoelens omdat ze haar kinderen te vaak alleen liet ten spijt, maar daar moest ze vanaf.

'Het wordt tijd dat jij eens een baantje zoekt, dochterlief.'

6

Het leek of er geen leven meer was, er heerste totale stilte. Urenlang zat hij voor zich uit te staren. Soms hoorde hij een sleutelbos rammelen, waarna hem eten werd aangereikt. Maar de bewakers zeiden niets tegen hem, en de dagen regen zich aaneen. Jochem Breedveld was van een behoorlijk grote vent een ineengeschrompelde, zielige figuur geworden.

In het begin was hij nog vrij agressief en emotioneel geweest. Alles kwam door dat rotdossier, vanaf het moment dat dat ding in die Porsche had gelegen, was het misgegaan. Af en toe trapte hij van woede met de punt van zijn schoen tegen de muur van de cel, maar het hielp niet.

Dagenlang was hij verhoord, afwisselend door die grote twee over de moorden en door anderen over IJburg en het witwastraject. Die types kende hij wel, ze waren accountants van de recherche. Blijkbaar hadden ze hun huiswerk goed gedaan, ze wisten precies welke transacties hij voor de Kc Bank had geregeld, alles was nageplozen.

Hij had nog even volgehouden dat hij alleen leningen had afgesloten voor het vastgoed, verder niks. Dat was gewoon zijn werk, zei hij steeds, daar was niks crimineels aan. Maar uiteindelijk had hij zijn aandeel bekend, en ook verteld over de rol van Peter Paul, Bram en Arnoud.

De politieaccountants wilden weten waar het criminele geld vandaan kwam, welke boeven meededen. Als hij het geweten had, had hij ook dat verteld. Maar Breedveld wist het niet.

Daarna stonden die twee grote rechercheurs weer voor zijn neus, over die moorden. Gestoord werd hij ervan.

'Probeer nou eens objectief te kijken naar al het bewijs,' had de lange gezegd.

Op het laatst was hij zo moe, zo eindeloos moe. Hij kon niet meer, wilde alleen maar op zijn bed liggen en slapen. Jochem Breedveld brak dus toch, tot grote vreugde van de aardige Jaap en de keiharde Dirk. 'Schrijf maar op: ik beken, ik heb ze allebei kapotgemaakt.'

Anne reed op zondagmorgen met een flinke snelheid naar Amsterdam. Normaal gesproken was ze niet zo'n perfectionist, maar in de zaak Horowitz wilde ze het onderste uit de kan. De verdachten werden op maandag aan de rechter-commissaris voorgeleid en Anne moest er niet aan denken dat er nog iets mis zou gaan. Na alle commotie vanwege haar relatie met Bert zou een fout van de recherche met ongeloof en hoongelach door de media worden ontvangen.

De hele week joeg ze daarom haar mensen op, alles werd talloze keren gecontroleerd. De rechercheurs begrepen heel goed dat Anne onder druk stond en ze konden er normaal gesproken ook wel mee omgaan. Maar dit keer slaakten ze een zucht van verlichting als hun chef haar hielen lichtte en op huis aan ging.

Anne herinnerde zich de woorden van Eerenberg – 'zorg nou maar dat ze veroordeeld worden'. Het was makkelijker gezegd dan gedaan. Ze had het gevoel dat ze langs een afgrond liep, één verkeerde stap was genoeg. Er lag inmiddels veel bewijs, maar een cruciaal stuk ontbrak nog. Wiens geld had Horowitz in de projecten gestopt? Zolang niet vastgesteld kon worden waar dat geld vandaan kwam, was het bewijs voor een witwasoperatie niet rond. Dan kon het ook van een stel bejaarden uit Huize Avondrood zijn.

Op de parkeerplaats van het hoofdbureau, kon ze nauwelijks een parkeerplek vinden. Het leek wel een doordeweekse dag. Alles stond vol, en mensen liepen in en uit. Niet het gebruikelijke beeld van een rustige zondag.

Ze groette de portier bij de hoofdingang.

'Mevrouw Kramer, er zit iemand op u te wachten.'

Ze draaide zich om en keek in het gezicht van Paul de Bie, de journalist van *Het Parool*. Ze fronste haar wenkbrauwen.

'Jij...? Zonder afspraak? Hoe wist jij dat ik hier zou zijn?'

De Bie was klein van stuk, zelfs kleiner dan Anne. Niet dat hij tegen haar op moest kijken, maar het scheelde wel een paar centimeter. Ze mocht hem wel, hij was een slimme, pientere journalist. Als je hem niet goed kende, kon je je behoorlijk in hem vergissen. Hij oogde jong en onschuldig; sommige mensen waren geneigd hem van alles en nog wat toe te vertrouwen en de meesten verspraken zich als hij ze quasi-argeloos iets vroeg.

Met twinkelende oogjes keek hij Anne aan. 'Ik zeg het alleen als je niet boos wordt.'

'Op jou? Onmogelijk.'

'Ik belde je mobiel en kreeg je dochter aan de lijn. Marit heet ze toch?'

Anne greep in haar tas, geen telefoon. Door al dat gejaag was ze dat stomme ding weer eens vergeten.

'Waar gaat het over?'

'Liever even binnen,' stelde hij voor.

Ze keek om zich heen, binnen zaten ze op haar te wachten. Bovendien kon ze het zich niet veroorloven in een geheimzinnig onderonsje met een journalist te worden gezien. Ze wilde hem dat zeggen toen hij haar met een schuin oog aankeek.

'Mijn hele beroepsgroep gaat me hierom vervloeken, maar ik heb iets voor je over Horowitz. Strikt vertrouwelijk en je hebt het niet van mij. Nooit van mij.'

Haar neiging om snel van hem af te komen, verdween als sneeuw voor de zon. Ze beduidde hem dat hij mee kon lopen.

Met stijgende verbazing luisterde ze naar zijn verhaal. Hij bleek al veel langer bezig met een onderzoek naar Horowitz. Bij de krant waren de laatste jaren diverse aanwijzingen binnengekomen dat het niet goed zat met die man. Geen harde bewijzen, alleen verhalen, vage dingen. Normaal werd dat soort informatie opzij gelegd, maar nu Horowitz in de vuurlinie lag, was De Bie er nog eens ingedoken.

Hij krabde zich op zijn kale schedel.

'Zie je, mijn hoofdredactie neemt geen risico. Ik zou wel van alles willen publiceren, maar dat kan alleen als er een bevestiging is.'

'Ja, ja...' zei Anne begrijpend, 'en die wil je van mij hebben.'

Hij knikte. 'Als je die wilt geven, graag.'

'In ruil voor wat? Alleen als het de moeite waard is wat jij mij te bieden hebt, wil ik je misschien helpen.'

De Bie schoof wat dichter naar haar toe. 'Kun je mij bevestigen dat Horowitz ook een bankrekening voor Willem de Leder beheert?'

Ze had veel verwacht, maar dit niet.

'Willem de Leder? Ik weet dat hij een cliënt van Horowitz is, maar...'

'Dat weet iedereen,' fluisterde de journalist. 'Maar zijn jullie tijdens die huiszoeking een bankrekening tegengekomen op naam van "Boissevain Real Estate bv"?'

Anne fronste verbaasd haar wenkbrauwen.

'Paul, er zijn duizenden stukken in beslag genomen. Al zijn computers zijn naar het bureau gebracht. Hoe moet ik dat weten?'

De Bie was voorzichtig, hij was eigenlijk niet van plan om al zijn kaarten op tafel te leggen. Maar zo zou hij Anne niet enthousiast krijgen en dan bleven ze om elkaar heen draaien.

'Die bv is van jouw grote vriend. Van De Leder zelf.'

Annes adem stokte. 'Wie vertelt je dat, Paul?' Even was ze geneigd als een strenge juf zijn kin vast te pakken en hem flink door elkaar te schudden. Onzin natuurlijk, De Bie zou zijn tipgevers nooit noemen. 'Moet ik je laten gijzelen?'

Hij schoot in de lach. Dat zou ze nooit doen, een journalist gijzelen had geen enkele zin. En al moest hij weken vastzitten, dat zou haar niet helpen. Maar hem ook niet. Hij dacht na. 'Tussen jou en mij, vertrouwelijk. En als de bom barst, heb ik de primeur. Deal?'

Ze knikte.

'Willem de Leder heeft me zelf gebeld en verteld dat Horowitz betrokken is bij een witwasaffaire.'

'Waar zit De Leder momenteel?' vroeg ze op haar allervriendelijkste toon. Toen keek ze De Bie streng aan. 'Die Willem de Leder moet zestien jaar de cel in, niet meer en niet minder.'

'Ik weet echt niet waar die man zit. Hij heeft me gebeld, maar ik weet niet waarvandaan. Hij was het echt, daar ben ik van overtuigd. En ik weet niet waarom hij dit spelletje speelt. Maar kun je me vertellen of het klopt?'

Een minuut later stapte Anne de afdeling van Cees Hoogeboom binnen. Zijn team was op volle oorlogssterkte aan het werk.

'De verdachten hebben een trust,' zei hij met een gezicht alsof dit de normaalste zaak van de wereld was.

Ze keek hem niet-begrijpend aan.

Cees glimlachte. 'De illegale transacties van Horowitz worden niet vanuit Nederland geregeld, maar vanuit een trust in Liechtenstein, een soort kantoortje waar de administratie van zijn transacties wordt bijgehouden. Jij moet toestemming geven om er een paar rechercheurs naartoe te sturen.'

'Ben jij in de huiszoeking bij Horowitz of ergens anders de naam "Boissevain Real Estate bv" tegengekomen?' vroeg ze toen.

Cees schudde zijn hoofd. 'Niet dat ik weet, maar ik kan het nakijken op de lijst die we inmiddels hebben samengesteld. Deze zaken liggen nooit makkelijk Anne, het zal ons nog veel moeite kosten om de geldstromen van die lui bloot te leggen.'

Op maandag sliep Anne een gat in de dag, daarna nam ze uitgebreid de tijd voor zichzelf. Met een handdoek over haar natte haren zat ze een half uurtje later aan tafel, ze pelde een eitje en sneed dat in plakjes voor op haar boterham. Met een schuin oog las ze het commentaar in *de Volkskrant*.

Voorlopig kreeg de recherche het voordeel van de twijfel. Zolang niet bekend was over welke bewijzen de politie beschikte en zolang het OM verklaarde Bert Remmelts momenteel nergens van te verdenken, moest een oordeel over de Schiphol-zoen opgeschort worden, was de strekking van het artikel.

Haar telefoon ging. Herman vertelde dat de rechter-commissaris alle verdachten in het belang van het onderzoek in bewaring had gesteld. Anne slaakte een zucht van verlichting, de recherche kreeg zo het nodige respijt om de zaak verder uit te zoeken. In stilte hoopte ze dat ze snel iets van Hoogeboom zou horen, ze probeerde zich voor te stellen wat het betekende als het verhaal van Paul de Bie waar was. Willem de Leder zelf. Na twee jaar. Ze knikte grimmig. Dan was nu de eerste stap gezet.

7

'Ik moet naar Amsterdam.'

Hij had er een tijdje mee gewacht het haar te zeggen. Als hij weg was, moest zij de scepter over de wijngaard zwaaien, en in zijn ogen kon dat pas als ze weer helemaal de oude was. Sanne was nu zo'n twee maanden.

'Denk je dat jij de wijngaard alleen draaiende kunt houden?'

Het was al donker, maar de aarde sudderde nog na van de hitte van de dag. Het werk was gedaan. Sanne lag binnen te slapen. Lotte vond dit het plezierigste uur van de dag.

Ze zaten allebei in een schommelstoel op de veranda. Soms werd er lange tijd niets gezegd en keken ze over de wijngaard naar de bergen in de verte, maar vaak praatten ze over de dingen van de dag, kleine gebeurtenissen met het personeel of over de kwaliteit van de wijn.

Lotte was leergierig; alles wat ze te pakken kon krijgen over wijnbouw, las ze. Vaak liet ze zich van alles uitleggen door de voorman van de arbeiders, en al snel kon ze er aardig over meepraten.

Maar iets in zijn stem alarmeerde haar. Haar eerste reactie was afweer, ze dacht dat het onderwerp van tafel was. Een paar weken geleden hadden ze er een behoorlijke ruzie over gehad. Het moest afgelopen zijn met dat criminele gedoe van hem, maar ook zij vreesde een faillissement en dus een vertrek. Het was niet alleen zijn probleem meer, ook het hare. Ze reageerde gepikeerd omdat hij haar nergens in gekend had.

'Moos, je weet dat...'

Hij stak zijn hand op, onderbrak haar zonder woorden.

Met een felheid die ze nauwelijks van zichzelf kende, kwam ze omhoog en ging recht voor hem staan. 'Als jij denkt mij zo te kunnen behandelen, dan vertrek ik morgen.' Hij bleef stil, zijn blik was ondoorgrondelijk. 'Met Sanne,' voegde ze eraan toe. De kleine meid was haar enige wapen, zijn dochter was hem alles waard.

Hij schoof met een ruk zijn stoel achteruit. 'Lotte, je weet niet wat er speelt.'

Als kemphanen stonden ze tegenover elkaar.

Hij zat klem, afgelopen week had de bank aangegeven dat ze de kraan zouden dichtdraaien, dat ze geen krediet meer kregen. Hij had geen geld meer om de arbeiders te betalen. Al dagen had hij hiermee rondgelopen, maar oplossingen waren er niet. Hij kon toch moeilijk naar Kaapstad gaan en daar een bank beroven? Niet dat hij niet zou weten hoe, bankovervallen waren jarenlang zijn specialiteit geweest.

Hij keek Lotte aan, probeerde te doorgronden of ze werkelijk weg zou gaan. Ergens geloofde hij haar, ze was er altijd strikt over geweest: ophouden met dat criminele verleden, anders ben ik weg, had ze hem duidelijk gemaakt.

Hij nam wat gas terug. 'Je begrijpt het niet...'

'Ik ben niet een van jouw vroegere domme blondjes,' siste ze hem toe. 'Ik ben je vrouw! En de moeder van je kind.'

Ze draaide zich om, liep woedend naar binnen en gooide de koffer op bed. Met één beweging haalde ze haar jurken uit de kast en smeet ze erin.

'Het is kinderachtig om weg te lopen.' Hij stond in de deuropening.

'Weet je wat kinderachtig is? Je verstoppen voor je problemen,' kaatste ze fel terug.

Ze bleef doorgaan met pakken, niet van plan te laten merken dat ze zich ellendig voelde. Als ze niet oppaste, zou ze in janken uitbarsten en dat mocht hij niet zien.

'Er staat echt geen vliegtuig voor je klaar, hoor.'

Er brak iets, met hangende schouders keek ze naar de half ingepakte koffer. Ze draaide zich om, liep naar hem toe en sloeg haar armen om zijn nek.

'Moos, ik ben bang. Hou me vast, alsjeblieft.'

Zijn handen lagen op haar billen. 'Waarom dan?'

Ze keek naar hem op. 'Begrijp je dat nou niet? Ik ben bang jou en Sanne kwijt te raken. Ik kan niet zonder jullie.'

Het kostte hem geen enkele moeite om haar op te tillen en op bed te leggen. Ruzie had een functie, echte gevoelens kwamen dan bovendrijven. Op zo'n moment werd het Lotte duidelijk dat ze van deze man was gaan houden, meer dan ze eigenlijk wilde toegeven.

Hoewel het al nacht was, bleef het warm. De ventilator boven het bed bracht nauwelijks verkoeling. Zijn stem haalde haar uit de eerste slaap.

'We gaan allebei. Jij gaat naar je moeder in Spaarndam, en ik ga naar Amsterdam. Een paar dagen maar, drie of vier. Dan zoek ik je op en is het over.'

Maar ze sliep en wat hij zei drong niet meer tot haar door.

'Je weet dat ik graag met Sanne naar mijn moeder ga,' protesteerde ze de volgende morgen. 'Vertel mij wat ik in Amsterdam moet doen en ik regel het.'

Ze wilde voorkomen dat hij naar Amsterdam ging, de kans was groot dat hij dan gepakt werd. Hij had weliswaar een vals paspoort onder de naam van Mozes Levison, een schuilnaam die perfect paste bij de grootte van zijn neus en die ook Lotte consequent was gaan gebruiken om zijn ware naam niet te verraden, maar het bleef toch riskant.

Eerst reageerde hij niet op haar vraag, hij wist dat die onmogelijk was. Als zij iets had kunnen doen, was hij daarmee onmiddellijk akkoord gegaan. Maar het kon niet, en eigenlijk wilde hij haar helemaal niets vertellen over de diamanten. Zo'n tien jaar geleden had hij in een bank in Amsterdam een zakje met steentjes in een kluis opgeborgen, de betaling voor een drugstransport. Die diamanten waren in de loop van de jaren flink meer waard geworden, en zouden de toekomst van hun wijngaard veiligstellen.

De kluis stond op naam, hij moest zich met een ander vals paspoort legitimeren. Hij moest daarom zelf naar de bank, Lotte zou het zakje nooit in handen krijgen.

Hij verbaasde zich over haar ommezwaai; typische vrouwenlogica om eerst dwars te gaan liggen en dan aan te geven dat ze het zelf wel even zouden oplossen. Alsof het om een boodschap bij de supermarkt ging. Hij had al een hele tijd verwacht zijn geld terug te krijgen van Horowitz, wit, welteverstaan. Het uitblijven van die betaling was een misrekening die hen nu bijna de wijngaard kostte. De situatie vroeg om een noodsprong. Hij was van plan naar Parijs te vliegen en daar een auto te huren, even op en neer te rijden naar Amsterdam met het valse paspoort, het zakje op te halen en weg te wezen.

'Hoeveel zijn die juwelen waard?' Lottes nieuwsgierigheid was gewekt.

'Meer dan je denkt.'

'Wat is meer? Eén miljoen?'

Hij antwoordde niet. Ben ik crimineel als ik ook van dat spul leef? vroeg Lotte zich zwijgend af. Ze wilde het antwoord eigenlijk niet weten. Ze dacht na, met een zakje diamanten de grens over was al een groot risico.

'Als ik het bij Sanne in de luier stop, geen haan die ernaar kraait.'

Hij reageerde afhoudend, het idee dat ze Sanne zou gebruiken ging hem veel te ver.

'Zullen we dan als echtpaar naar de bank gaan? Dat wekt vertrouwen.'

Hij overwoog haar voorstel, Ze zouden inderdaad veel minder opvallen. Geen gek idee, met de baby op de arm de bank binnen stappen.

Ze besloten om apart te reizen, want hij kon niet op Schiphol aankomen. Morgen zou hij uitzoeken welke vluchten ze het beste konden nemen; zij kon in ieder geval wel rechtstreeks naar Schiphol.

'Zullen we één ding afspreken?'

Hij knikte overtuigend. 'Ik weet wat je wilt zeggen, het is goed. Dit is echt de állerlaatste keer.'

Deel 4

I

Frans Talsma was al jaren wijkagent in de Oosterparkbuurt. Dagelijks liep hij door zijn wijk, hij kende zo langzamerhand de meeste buurtbewoners.

Frans was op-en-top politieman, geen sociaal werker. Als wijkagent loste hij veel problemen op en hij hielp waar hij kon, maar veiligheid was prioriteit nummer één.

Hangjongeren die overlast veroorzaakten, waren bij hem aan het verkeerde adres.

Diep in hun hart waren de bewoners wel blij met de strenge wijkagent, behalve als ze zelf een bon kregen.

'Heb je even?' riep de vrouw van driehoog naar Frans, toen hij op straat langsliep.

Langzaam klom hij haar trap op. Hij kende de vrouw, ze was weduwe en woonde alleen. Als ze hem riep, zat haar iets dwars, ze was geen zeurpiet.

'Wil je koffie?'

'Ja, graag.'

Hij legde zijn pet op tafel. Het was hier in huis altijd netjes, veel buurtbewoners konden daar een voorbeeld aan nemen. Er waren veel mensen bij wie hij het niet in zijn hoofd zou halen iets te gebruiken. Hij kreeg vaak koffie aangeboden, en meestal sloeg hij dat vriendelijk af.

Met twee kopjes, allebei op een schoteltje, kwam de vrouw de kamer in. Ze zette ze op tafel en deed haar schort af. Talsma beet in zijn koekje, terwijl hij in zijn koffie roerde.

'Gaat het goed met je, Ida?'

Ida was de laatste jaren wat eenzaam, haar dochter woonde in

Australië, dus daar kon ze niet zomaar even op bezoek en al helemaal niet omdat ze in haar leven nooit verder dan Zandvoort was geweest.

Er waren soms gevallen van eenzaamheid die hem raakten. Zo ook Ida. Hij had haar een paar keer gesproken en warm gemaakt voor wat buurtwerk, en zonder dat zij het in de gaten had, had Frans haar uit haar huis gelokt. Ze ging nu regelmatig naar het buurtcentrum en deed daar dingen voor mensen die ook alleen waren. Het leek aan te slaan, ze was enthousiast en zag er in ieder geval een stuk vrolijker uit. Stilletjes genoot hij daarvan, Ida straalde weer.

'Er is toch niks met je dochter? Je kijkt zo bezorgd.'

Ze schudde haar hoofd.

'Je weet nog wel van dat meisje van hiernaast, toch?' begon ze.

Dat hoefde ze niet te vragen, de moord op de jonge Sophie de Lange had diepe indruk op de hele buurt gemaakt. Dagenlang hadden tientallen rechercheurs de buurt op z'n kop gezet, ondersteund door de agenten van het wijkteam. Ze hadden honderden mensen gesproken, maar tot nu toe zonder enig resultaat. Ook Frans Talsma had zijn steentje bijgedragen aan het onderzoek, maar had niet de gouden tip kunnen leveren.

Het meisje was een studente, hulpvaardig en vriendelijk, maar verder onopvallend. Ze was wel een enkele keer bij buurvrouw Ida geweest om boodschappen voor haar te doen. Verder leidde ze haar eigen leven. Voor zover ze wisten had ze een bijbaantje in de horeca, in het weekend was ze vaak weg.

Ida had zich weleens afgevraagd waarom ze geen vast vriendje had, het was zo'n knap meisje, maar ze had het haar niet durven vragen. Ze wist dat de jonge meiden van tegenwoordig niet zo snel aan een vaste relatie begonnen.

'Ja, dat meisje Sophie, wat is daarmee?' vroeg Frans na de laatste slok uit zijn kopje. Ida was onzeker, ze wist niet goed waar ze moest beginnen. Frans zag haar zenuwachtig op haar stoel heen en weer schuiven. 'Toe nou, Ida, je hebt me toch niet alleen voor de koffie gevraagd?'

Ze glimlachte. 'Nee, nee... het is dat ik je al langer ken, jij bent de enige die ik vertrouw.' Ze legde haar handen in haar schoot en glimlachte verlegen. 'Weet je, ik kan toch niet zomaar iemand beschuldigen? Dat gaat toch niet?'

Hij keek haar met opgetrokken wenkbrauwen aan. Wat bedoelde ze? Langzaam kwamen de woorden eruit. De eerste dagen na de moord was de recherche ook bij haar thuis geweest, maar tegen hen durfde ze het niet te zeggen. Je las vaak dat er een onschuldige werd opgepakt, dat wilde zij niet op haar geweten hebben.

'Over wie heb je het, Ida?' drong Frans voorzichtig aan.

Ze had die jongen voor het eerst in het buurtcentrum gezien, Remco heette hij, een man van een jaar of dertig. Volgens haar een werkloze bouwvakker, hij kreeg klusjes toegeschoven uit de buurt. Buurtbewoners konden het bij het centrum opgeven als er iets kapot was, dan werd hij gebeld.

Ida wist ook niet of die Remco in de buurt woonde, maar daar konden ze via het buurtcentrum wel achter komen.

Frans zag dat ze het moeilijk vond om over de jongen te praten. Ida maakte een beweging naar het schaaltje met koekjes.

'Volgens mij heeft die Remco ook een klusje bij Sophie gedaan.'

Aandachtig luisterde Frans verder. Die Remco moest het vermoorde meisje dus kennen, hij was bij haar binnen geweest. Hij kon zich niet voorstellen dat ze dat bij de recherche niet wisten; bij het buurtonderzoek zou de naam van die Remco wel gevallen zijn.

'Weet je wat voor klus?'

'In de badkamer. Sophie vroeg mij een keer of ik iemand wist, ze had een lekkage.'

Ida sloeg haar handen voor haar gezicht: 'Ik heb misschien wel de moordenaar op haar afgestuurd, verschrikkelijk.'

'Hoe kom je daar nou bij?'

Ze haalde wanhopig haar schouders op. 'Ik weet echt niet waarom, maar ik vertrouw hem niet meer. Die jongen heeft zo'n kort lontje. Hij heeft overal commentaar op, altijd een grote mond. Bij het minste of geringste maakt hij ruzie.'

Frans luisterde scherp. Ida mocht die man niet, dat was duidelijk, maar een grote bek maakte iemand nog geen moordenaar.

'Weet je nog wanneer Remco die lekkage bij Sophie heeft verholpen?'

Ida dacht ongeveer een week voor ze vermoord werd, het kon ook twee weken geweest zijn.

'Houden ze die klusjes bij in het buurtcentrum?'

Ida schudde haar hoofd, waarschijnlijk niet. Het buurtcentrum was alleen een doorgeefluik.

'Het gaat natuurlijk zwart, boven op een uitkering.'

Ida schrok er zelf van, dit had ze toch niet tegen een politieman mogen zeggen.

Frans dacht na, veel kon hij er nog steeds niet mee.

'Remco zei dat ze zo'n dure hoer was, alleen voor mannen met geld.'

'Hoe kwam hij daarbij?'

'Dat zei hij tegen mij in het centrum. "Dat klerewijf," heeft hij gezegd. Ze deed het niet met een bouwvakker en hij zou haar nog wel een keer een lesje leren.'

'Er is een doorbraak in het forensische onderzoek.'

John Pel stormde de recherchekamer binnen. Iedereen keek op, de handen bleven boven de toetsenborden hangen. Het kwam niet iedere dag voor dat John met zo veel lawaai binnenkwam.

'We hebben vezels aan een spijker gevonden...' John haalde diep adem, zijn conditie was niet al te best. 'In de containerwoning. Fout spoor, mensen!'

Iedereen staarde hem niet-begrijpend aan.

'Jochem Breedveld kan de moordenaar niet zijn.'

Dirk kwam met een brul omhoog. 'Wát zeg jij? Jongen, je spreekt wartaal,' schreeuwde hij.

Maar John liet zich niet van de wijs brengen, daarvoor was wat ze ontdekt hadden te belangrijk. In de containerwoning waren aan een spijker bij de deur een paar vezels aangetroffen. De forensische onderzoekers hadden die ontdekt toen ze met de csi-bril op naar sporen zochten.

'Bij de huiszoeking van Peter Paul de Graaf hebben we een jasje gevonden met een winkelhaak erin. De vezels zijn afkomstig van dat jasje. Begrijpen jullie het nu?'

Jaap en Dirk zaten verbijsterd te luisteren. Peter Paul was met zijn jasje aan de spijker blijven hangen.

Voor hen was Jochem nog steeds eerste verdachte, hoewel de twijfel in de afgelopen dagen wel was toegenomen. De man mocht dan bekend hebben dat hij beide vrouwen vermoord had, een echte doorbraak was er tijdens de verhoren niet geweest. Jochem was veranderd. De arrogante bankier was een apathische man geworden, sterk vermagerd, vaal gezicht.

Een paar uur later werd Peter Paul aangehouden in zijn cel in de Bijlmerbajes, waar hij nog vastzat voor zijn mogelijke rol in de witwasaffaire.

Op het moment dat ze zijn cel in stapten, zagen ze het. Peter Paul de Graaf kromp ineen, hij wist waarvoor ze kwamen. Zijn houding zei genoeg, er waren geen woorden meer nodig. Geen protest, geen verzet, hij boog zijn hoofd.

'Meneer De Graaf, u bent aangehouden ter zake van moord dan wel doodslag op Lisa de Bruin. U gaat met ons mee naar het hoofdbureau voor het afleggen van een verklaring.'

Met gebogen hoofd liep Peter Paul in de handboeien tussen de twee rechercheurs in naar de auto.

Het verhoor gaf weinig problemen, zeker toen ze hem vertelden over de scheur in zijn jasje en de vezels aan de spijker.

'Het was een ongeluk, ik wilde haar niet vermoorden.'

Hij huilde.

'Nog één vraag.'

Peter Paul keek de rechercheurs met betraande ogen aan.

'Wat deed je bij Lisa de Bruin? Was je op zoek naar dat IJburg-dossier?'

Peter Paul knikte slechts.

'Was jij ook bij Sophie dan?'

Met grote, bange ogen schudde hij zijn hoofd.

'Komt er ene Remco voor in jullie onderzoek?' vroeg Frans Talsma aan Dirk.

'Waarom wil een wijkagent dat weten?' baste Dirk vrolijk door de telefoon.

Frans kende Dirk goed, ze waren van dezelfde leeftijd, op de politieopleiding hadden ze in dezelfde klas gezeten.

'Omdat ik weleens op straat kom, Dirk. En zolang jij met je luie reet achter dat bureau zit, los je die moord op Sophie niet op.'

Normaal zou hij er hartelijk om gelachen hebben, nu viel de opmerking van Frans niet in goede aarde. Gisteren was duidelijk geworden dat Jochem niet de moordenaar van Lisa was.

Dirk had net woest de krant in de prullenbak gesmeten. 'Recherche op verkeerd spoor,' kopte De Telegraaf.

Frans begreep niet goed waarom Dirk nauwelijks reageerde, maar die liep intussen het dossier op de computer door op de voornaam Remco.

'Wat heb je zelf?' vroeg Dirk al doende.

'Nog niks, ik moet nog spitten, een beetje recherchewerk in mijn wijk,' plaagde Frans door.

'Doe niet zo stom en vertel op.'

Er werden niet veel woorden aan vuilgemaakt. Het verhaal van Ida van driehoog was interessant genoeg om helemaal uit te pluizen. De naam Remco bleek niet in het onderzoeksdossier voor te komen; kennelijk was die tijdens het buurtonderzoek niet boven komen drijven.

Frans glimlachte, hij wist het wel: Jaap en Dirk zouden dit niet laten lopen. Het was misschien niks, maar het kon alles worden. Ze zouden 's middags naar hem toe komen.

Zelf toog hij naar het buurtcentrum om langs zijn neus weg wat meer informatie over Remco te verzamelen. Het bleek te gaan om de

36-jarige Remco Schuurman, getrouwd en vader van twee kinderen. Hij woonde in de Dapperbuurt. De man had geen antecedenten, was nog nooit met de politie in aanraking geweest.

In de late middag zaten ze in de auto, schuin tegenover het buurtcentrum. Frans had doorgegeven dat Remco binnen zat, hij kon ieder moment naar buiten komen. Voor de zekerheid had Dirk hem nog een keer door alle systemen gehaald, maar een uur later wisten ze dat de man in heel Nederland niet in de justitiële strafregisters voorkwam. Er was niets, ze hadden geen vingerafdrukken en geen DNA-profiel.

Frans had aangegeven dat Ida niet van plan was een verklaring af te leggen, zij had een verkeerd gevoel over die man, meer niet.

In het buurtcentrum waren de reacties afhoudend geweest, niemand leek iets met de man te maken te willen hebben. Frans vertelde dat hij de indruk had dat mensen een beetje bang voor Remco waren.

Het werd er allemaal niet gemakkelijker door. Het feit dat Remco een klusje in Sophies huis had gedaan, maakte hem nog geen moordenaar. Er was geen enkele aanleiding om de man aan te houden.

Wat restte was een praatje, maar als de man dat afwees, stonden Jaap en Dirk met lege handen.

'Kijk.'

Ze zagen Remco naar buiten komen, het signalement dat Frans had gegeven, klopte. Het was een forse vent, een echte bouwvakker.

'Dat is hem, ik voel het aan mijn water,' zei Dirk.

'Waarom?'

'Kijk naar dat lichaam, groot, sterk. Die vent heeft geprobeerd Sophie te grazen te nemen. Zij heeft gevochten en uiteindelijk verloren.'

Remco haalde zijn fiets van het slot, stapte op en reed weg in de richting van de Dappermarkt. Het kostte geen moeite hem te volgen. Toen de man zijn huis binnengegaan was, stapte Dirk uit. Nieuwsgierig keek Jaap hem na. Hij zag Dirk gebogen over de fiets staan, maar kon niet goed zien wat zijn collega deed.

Toen ze terugreden vroeg hij: 'Wat deed je daar nou?'

Dirk lachte: 'Zou je wel willen weten, hè?' Hij haalde een plastic zakje met wattenstaafjes uit zijn binnenzak.

'Heb je je oren uitgebaggerd of zoiets?'

'Ik moet jou verdorie ook alles leren,' sneerde Dirk. 'Heb je weleens van epitheel gehoord? Huidschilfers, ik heb met een wattenstaafje de handvatten van de fiets afgeveegd. Die dingen waren gelukkig ruw. Een paar van die minuscule stukjes kunnen genoeg zijn om het DNA van die Remco vast te stellen.'

Natuurlijk wist Jaap alles van huidschilfers. Hij keek goedkeurend naar zijn maat, zelf zou hij hier nooit aan gedacht hebben.

2

Het leek of het leven weer zijn normale loop had hervonden. Andere rechercheonderzoeken eisten ook aandacht van het bureau.

In afwachting van de behandeling van de zaak door de rechtbank, waren Bram Horowitz, Arnoud de Vries en Jochem Breedveld vrijgelaten; Peter Paul de Graaf zat nog in de cel voor de doodslag op Lisa.

De aandacht voor de zaak verslapte, de media hielden zich met andere dingen bezig. Anne wist hoe het ging, tegen de tijd dat de witwaszaak op de zitting kwam, zouden de media zich er weer op storten. En ze was bepaald niet gerust op de uitslag, de legpuzzel was nog altijd niet compleet.

De naam van Willem de Leder was gevallen als mogelijke geldschieter, maar enig bewijs daarvoor was tot nu toe niet gevonden en van Paul de Bie had ze niets meer vernomen. Zolang niet bekend was waar het criminele geld vandaan kwam, was de kans klein dat ook Horowitz veroordeeld zou worden. Anne was er bang voor, een vrijspraak voor die man betekende een stortvloed aan rechtszaken over het korps en over haar persoonlijk; en zowel voor Bert als voor haar betekende dat einde verhaal. De advocaat zou net zo lang trammelant maken tot er koppen rolden.

'De bankier en zijn agente,' werden ze in de roddelpers genoemd en ze was woest geweest, vooral omdat zij 'Berts agente' werd genoemd. Alsof zij slaafs achter hem aan liep.

Anne werd opstandiger. Ze begon op alle slakken zout te leggen, er was weinig over van de vrolijke en opgeruimde chef van weleer.

'Kom op, we piepen er even tussenuit.'

In tijden van spanning lunchte Herman wel vaker met haar in het American op het Leidseplein. Bij binnenkomst werden ze al opgewacht door de gerant. Hij liep voor hen uit naar hun vaste plek aan het raam.

'Is alles naar wens, meneer Van Hoogen?' vroeg hij. Voorzichtig schoof hij de makkelijke leren stoel met armleuningen achter Anne. 'Ga zitten, mevrouw Kramer.'

Ze zakte erin weg, haar armen op de leuningen.

'Het gaat niet lekker met je, volgens mij,' begon Herman.

'Ik maak me zorgen over Bert.'

Ze hield zich even in toen de in het zwart geklede ober de glazen op tafel zette.

Herman hief zijn glas. 'Proost, waar zullen we op drinken?'

Anne schoof tegen de rugleuning van haar stoel, probeerde zich te ontspannen.

'Op jou, Herman, mijn sparringpartner, adviseur en maatje. Zonder jou was deze zaak allang in een gigantische puinhoop ontaard.'

De ober boog zich naar haar toe. 'Hetzelfde, of wenst u dit keer de kaart?'

Anne nam altijd dikke plakken bruin brood met mozzarella en een heerlijke dressing, en een uitsmijter stond niet op de kaart van het American, maar voor Herman werd een uitzondering gemaakt.

'De dooier heel?'

De ober kende Herman al vijftien jaar, sinds er een Engelsman op klaarlichte dag in het volle restaurant was geliquideerd.

'Wat is er met Bert?'

Anne pakte haar servet, er bleef een beetje eigeel aan de snor van Herman hangen. Ze schoof iets naar voren. 'Bert is ter verantwoording geroepen door de Raad van Commissarissen. Over de hele affaire en over mij.'

Vragend keek hij haar aan terwijl hij een heerlijk stukje spek aan zijn vork probeerde te prikken. Telkens brak het in kleinere stukjes; te hard gebakken, wist hij.

Opnieuw verscheen de ober aan tafel: 'Het is misschien te vroeg op de dag voor de politie, maar ik probeer het toch. Ik heb een heerlijke Chardonnay voor u.'

Herman en Anne keken elkaar aan en even later werd de wijn 'bij hoge uitzondering' ingeschonken.

'Op je prins met het witte paard?' vroeg Herman met een bloedserieus gezicht.

Anne knikte. Ze was blij dat ze er met hem over kon praten. 'Het vertrouwen van de Raad van Commissarissen is voor Bert cruciaal. Maar ze hebben hem verweten dat hij dit onderzoek nooit in onze handen had mogen leggen. Bert zou "lichtzinnig met het imago van de bank" omgegaan zijn.' Ze schoof haar bord met de mozzarella nijdig opzij. 'Dit gaat ons beiden de kop kosten, ik weet het zeker.'

Het leek Herman beter zijn gedachten niet uit te spreken. Terugtreden betekende voor de president-directeur een bonus van miljoenen, dacht hij met enig sarcasme. Bonus opstrijken, biezen pakken en wegwezen. Maar hij was zich goed bewust van de positie van deze twee geliefden, en die was ronduit slecht. Hij voelde dat het moment dichterbij kwam dat Anne op moest stappen, er was bijna geen ontkomen aan. Uit de wandelgangen had hij begrepen dat de druk op Eerenberg werd opgevoerd. Tot nu toe had de hoofdcommissaris stand gehouden, maar voor hoelang?

'Afgelopen weekend ben ik met Bert voor het eerst op bezoek geweest bij mijn ouders,' ging ze verder. 'Moet je je voorstellen, Herman. Een paar weken geleden werd ik door de roddelpers als een dom blondje neergezet, verliefd op een bankdirecteur. Mijn ouders, allebei al in de zeventig, kregen zowat een rolberoerte. En nu kwam ik dan aan met mijn nieuwe vlam.' Ze lachte triest.

Herman nam nog een slok wijn. 'Willem de Leder zou alles kunnen veranderen,' fluisterde hij. 'Heb je niets meer van Paul de Bie gehoord?'

Anne schudde haar hoofd.

'Maar De Bie zei dat hij vermoedde waar De Leder zit?'

'Nee, alleen dat De Leder beweerde dat Horowitz in een witwasserij, kennelijk "IJburg", betrokken was. Dat bedrijf Boissevain Real

Estate blijkt inderdaad op Hoogebooms lijst voor te komen, trouwens.'

Herman knikte bedachtzaam. 'Waarom zou Willem zijn consigliere willen opknopen? Die vraag houdt me nou al dagen bezig. Die twee kennen elkaar al jaren. Maar het verhaal van Paul de Bie zou heel goed kunnen kloppen als...'

'Als wat?'

'Als ze ruzie met elkaar hebben gekregen, de raadsman en zijn cliënt. En ruzies in Boevenland gaan vrijwel altijd over geld. "IJburg" gaat ook over geld.'

Annes adem stokte. 'Natuurlijk!' riep ze toen. 'Er worden mannen boos omdat ze er geld in gestopt hebben, en Horowitz en zijn vriendjes hebben het verpest. Geld weg.' Ze legde haar hand op Hermans arm en keek hem met grote ogen aan. 'Als dat klopt, is "Boissevain" ons spoor naar Willem.'

Het zachte klikje dat intussen ergens anders in het restaurant klonk, drong niet tot haar door.

Het hele financiële onderzoek duurde Anne veel te lang. Cees Hoogeboom had gezegd dat het wel om maanden kon gaan. Toch kon ze het niet laten direct na de lunch even bij hem binnen te stappen, met Herman in haar kielzog.

Met een verhit gezicht wenkte hij hen.

'Ruiken jullie het of zo?' Ze schoven aan tafel. 'Gisteren zijn de rechercheurs teruggekomen uit Liechtenstein.'

Anne tikte met haar vingers op het tafelblad. Waarom deed Cees er zo lang over? Ze wilde hem over De Leder vertellen en over Hermans conclusie.

'Bij de trust in Liechtenstein hebben we een rekening gevonden bij een bank op Cyprus. Het afgelopen jaar is die rekening gebruikt voor overschrijvingen vanuit Zuid-Afrika, van en naar een zekere meneer Mozes Levison in Franschhoek. Om onduidelijke redenen is er een poging gedaan om geld over te maken van een rekening bij de Kc Bank van het bedrijf dat jij noemde, Boissevain Real Estate, naar de bank in Cyprus, maar die poging strandde. Er was geen cent meer. Het meest interessant is het feit dat dat trustkantoor die opdracht probeerde uit te voeren namens...' Hoogeboom laste een pauze in om het spannend te maken.

'Die Mozes uit Franschhoek,' bromde Herman en hij lachte om Hoogebooms teleurgestelde gezicht. 'Ik weet ook altijd de oplossing van *Midsomer Murders* al halverwege de aflevering, tot ergernis van mijn vrouw.'

Hoogeboom opende het dossier voor zich op tafel.

'Kijk, we hebben de computer van Horowitz gekraakt en deze afschriften gevonden.' Met zijn vinger wees hij naar een tekst: 'ovv Levison Franschhoek.'

Anne hijgde licht van de opwinding. Zuid-Afrika dus. Daar was ze ten tijde van het liquidatie-onderzoek geweest. Daar liep toen een spoor naartoe en nu opnieuw. Dat was het aanknopingspunt waarop ze hadden zitten wachten.

'Er is maar één manier om hierachter te komen,' zei ze beslist. 'Pak je koffers maar, we moeten ernaartoe. Ik ben toch zo benieuwd hoe het met die goeie ouwe meneer Levison gaat, vandaag de dag.'

3

Tijdens de nachtvlucht van Kaapstad naar Amsterdam kon ze niet slapen. Gelukkig had ze twee stoelen kunnen krijgen, de Maxicosi met Sanne stond op de stoel aan het raam, en Lotte zat ernaast. Als ze een beetje schuin ging zitten, met de rug naar het gangpad, leek het net een klein afgeschermd huisje. Ze kon zelfs de baby aan de borst leggen zonder dat iemand hen stoorde.

Half op haar zij liggend keek ze naar haar dochter, het mondje smakte af en toe, alsof ze nog bezig was met drinken. Het kleine handje sloot zich onmiddellijk om haar pink. Lotte keek uit naar het moment waarop ze met Sanne bij haar moeder binnen zou stappen.

Toen ze een paar dagen geleden belde dat ze kwam, had haar moeder een vreugdekreet geslaakt. Een jaar geleden was het afscheid moeilijk geweest. Hoe moest je je moeder vertellen dat je met iemand aan het andere eind van de wereld ging wonen? En daar kwam nog bij dat haar moeder niet mocht weten waar precies, omdat haar man een crimineel was met nog zestien jaar lik tegoed.

Die dag stond in haar geheugen gegrift. Haar moeder had haar met afgrijzen aangekeken: haar dochter was gestoord. Eerst kon ze het niet geloven; pas toen Lotte daadwerkelijk haar koffers pakte, wist ze dat het serieus was.

'Mam, vertrouw me asjeblieft,' had ze smekend gezegd. Huilend waren ze uit elkaar gegaan. Wat hadden ze zonder internet moeten beginnen? Nu konden ze elkaar af en toe mailen, al moest ze ook daarmee heel voorzichtig zijn. Elke week wisselde Moos met een ingewikkeld programma van IP-adres en moest ze alles opnieuw installeren, maar van grote afstand had haar moeder het leven van haar dochter en kleindochter wel kunnen volgen.

Nu was het dan eindelijk zover, ze zouden elkaar weer zien en oma kon haar kleindochter in de armen sluiten. Moos zou via Johannesburg naar Egypte reizen en daar overstappen naar Parijs. Het was een twistpunt gebleven of ze de diamanten samen zouden gaan ophalen. Hij wilde eigenlijk niet dat zij gevaar liep. Lotte was er niet vanaf te brengen. 'In voor- en tegenspoed,' had ze met een ernstig gezicht gezegd.

Het zat haar dwars dat ze niet met hem aan de arm door Amsterdam kon flaneren. Wat zou het heerlijk zijn om even bij de Bijenkorf binnen te wippen, over de Albert Cuyp te lopen.

'Ben je gek geworden, joh? Er zijn tientallen smerissen die mijn gezicht nog kunnen uittekenen.'

'Heus, jij ziet er toch totaal anders uit dan een paar jaar geleden!' had ze stellig geroepen. Ze begreep maar al te goed dat het niet kon. Diamanten ophalen, inpakken en wegwezen, meer niet.

Ze kwam geradbraakt aan op Schiphol. Sanne had geslapen alsof ze in haar eigen wieg had gelegen.

Bij de paspoortcontrole keek de marechaussee haar aan, pakte haar paspoort en tikte iets in de computer. Er kon niets bijzonders aan de hand zijn, maar toch bonsde haar hart in haar keel. Met een scheef oog keek de man naar de baby, Lotte had de maxicosi even op de grond gezet.

Ze kleurde toen hij vroeg waar ze woonde.

'Waarom wilt u dat weten?'

Meteen realiseerde ze zich dat ze die argwanende vraag nooit had moeten stellen. Ze dwong zichzelf rustig te blijven en gewoon te antwoorden. 'Ik woon sinds een jaar in Zuid-Afrika.'

Hij knikte. 'In Franschhoek? Ik vraag het even omdat uw kind daar in uw paspoort is bijgeschreven. Dat klopt toch, hè?' Lotte knikte. Opgelucht haalde ze adem toen de man haar paspoort naar haar toe schoof. 'Als het om kinderen gaat, zijn we altijd extra alert,' legde hij nog uit. Ze bedankte hem zo kalm mogelijk en liep toen door.

Gelukkig kwamen de koffers snel en toen kon ze haar moeder in de aankomsthal in de armen sluiten.

4

Het was een lange vlucht naar Kaapstad, bijna twaalf uur, en de zit-plaatsen waren niet ruim bemeten. Gelukkig bevond Zuid-Afrika zich in dezelfde tijdzone als Nederland, een jetlag zou het niet opleveren. Wel was het er zomer, terwijl het in Nederland winter was.

Met verbazing had Cees Hoogeboom na hun aankomst gadegesla-gen hoe Anne door *captain* Black ontvangen werd. Ze kende hem nog van vorige onderzoeken, hij had de Amsterdamse politie toentertijd heel goed geholpen. Hij gaf haar twee dikke zoenen op de wangen.

Ze keek hem eens goed aan. Hij was nog dikker dan twee jaar gele-den, maar zijn pretoogjes en korte grijze krulhaar waren nog het-zelfde.

'Morgenochtend beginnen we met het werk, nu eerst de braai bij mij thuis.'

Anne had dat wel verwacht, weigeren was een belediging. Ze zag Cees kijken, die was het liefst onmiddellijk naar het hotel gegaan. Met haar ogen legde ze hem het zwijgen op.

Voor Black en zijn mensen was het niet moeilijk om achter de verblijf-plaats van Mozes Levison te komen. Hij bleek sinds ruim een jaar de eigenaar van een wijngaard in Franschhoek te zijn, net buiten Stel-lenbosch. Levison was twee jaar eerder in Zuid-Afrika komen wonen, kennelijk vanuit België. De tijdlijn klopte in elk geval. Deze man kon Willem de Leder zijn.

De volgende dag formeerde captain Black een groot politieteam. Hij was van plan een inval in de wijngaard te doen. Het betrof een enorm terrein, waar talloze arbeiders aan het werk waren, zo ver-klaarde hij de grote inzet. Er werd geen enkel risico genomen.

Anne zat achter in Blacks auto, volledig in uniform had de Zuid-Afrikaan plaatsgenomen naast zijn chauffeur. De auto reed voor een grote stoet politiewagens uit naar Franschhoek, een voormalige Franse nederzetting zo'n veertig kilometer buiten Kaapstad.

Het landschap was schitterend; gigantische wijngaarden lagen glooiend tegen de heuvels die ingesloten werden door een hoge bergketen. Met groot machtsvertoon reed de colonne door het plaatsje, mensen keken op en vroegen zich af of er iets ernstigs was gebeurd.

Zonder aarzelen reed Black de oprijlaan van de bewuste wijngaard op. Nog minutenlang bleef er een grote stofwolk achter de rij auto's hangen.

Anne wachtte gespannen op de dingen die komen gingen, ze hield van dit soort operaties. Ergens vermoedde ze dat Black er nog een schepje bovenop deed om indruk op haar te maken. Hij had aangegeven dat ze voorlopig voor haar eigen veiligheid in de auto moest blijven zitten. Zijn mannen zouden eerst de omgeving doorzoeken, pas als hij het groene licht gaf, kon ze tevoorschijn komen.

Hij mocht door zijn omvang zelf wat traag zijn, Blacks mannen hadden binnen een paar minuten de hele wijngaard onder controle. Op alle hoeken van de villa en de bijgebouwen stonden politieagenten met het geweer in de aanslag.

'Waanzinnig,' fluisterde Anne. 'Hier komt werkelijk geen muis meer uit.'

Captain Black volgde de bewegingen van zijn troepen met enige trots, hij liep het bordes op en posteerde zich bij de voordeur. Tot dat moment was er geen enkele beweging in het huis te zien geweest.

'Politie!' schreeuwde Black terwijl hij op de voordeur bonkte.

Er gebeurde niets, ook niet nadat hij zijn handeling een drietal malen had herhaald. Black bette zijn voorhoofd met een grote zakdoek. Twee politiemensen met geweren in de aanslag liepen achter hem aan naar de achterzijde. Daar werd een deur opengebroken. Niet veel later kwam Black door de voordeur naar buiten en gaf een teken dat Anne kon komen. In de woning was niemand aanwezig. Het huis was behaaglijk koel. Voorzichtig keek ze om zich heen.

De kamer was gezellig gemeubileerd, een beetje op z'n Hollands. Het was duidelijk dat een vrouw hier de hand in had gehad. In de keuken werd een huishoudster aangetroffen. De vrouw was enorm geschrokken en had zich verscholen.

Anne liep naar haar toe en sloeg een arm om haar heen. Met tranen in haar ogen maakte de vrouw duidelijk dat ze bij ploegbaas Nelson moesten zijn, die was met de arbeiders op het veld. Anne stuurde iedereen de keuken uit en bleef alleen met de vrouw achter. Die keek haar met grote angstige ogen aan. Pas na een tijdje werd ze rustiger en schonk ze Anne iets te drinken in. Ze vertelde dat meneer en mevrouw met de baby op reis waren, naar *grandma*. Over een week waren ze weer terug. Ze lachte door haar tranen heen. Het waren goede mensen en erg geliefd bij de arbeiders, moest Anne weten.

Anne moest haar best doen om het Zuid-Afrikaans te kunnen volgen. 'Hoe heet je mevrouw? Je bazin? En waar zijn ze heen?'

Haar maag kromp samen toen ze de vrouw Lottes naam hoorde noemen. 'Spaarndam,' fluisterde Anne bij zichzelf.

5

Lotte had een heerlijke avond met haar moeder gehad, er was veel te bepraten. Sanne had zich voorbeeldig gedragen en breeduit naar oma gelachen. Lottes moeder was niet weg te slaan van de kleine meid.

De sfeer was ontspannen, beiden vermeden ze het onderwerp Willem. Lotte was daar wel blij om, misschien kon ze in de loop van de week iets meer vertellen over hun leven op de wijngaard.

De volgende morgen pikte Willem haar met een huurauto op in de nabijheid van de woning in Spaarndam. Een gevoel van trots nam bezit van hem toen hij Lotte over de dijk aan zag komen. Ze droeg Sanne in een draagdoek. Als hij naar die twee keek, kon hij zichzelf wel vervloeken. Lotte en Sanne in deze situatie brengen was schandalig. Het kwam doordat ze zelf voet bij stuk had gehouden, maar hij moest er niet aan denken dat het fout liep.

Ze stapte in de auto en hij kuste haar intens.

Hij was van Parijs met de trein naar Brussel gegaan en had daar een Peugeot gehuurd. Een Belgisch kenteken viel een stuk minder op dan dat van een Franse wagen, en al helemaal in het drugswalhalla Nederland. Zijn papieren waren goed vervalst, maar een politiecontrole kon natuurlijk altijd op een ramp uitlopen. Er klonken geluidjes vanuit de draagdoek; hij keek er glimlachend naar. Over de dijk reed hij richting Amsterdam, als vanzelf stopte hij bij Stompetoren, een gehucht van een paar boerderijen en een kerkje. Zonder veel te zeggen keken ze naar de kleine begraafplaats achter het kerkje. Alle beelden kwamen terug.

Lotte zuchtte diep. In haar jeugd was ze hier vaak geweest, samen met haar vriendin Sanne en vier jongens. Het 'Spaarndamgroepje' werden ze genoemd. Het kerkje was hun geheime plek, waar ze stiekem bier dronken en soms jointjes rookten.

Lotte sloeg haar handen voor haar gezicht. Ze zou die vreselijke nacht waarin haar vriendin Sanne vermoord werd nooit vergeten. Het was een drama geweest, Willem was beschuldigd van de moord op Sanne en van huis weggelopen. Pas jaren later bleek dat hij het niet had gedaan, maar toen was hij al uitgegroeid tot een van de zwaarste criminelen van het land.

Hij kende de weg als zijn broekzak, er was niets veranderd in de afgelopen twee jaar. Een gevoel van heimwee stroomde door zijn lijf, hij moest toegeven dat hij Amsterdam erg gemist had. Met een slakkengang reed hij naar Amsterdam-West, ervoor zorgend geen verkeersregel te overtreden.

Op de Johan Huizingalaan moest de bank zijn waar hij jaren geleden de diamanten in een kluis had opgeborgen. Voorzichtig reed hij langs de Sloterplas, hij wilde eerst de bank passeren om te kijken of alles veilig was.

Er waren op dit stukje alleen winkels, er was geen bank te bekennen, constateerde hij tot zijn stomme verbazing. Hij wist het niet meer. Achter hem werd er getoeterd, hij hield het verkeer op. Vloekend reed hij door.

Een stuk verderop draaide hij de auto en reed opnieuw de laan af. Er was echt geen bank te bekennen, en toch wist hij zeker dat hij hier moest zijn.

Lotte merkte zijn nervositeit en streek zachtjes over zijn arm. 'Rustig nou maar, Moos, het komt wel goed.'

Sanne begon te huilen, alsof ze de spanning in de auto voelde.

'Rij maar even naar een stille plek, dan kan ik Sanne de borst geven.' Voor de zekerheid had ze een paar schone luiers meegenomen.

Willem keek wild om zich heen, het zweet brak hem uit. Een paar honderd meter verderop vond hij een andere bank. Er was maar één conclusie mogelijk: zijn bank was er niet meer.

6

'Herman, zijn vrouw heet Lotte. Zijn dochter Sanne.' Anne schreeuw-de het door de telefoon.

Toen de huishoudster de namen noemde, gingen bij haar alle alarmbellen rinkelen. Het kon gewoon niet anders, dit moest te ma-ken hebben met die cold case, de moord op Sanne van de Weijde, een zestienjarig meisje uit Spaarndam, die ze twee jaar geleden had op-gelost. Rob van Nieuwkerk, een toenmalige wethouder in Haarlem, bleek Sanne in zijn tienerjaren te hebben vermoord. De echtgenote van de dader heette Lotte.

In haar enthousiasme struikelde Anne over haar eigen woorden. Herman moest haar onderbreken om ertussen te komen.

'Maar heb je Willem nou aangehouden of niet?'

'We waren net te laat, de vogels zijn gevlogen. Een weekje op vakantie, volgens de huishoudster. Lotte schijnt gezegd te hebben dat ze met Sanne naar oma ging...'

'Jezus, het zal toch niet...' hoorde ze Herman zeggen. 'Kun je je de moeder van die Lotte nog herinneren?'

'Ja,' antwoordde ze, 'die woonde in Spaarndam.'

'Precies. Toeval bestaat niet, en dit is werkelijk stom toeval en dat bestaat wel, weet ik uit ervaring. Het zou zomaar kunnen dat de huidige vrouw van Willem de Leder op visite is bij haar moeder in Spaarndam terwijl jij op precies hetzelfde moment in Zuid-Afrika bij hen op de stoep staat...' Hij was even stil. 'Meteen naar huis komen,' zei hij toen, 'want misschien zit Willem ook bij zijn schoonmoeder. Het zou niet voor het eerst zijn. De Hakkelaar zat destijds bij zijn mammie met een bord zuurkool op schoot naar *Studio Sport* te kijken.'

Een dag later vloog Anne terug naar Amsterdam. Op het moment dat de wielen van het vliegtuig de grond raakten, pakte ze haar mobiel en toetste Hermans nummer in.

'Anne.' Zijn stem klonk slaperig, zijn ogen zaten nog dicht.

'Ik ben geland. Weet je al meer?'

Herman liet zich terugvallen op z'n kussen. Naast hem draaide zijn vrouw zich kreunend om. Langzaam deed hij zijn ogen open en keek naar de wekker.

'Anne, ik slaap nog.'

'Ik niet,' klonk het afgemeten van de andere kant.

'Weet je hoe laat het is?' fluisterde hij.

'Zes uur. Je hebt geluk, we waren iets vertraagd, anders had ik nog vroeger gebeld.'

Onwillig stapte hij uit bed en liep met de telefoon aan zijn oor naar beneden. Terwijl hij koffie zette, vertelde hij dat ze tot gisteravond laat bezig waren geweest. Het was niet moeilijk geweest om de identiteit van die Lotte vast te stellen. Een jaar geleden was de vrouw uitgeschreven uit het bevolkingsregister van Haarlem en met onbekende bestemming vertrokken.

'Kan dat zomaar?'

'Ik denk het wel. Als je jezelf uitschrijft en zegt dat je het land uit gaat, word je gewoon uitgeschreven. We hebben het bij de maatschappijen nagevraagd en bij de marechaussee. Ze is afgelopen maandag in Nederland aangekomen. Met haar pasgeboren dochtertje. Sommige grensjongens hebben een ijzeren geheugen, kan ik je vertellen. Maar er was geen meneer Levison bij en die zat ook niet in haar vliegtuig. Dus zijn we verder gaan bellen. Vanuit Zuid-Afrika kwam het bericht dat meneer Mozes Levison op woensdag met het vliegtuig naar Parijs is gegaan. Van daar ontbreekt ieder spoor.'

'Zie je wel,' reageerde Anne. 'Ik durf te wedden dat hij hierheen onderweg is. Of al is gearriveerd.' Ze keek op haar horloge. Eerst ging ze naar huis om zich op te knappen en Bert te bellen, daarna zou ze met Jaap en Dirk het oude dossier in duiken. Ze verlangde er hevig naar Bert weer te zien, ook al spraken ze af in het grootste geniep.

7

'Rustig aan,' zei Lotte vanaf de achterbank. Ze was bezig om Sanne te verschonen. Opnieuw reed Willem naar de Johan Huizingalaan. In het pand waarvan hij dacht dat daar de bank in had gezeten, zat nu een speelgoedwinkel.

Wanhopig draaide hij zich om naar Lotte, niet goed wetend wat te doen. Ze keken elkaar zwijgend aan. Hij had alweer met de diamanten onderweg naar Parijs moeten zijn.

'Misschien is die bank verhuisd?' opperde ze.

Voor Willem kon tegensputteren, schoof ze Sanne tussen de stoelen door in zijn armen en opende haar portier. 'Ik ga even informeren.'

Hij zakte onderuit en voelde zich steeds minder op zijn gemak. Hij had dit niet onder controle en dat verontrustte hem. Voorzichtig keek hij om zich heen, maar alles leek normaal. Er liepen veel winkelende mensen op dit stuk van de Johan Huizingalaan. Aan de overkant stopte een scooter, een jongen in zwarte kleding stapte af. Hij zag hem een snackbar naast de speelgoedwinkel binnen gaan; de bestuurder bleef op de scooter wachten.

Willem kriebelde Sanne onder haar kinnetje. Hij startte de motor alvast en wachtte af.

'Kom op nou, Lotte, kom op nou,' zei hij voor zich uit, zijn ogen strak op de deur van de winkel gericht. Waar bleef ze nou? Tot zijn grote opluchting stapte Lotte naar buiten, en in zijn ooghoek zag hij opeens een beweging bij de snackbar. Een jongen rende naar buiten, direct gevolgd door een wat oudere man. Vanuit de auto kon Willem de man om hulp horen schreeuwen.

Verstijfd van schrik zag hij de jongen in de richting van Lotte rennen.

'Niet doen!' schreeuwde hij, maar niemand hoorde hem.

Lotte hief haar tas en sloeg de jongen midden in zijn gezicht. Door de klap was hij een moment afgeleid en hij struikelde over een fiets. Vloekend kwam hij weer overeind en haalde naar Lotte uit.

'Nee!' brulde De Leder en hij wilde Sanne op de passagiersstoel leggen om naar Lotte te rennen, maar hij zag hoe ze zich bukte en de klap van de jongen bijna sierlijk ontweek. Die rende naar zijn vriend en sprong achter op de scooter, die met een snerpend geluid optrok en wegspurtte.

Hij hoorde vanuit de verte sirenes dichterbij komen en liet het raam naar beneden glijden. 'Schiet op, verdomme!'

Ze spurtte naar hem toe, griste Sanne van de stoel en dook vervolgens achterin. Net voor de eerste politieauto op de Johan Huizingalaan arriveerde, was de Peugeot uit het zicht verdwenen.

'Hoe kun je zo stom zijn?' raasde hij.

'Rij nou maar normaal, op deze manier heb je zo de politie achter je aan.'

Hij minderde vaart en parkeerde nog geen minuut later op de Oude Sloterweg. Hij keek in zijn achteruitkijkspiegel. Haar haar zat in de war en ze was bleek.

'Was je bang?'

Ze schudde haar hoofd, daar had ze niet eens de tijd voor gehad, het was in een flits gebeurd. Het duurde een paar minuten voor de rust wat was teruggekeerd.

'En dan denk je dat Zuid-Afrika erg is...' mompelde ze.

'Wat zeiden ze in de winkel?'

'Dat dat kantoor is opgeheven vanwege een fusie. Ruim een jaar geleden al. Ik vraag me af wat die lui met jouw diamanten hebben gedaan. Ze moeten al die kluizen toch hebben leeggehaald?' Ze schrok plotseling. Met grote ogen keek ze om zich heen. Haar handen zochten nog even onder de stoel.

'Shit! Mijn tas...' Ze sloeg haar hand voor de mond. 'O jezus, mijn paspoort.'

Ze zag Willem huiveren.

'Breng me maar terug.'

Willem schudde zijn hoofd.

'Schiet op Moos, hoe langer we wachten, hoe meer kans ik heb op vragen. Dat ding ligt gewoon op straat. Ik kan hem toch terugvragen? Ik ben geen overvaller, dat weten zij ook wel.'

Schoorvoetend gaf hij toe. Ver voor de politieafzetting liet hij haar uitstappen. Het leek Lotte nu beter om Sanne mee te nemen. Als er gevaar dreigde, moest Willem maken dat hij wegkwam en niet op haar wachten. Ze spraken voor dat geval af in restaurant De Toerist in Spaarndam, elke avond om zes uur.

De hele stoep was afgezet, op straat stonden diverse politieauto's schots en scheef geparkeerd. Het verkeer werd omgeleid.

Even aarzelde Lotte nog. 'Mag ik u wat vragen?'

De agent draaide zich naar haar toe en keek haar vragend aan. Het was een jonge man, ze zag dat hij één streep had. Misschien was hij nog maar in opleiding, dat was dan een geluk bij een ongeluk. Hem kon ze vermoedelijk wel snel voor haar karretje spannen.

'Hebt u hier misschien een tasje gevonden?' vroeg ze.

De agent keek haar aan, en zag dat ze een baby in een draagzak voor haar buik had gebonden.

'Ik... ik botste tegen die kerel aan en toen verloor ik mijn tasje. Toen schreeuwde iemand dat het een overval was, dus toen ben ik verderop de hoek om gerend. Maar nu ontdekte ik dat ik mijn tasje...'

'U bent erg geschrokken, volgens mij. Kom maar even.' Hij tilde het lint op om haar door te laten.

Dat was precies wat ze niet wilde. Haar hoop dat de jonge agent haar de tas terug zou geven, ging in rook op. Hij gebaarde nogmaals en ze ontkwam er niet aan. Ze bukte zich en liep onder het lint door.

'Hebt u die mannen herkend?' vroeg de jongen vriendelijk.

Ze schudde haar hoofd. 'Ik dacht dat het er maar één was...' zei ze zo onbenullig mogelijk.

'Piet!' schreeuwde de agent, 'dit is de vrouw van de tas.'

De moed zonk Lotte in de schoenen.

'Dag mevrouw.' Ze draaide zich om, voor haar stond een agent in burger. Hij stak zijn hand uit. 'Piet de Niet, recherche.'

Aarzelend schudde ze zijn hand. Hij was van haar leeftijd, ze schatte hem een jaar of veertig. 'U bent de vrouw die de overvaller een klap heeft verkocht?'

'Nou ja,' antwoordde ze, 'klap... Ik heb hem met mijn tas geslagen. Maar die ben ik daardoor kwijtgeraakt en ik wil hem graag terug.'

'Dat wordt lastig, mevrouw, want er blijken sporen van de dader op te zitten. Ik ben bang dat we die voorlopig moeten houden voor nader onderzoek.'

Ze keek hem ongelovig aan en dacht koortsachtig na.

'U hebt hem niet herkend, de overvaller?'

Ze schudde haar hoofd. 'Ik ben niet van hier,' zei ze toen. 'Ik was bij mijn... mag ik dan wel de inhoud van mijn tas terug? Mijn paspoort zit erin en mijn portemonnee. En de speen van mijn dochter.' Die man sprak onzin, ze had alleen een klap uitgedeeld, verder niets. Tot haar grote vreugde begon Sanne te krijsen. Dat zou de rechercheur hopelijk iets minder geduldig maken. 'Ze heeft honger, ik moet echt gaan.'

'Als ik uw naam en adres mag,' zei de man beslist, en Lotte wist dat elk verzet meer vragen op zou roepen. Inwendig schold ze op zichzelf, maar wat had ze anders kunnen doen? Met lood in haar schoenen liep ze achter de man aan naar een politiebus.

Even later kwam ze de hoek om en stapte bij Willem in de auto.

'Gefikst,' zei ze opgewekt.

Ze had geen tas. Hij keek argwanend opzij. 'En ze vroegen helemaal niks?'

'Jawel, van alles. Maar toen ik zei dat ik de vrouw van Willem de Leder was en dat jij ze allemaal dood zou schieten als Sanne haar speen niet terugkreeg, was het goed.' Ze lachte om zijn verbaasde gezicht. 'Natuurlijk niet! De tas moest daar blijven, maar de inhoud mocht ik meenemen.' Ze verzweeg dat ze haar personalia had moeten geven, maar dat leek haar niet gevaarlijk. Ze zochten hem, haar niet.

Even later zette Willem haar af bij haar moeder. Hij liep om de auto heen om Lotte te helpen bij het uitstappen.

Lottes moeder stond al te wachten in de deuropening.

'Kom even binnen, jongen,' zei de oude vrouw.

Schuchter stapte hij de drempel over. Lotte had hem verteld hoe verdrietig ze was toen haar dochter naar Zuid-Afrika vertrok. Hij had een schuifelende oude dame verwacht, maar dat viel mee, zijn schoonmoeder was een kwieke vrouw, binnen de kortste keren stond er koffie met een plak cake op tafel. Toch voelde hij zich ongemakkelijk.

'Ga even zitten,' zei ze vriendelijk.

Ze wees op een stoel. Lotte gaf in de zijkamer Sanne te drinken.

'Wil je er een stukje cake bij?'

Zonder zijn antwoord af te wachten, schoof ze een dikke plak op een schoteltje. Ze verwarde hem, deze lieve vriendelijke dame.

'Het is moeilijk...' begon ze.

Ze schudde haar hoofd, meer woorden had ze niet. Ze depte met een grote doek een traan weg. Willem zweeg, wat moest hij daar nu op zeggen. Hij hoorde Lotte in de aangrenzende kamer lieve woordjes tegen Sanne zeggen.

'Het is eigenlijk te erg, wat je mijn dochter aandoet.'

'Hou op, mam,' klonk het uit het kamertje, 'ik wilde het zelf zo, hoor.'

Willem keek schuldbewust, natuurlijk had haar moeder gelijk. De kamer maakte hem onrustig, de muren kwamen op hem af. Alles liep anders. Het liefste was hij onmiddellijk met Lotte en Sanne naar Parijs gereden om terug te vliegen.

'Ik wou dat ik de klok terug kon draaien,' sprak hij zacht. 'Een boel jaren. Tot voor ik...'

Toen hij opstond, kuste zijn schoonmoeder hem op beide wangen.

'Je bent goed voor mijn dochter,' zei ze door haar tranen heen. 'Blijf dat alsjeblieft. Doe het goede, Willem. Dit gaat niet alleen meer over je eigen leven.'

Willem gaf beide vrouwen een zoen en stapte in zijn auto.

8

Niet veel later werd er gebeld. Lotte deed open en ze wist onmiddellijk dat het mis was toen ze de vrouw en de lange man zag. De politielegitimatie was eigenlijk overbodig.

'Charlotte de Boer, is het niet?'

Lotte knikte. Haar hart klopte in haar keel. Ze moesten Moos zowat tegengekomen zijn. Of misschien hadden ze hem net gepakt en kwamen ze nu voor haar.

'De ex van de wethouder.'

Lotte knikte. 'En u bent Anne Kramer. Uw collega herinner ik me ook nog wel.'

Anne knikte. 'Mogen we even met je praten?'

Lotte stapte opzij om hen binnen te laten. De gedachten schoten wild door haar heen. Waar ging dit om? Ze sloot de deur. 'Komt u voor die overval van vanochtend?'

Herman keek haar niet-begrijpend aan. 'Overval? Ben je overvallen dan?'

Daarover ging het dus niet. Lotte vertelde hun de gebeurtenis van die ochtend. Over de aanwezigheid van Moos zweeg ze angstvallig.

Anne besloot open kaart te spelen. 'Afgelopen week ben ik op jullie wijngaard in Franschhoek geweest. Jullie wonen daar mooi, zeg.'

Lottes gelaat trok wit weg. Haar moeder ging op de bank naast haar zitten en pakte de hand van haar dochter.

'Daar woon je toch?'

Lotte knikte slechts. Over. Alles was over en uit, ze begreep niet hoe het kon.

'Je woont daar met een man, wat is zijn naam?' Annes stem klonk vriendelijk doch dringend.

Het bleef stil, Lotte zweeg lange tijd. In verwarring schudde ze toen langzaam haar hoofd. 'Dat weet u zelf ook wel, dus waarom vraagt u het dan aan mij?'

'Omdat ik het graag van jou wilde horen. Maar goed, dan vertel ik het. Willem de Leder. Mogen we even rondkijken om zeker te weten dat hij hier niet is?'

Na een paar tellen kwam Herman terug. 'Er is alleen een baby.'

'Sanne,' zei Anne als volgende overrompelende troefkaart. 'Vernoemd naar Willems vermoorde vriendin.'

'En de mijne!' beet Lotte haar toe.

Anne wendde zich tot de oude vrouw.

'Dit is geen prettige situatie. Willem de Leder moet nog zestien jaar de gevangenis in. Waar hij ook zit, de kans is erg groot dat hij gepakt wordt. De politie zal vanaf nu overal controleren. Op de wijngaard in Zuid-Afrika, hier bij u, overal.'

Lotte kwam woedend omhoog. 'Hou mijn moeder hier buiten, wilt u? Willem is hier niet. Dat hebben jullie zelf geconstateerd.'

'Maar hij is hier wel geweest,' zei haar moeder rustig. 'Ik heb geen geheimen en ik ga niet liegen tegen de politie. Het is een jongen die spijt heeft, geloof ik. Maar daar hebt u natuurlijk geen boodschap aan.' Ze wees naar Sanne. 'Mijn dochter heeft voor haar liefde gekozen en of ik dat nou goed vind of niet, het zij zo.' Toen speelde er een glimlachje om haar lippen. 'En mijn dochter hoeft uw vragen niet te beantwoorden want ze is met Willem getrouwd in Zuid-Afrika. Ze beroept zich dus op haar verschoningsrecht. En ik zal niet degene zijn die Sanne haar papa af laat pakken.'

Lotte wachtte niet lang, toen de recherche vertrokken was belde ze onmiddellijk. Straks, als ze haar telefoon gingen aftappen, kon dat natuurlijk niet meer.

Huilend vertelde ze dat de politie aan de deur was geweest. Ze wisten alles, Anne Kramer was zelfs al op hun wijngaard geweest. Ze konden niet meer terug, hij zou ook daar onmiddellijk opgepakt worden.

Willem had alles doodstil aangehoord. Toen hij Annes naam hoorde, wist hij genoeg. Anne Kramer was hem niet vergeten, zoals ze door de telefoon had aangekondigd tijdens hun laatste gesprek.

'Ga weg, Moos,' smeekte ze hem. 'Ga zo ver mogelijk weg en breng jezelf in veiligheid.'

Hij schudde wanhopig zijn hoofd. Al zou hij weg willen, waarvan moest hij dat doen? Waar waren de diamanten gebleven? Bovendien wilde hij niet weg van Lotte en zijn dochter. En de wijngaard wilde hij evenmin verliezen. Het jaar met Lotte had een totale verandering in hem teweeg gebracht, alsof hij een nieuwe kans had gekregen. Toen pas had hij begrippen als liefde, trouw en gezin leren kennen, zaken die hem altijd vreemd waren geweest.

'Lotte, luister, ik kan niet terug maar jij kunt er wel naartoe. Jij gaat zo snel mogelijk naar de wijngaard. Tientallen gezinnen zijn van ons afhankelijk en ik wil voor het eerst in mijn leven iets fatsoenlijks doen. Ik kan er niet meer heen, maar ik zal zorgen dat er geld komt.' Hij hijgde. 'Zeg tegen je moeder dat ik van haar hou en neem haar mee. Zo veel centen hebben we nog wel.'

Via het hoofdkantoor had Willem de Leder het adres gekregen van het bankfiliaal waarmee de Johan Huizingalaan was gefuseerd. Voor de ingang daarvan probeerde Willem alles nog een keer op een rij te krijgen. Het kostte hem even om zich te herstellen van de klap. Bijna automatisch viel hij terug in zijn vroegere rol: topman van een criminele organisatie. Hoe beroerd de zaken ook liepen, nooit in paniek raken. Het crimineel ondernemerschap kende nou eenmaal grote risico's. Ook nu wist hij zichzelf te kalmeren.

Het verschil met vroeger was dat hij geen beroep kon doen op zijn maten; hij mocht zelfs geen contact met iemand zoeken, want ergens stond Anne Kramer klaar om hem in te rekenen. Al eerder was hij tot de conclusie gekomen dat hij niet slim bezig was geweest. Samenwerken met Horowitz leek indertijd de beste oplossing om zijn miljoenen wit te wassen, maar nu wist hij beter. Het was een bodemloze put geweest, hij zou er geen cent van terugzien.

De enige kans die hij had, waren de diamanten. Niemand wist dat hij ze ooit in die kluis gestopt had onder de valse naam Pieter Stevens. Hij had het paspoort opgehaald uit een ander bankkluisje dat hij al jaren huurde en waarin hij een complete identiteitskit opgeborgen had. Het pistool dat in zijn broekband achter zijn rug stak, had zelfs vertrouwd gevoeld en hem een idee van grotere veiligheid gegeven.

Hij haalde nog een keer diep adem en stapte de bank binnen.

Driftig liep hij die avond door zijn zojuist gehuurde hotelkamer; hij zou graag zijn woede ergens op gekoeld hebben.

De diamanten waren destijds met zijn volmacht door Horowitz uit de kluis gehaald, had de man aan de balie hem verteld. Als bewijs daarvan had hij een formulier met de handtekening van de advocaat getoond. 'Opheffing waardekluis' had erboven gestaan.

Horowitz. De advocaat had hem nooit verteld dat hij de diamanten in bewaring had gekregen nadat hij in de postbus van Boissevain Real Estate een brief van de bank had gevonden met de aankondiging dat het filiaal ging sluiten. De diamanten waren verdonkeremaand omdat Horrie wist dat Willem nooit terug zou komen om ze op te eisen. Tot de wasmachine stuk ging, tenminste. Vanaf dat moment was alles anders gelopen.

Willem staarde in het niets, zag het kantoor van de advocaat voor zich. Voor zover hij wist, was Horowitz de spin in het web. Het kostte De Leder een uur om zijn plan uit te werken. Toen deed hij het licht uit voor een kort en rusteloos slaapje.

Zijn eerste stap was het omruilen van zijn huurauto voor een busje. Dat had hij nodig om het kantoorpand onopvallend te kunnen bekijken.

Het was al donker toen hij langs het pand aan de gracht reed. Er was van buiten niets te zien, er scheen geen licht achter de ramen. Het kostte hem belachelijk veel tijd om de juiste parkeerplaats te bemachtigen. Wachten tot er iemand wegreed was niet zonder risico. Telkens als er een politieauto langskwam, trok hij op en reed een rondje.

Eindelijk stond hij schuin tegenover de ingang van Horowitz' kantoor, het wachten kon beginnen.

Van de advocaat was heel lang niets te zien. Willem speelde even met de gedachte om gewoon aan te bellen, net te doen alsof hij van niets wist en naar binnen te stappen. Dat was de snelste manier, maar het bleef onzeker of de advocaat open zou doen. De man was slim en het pand had aan alle kanten videobewaking, wist hij. Horowitz zou hem zien staan en misschien besluiten dat de politie bellen wellicht de eenvoudigste oplossing was om van hem af te komen.

Hij vroeg zich af in hoeverre het leven van Bram veranderd was. Vroeger gingen ze nog weleens samen op stap. Er waren altijd wel tenten te vinden waar hun privacy gewaarborgd was. Zo hadden ze vaak bij Yab Yum gezeten, samen hun pleziertjes beleefd en daarna van een lekkere maaltijd genoten. Maar ze waren nooit echte vrienden geworden, daar waren ze allebei de mensen niet naar. Willem was er te wantrouwend voor en Bram... Bram hield niet van vrienden. Toch was er wel een soort band ontstaan.

Als de dag van vandaag herinnerde Willem zich hoe Bram over dat geld was begonnen. Die man kon het altijd zo mooi brengen, het woord 'witwassen' was niet gevallen. 'Werkelijk, het wordt een geweldige klapper, die beursgang maakt ons multimiljonair,' had hij enthousiast geroepen.

Het was tegen achten toen de deur van het kantoor openging en de advocaat in het licht van het portaal zichtbaar werd. Hij was niet veranderd. Het was koud, Willem zag dat hij zijn kraag opzette. Even overwoog hij uit te stappen en hem onmiddellijk aan te spreken. Maar hij besloot vast te houden aan zijn plan en bleef zitten.

Gespannen keek hij toe hoe Bram over de gracht liep en om de hoek verdween. De volgende periode van wachten was begonnen. Bram had zijn routines niet veranderd: donderdag om acht uur naar Joline en keurig om half elf terug op kantoor. Ander overhemd aan, luchtje op en dan naar huis, waar zijn vrouw niets aan hem zou merken. Het was me wat met die bridgeavonden van de rechterlijke macht, waar geen partners mochten komen... Willem lachte vals. Gewoonten waren fataal in deze wereld.

Tweeënhalf uur later kwam Bram inderdaad de hoek weer om. Snel glipte De Leder uit het busje en sloop de paar meter naar de stoep. Hij had berekend dat ze op deze manier gelijktijdig bij het kantoor zouden aankomen.

In de ruime binnenzak van zijn lange jas voelde hij de honkbal-knuppel. Het was het beste hulpmiddel wanneer je iemand een paar indringende vragen wilde stellen.

Hij kwam precies goed uit. Op het moment dat Bram de deur opende, stond Willem achter hem, haalde het pistool uit zijn broek-band en drukte de loop in de nek van de advocaat. Voor die iets kon zeggen, duwde Willem hem voor zich uit naar binnen.

Daar trapte hij de deur met zijn voet achter zich dicht. Hij hoefde niet te dreigen, Bram werkte gewillig mee. Er was niets van verzet of tegenstand te merken; het was alsof Bram dit bezoek verwacht had.

Binnen draaide hij zich om.

'Zo, zo... ben je daar eindelijk.'

Horowitz leek volkomen op zijn gemak, Willem zag geen spoor van paniek. De advocaat deed zijn dikke jas uit en hing die op de kap-stok.

'Doe dat pistool maar weg, jongen, dat heb je hier niet nodig.' Het was een vermoeide stem. Bram draaide zich om en sjokte voor Willem uit naar zijn werkkamer.

Een beetje onbeholpen liep De Leder achter hem aan. Hij had ver-wacht te moeten dreigen, verzet te moeten breken, maar niets van dat alles, Horowitz pakte met beide handen zijn bureau vast en nam voorzichtig plaats op zijn stoel. Hij had er een paar op, dat was wel duidelijk.

'Ga zitten jongen, ook een whisky?'

Uit een van de laden kwam een fles tevoorschijn. Zonder het ant-woord af te wachten schonk hij twee glazen vol.

'Wat had jij ook alweer, water, ijs of puur?'

'Puur.'

Een buitenstaander zou denken dat twee goede bekenden elkaar een tijdje niet gezien hadden.

'Santé.'

Bram hief zijn glas. Willem keek hem over het zijne aan. Dreigen zou geen enkele zin hebben, maar er moest geld op tafel komen, zijn geld. Hij zag diepe groeven in Horowitz' gezicht. De man knipperde met het rechteroog. Nog steeds dezelfde zenuwtrek, zag Willem, alleen erger.

'Je weet dat ik mijn geld kom ophalen.'

Het leek of Bram het niet hoorde. 'Gezondheid,' zei hij. Het was stil, de ijsklontjes tikten tegen het glas. Een diepe zucht ontsnapte Bram. 'Ik dacht al dat je niet voor de gezelligheid kwam.' Hij nipte. 'Je geld ligt bij de politie. Je vriendin mevrouw Kramer zit erbovenop.'

De Leder geloofde er geen barst van. Hij stond op en ging pal voor Horowitz staan. 'Leg het me maar uit.'

Bram haalde zijn schouders op.

'Geloof het of niet, die mevrouw Kramer heeft ons te grazen genomen. Dat mens is bezig om over mijn rug carrière te maken en dan is kennelijk alles geoorloofd.'

Met verbazing luisterde Willem naar het verhaal over het dossier, het onderzoek en de arrestaties. Het begon hem te dagen hoe de recherche bij zijn wijngaard terecht was gekomen. Ze wilden hem dus opsporen omdat Horries vriendjes zich met coke en escortmeisjes hadden geamuseerd.

'Het was verschrikkelijk, ik heb wekenlang in een cel gezeten,' mompelde de advocaat. Zijn hand met het glas bewoog wat te heftig heen en weer; er drupte whisky op zijn bureau. 'Jongen, alsof ik de eerste de beste crimineel was.' Hij lachte wild. 'Sorry, hoor,' zei hij toen. 'Ik bedoel er niks mee.' Zijn gezicht werd opeens vuurrood van woede en hij smeet zijn glas tegen de muur. De splinters vlogen door de hele kamer. 'Alles wat ik heb opgebouwd is door dat rotwijf in één keer vernietigd! En zonder recht. In Nederland ben je onschuldig zolang je niet veroordeeld bent. En ik geef je op een briefje dat ik nooit veroordeeld zal worden! Al moet ik vechten tot het godvergeten Europese Hof!'

Met een diepe zucht zakte hij terug in zijn stoel, pakte een ander glas en schonk weer in.

'Die Kramer heeft me kapotgemaakt, dat zal haar berouwen,' grauwde hij met een vertrokken gezicht.

Het was even stil.

'Je kunt haar laten liquideren.'

Horowitz keek Willem aan. 'Inderdaad jongen, en dat zal ik ook doen. Maar wij doen dat netjes.' Hij lachte. 'Helemaal kapotmaken, maar dan op onze manier. Die zaak moet van tafel, begrijp je. Dus zij moet weg bij de recherche.' Zijn stemgeluid zakte een niveau, hij boog zich naar De Leder toe. 'Je moet altijd de zwakke plekken van je tegenstander zoeken, weet je. Die mooie mevrouw Kramer gebruikt haar lekkere lijf om hogerop te komen. Ze neukt zich over de rug van de bankdirecteur naar de top. Er is inmiddels genoeg materiaal verzameld. Eerst had ze zich als getrouwde vrouw bij justitie ingelikt en een officier verleid. Toen ze daar genoeg van had, ging ze brutaalweg een stapje hogerop en toen was de president-directeur van de Kc Bank aan de beurt. En we hebben foto's van haar en... een ondergeschikte met wie ze romantisch zit te borrelen. Als ik met haar klaar ben, is Anne Kramer in de ogen van het hele Nederlandse volk de grootste nymfomane die er bestaat. Weet je wat een nymfomane is, Willem?'

Hij bulderde van het lachen maar hield opeens op. 'En als het niet lukt, wil ik jou nog wel betalen voor het echte werk,' besloot hij.

De Leder staarde hem met nietszeggende ogen aan. 'Ik kom hier niet voor,' zei hij toen zacht. 'Ik kom eens informeren naar een klein zwart zijden zakje met diamanten.' Hij zag hoe Horowitz' ogen groot werden van schrik. 'Waar zijn mijn steentjes, Horrie? Nog op de Huizingalaan?'

Hij sprong op, liep om het bureau en greep met zijn grote hand de dikke nek van de advocaat. Er was voor de man geen ontkomen aan.

'Waar is mijn geld, klootzak?!' schreeuwde hij in Horowitz' oor en hij trok met zijn vrije hand de honkbalknuppel tevoorschijn. 'Waar zijn de miljoenen die ik je heb gegeven, paardenlul?'

Voor Horowitz iets kon zeggen, had De Leder al uitgehaald en met een harde klap de knuppel op de vingers van Horowitz' rechterhand neer laten komen. Die krijste het uit, maar liet zich toen als een zandzak in elkaar zakken; als dood gewicht was hij nog behoorlijk zwaar.

Bram stortte op de grond toen Willem hem losliet. Met de punt van zijn laars gaf Willem hem nog een venijnige trap in de nierstreek. 'Waar?!'

'In een kluis op de Overtoom. Die staat geregistreerd op "Stevens".' Horowitz jammerde hevig van pijn.

Het liefst had Willem hem nog een paar trappen verkocht, maar hij hield zich in. Je verstand gebruiken en je aan het plan houden, daar ging het om. 'Adres, nummer, alles!' beet hij Horowitz toe.

De volgende morgen kleedde Willem zich zo netjes mogelijk aan en reed naar het bankfiliaal. Het bleef een risico om het kantoor binnen te stappen, maar het was zijn enige mogelijkheid. Tot zijn stomme verbazing werd hij met alle egards behandeld. Natuurlijk hadden ze begrip voor meneer, zeker toen hij vertelde dat hij jarenlang in Zuid-Amerika had gezeten en zijn kluisinhoud gewoon vergeten was. Hij kon erop vertrouwen dat de bank goed met zijn spulletjes was omgegaan.

Of meneer een kopje koffie wilde en even wilde wachten, dan gingen zij regelen dat hij zijn kluisje kon leeghalen. Vijf minuten later werd hij meegenomen naar de kluisruimte. Willem glimlachte, op de Johan Huizingalaan had hij hetzelfde kluisnummer gehad. Toen hij de cassette opende, vond hij waarvoor hij was gekomen.

'Is alles naar wens zo, meneer?'

Ze knipten als zakmessen toen hij de bank uit liep.

Onderweg naar Parijs stopte hij in Antwerpen. Hij wist daar een paar adressen waar hij tegen een behoorlijke prijs de eerste diamanten verkocht. Daarmee was de wijngaard gered en kon Lotte door. De rest bewaarde hij voor later.

9

Ze hadden hem een week geleden ontslagen uit de Bijlmerbajes. Iemand, Jochem wist niet wie, had tegen hem gezegd dat hij niet langer verdacht werd van de moorden. Hij zou wel een dagvaarding krijgen voor de witwaszaak, maar nu kon hij naar huis. Niemand stond hem op te wachten, hij had niet eens geld voor een taxi.

Een paar dagen later werd hij door zijn chef van de Kc Bank gebeld: hij was geschorst. Hij hoefde niet meer te komen, en als het ontslag officieel werd, zou hij daar bericht van krijgen. Korter kon de mededeling niet zijn.

Jochem had een dag getwijfeld of hij het wel of niet zou doen, maar op een gegeven moment stapte hij in zijn Jeep en reed naar de bank. Hij wilde zijn spullen halen, maar vooral zijn collega's uitleggen dat er niks aan de hand was. Hij ging zijn ontslag aanvechten.

Bij de ingang van de parkeergarage wachtte hem de eerste schok: de slagboom ging niet open. Telkens drukte hij zijn pasje tegen de kaartlezer, maar er gebeurde niks. Auto's achter hem begonnen te toeteren, met de grootste moeite kon hij zijn auto keren.

De blikken van de bestuurders uit de andere auto's waren dodelijk. Hij kende ze vrijwel allemaal, maar niemand draaide zijn raam omlaag, iedereen keek weg.

Het werd nog erger toen hij via de hoofdingang naar binnen ging. Hij keek niet eens naar de receptioniste, maar liep door naar de lift. Opnieuw probeerde hij zijn pasje maar het werkte niet.

'Wie wilt u spreken, meneer?' Er stond een stevige bewaker achter hem.

'Niemand, ik werk hier.'

Jochem deed een stap in de richting van de trap, maar de bewaker pakte hem bij zijn bovenarm. Nadat hij zijn naam had opgegeven werd er naar boven gebeld.

'U moet even wachten, meneer, er komt iemand naar beneden,' zei de receptioniste. Ze keek naar hem alsof hij een vreemdeling was. Jochem ijsbeerde door de hal, het duurde even.

'U bent meneer Breedveld?' Achter hem stond een vrouw die hij niet kende. Ze was van de bedrijfsbeveiliging en vroeg wat ze voor hem kon doen. Jochem raakte zo langzamerhand over zijn toeren, met de grootst mogelijke moeite moest hij zich beheersen om niet te gaan schreeuwen. Het was krankzinnig, iedereen deed alsof hij voor het eerst in dit gebouw stond. Hij, die nota bene miljoenen voor deze bank verdiend had.

'U komt voor uw spullen? Ik moet u teleurstellen, alles is bij een huiszoeking in beslag genomen; u moet zich wenden tot politie of justitie.'

Met hangende schouders liep Jochem de bank uit. Later belde hij nog met collega's, ze waren vriendelijk maar beslist. Niemand wilde nog contact met hem. Het wilde maar niet tot hem doordringen dat het afgelopen was.

Eigenwijs was hij die avond toch naar de stamkroeg van de bankmedewerkers gegaan. Een enkeling luisterde even, om hem daarna links te laten liggen. Niemand bemoeide zich met hem, hij stond alleen in de hoek. Na een tijdje was een wat oudere collega naar hem toe gekomen.

'Jongen, je bent besmet.'

'Waarom dan?' had Jochem wanhopig gevraagd. 'Wat heb ik gedaan? De bank heeft tientallen miljoenen binnengehaald dankzij mij.'

De man haalde zijn schouders op, zo veel domheid had hij niet eerder meegemaakt.

Uren had hij in de stad rondgezworven, pas tegen het ochtendgloren kwam hij doodmoe en verkleumd thuis. Het huis stonk, een halflege bak bami stond nog op tafel. Kokhalzend hing hij boven het toilet. De dagen daarna kwam hij zijn huis niet meer uit, alle flessen drank die er nog waren, had hij leeggezopen.

Claire spookte door zijn hoofd, zelfs in zijn slaap kon hij haar gezicht niet kwijtraken. Ze hadden het goed gehad samen, een leven van jonge welvarende mensen geleid. Er bestonden geen financiële grenzen, niets was te dol. De Antillen, Zuid-Amerika, Thailand, overal waren ze geweest. Een bruisend leven waar geen eind aan leek te komen. Het geld rolde, een penthouse, dure auto's, alles wat hun hartje begeerde konden ze zich veroorloven.

Soms sloegen zijn gedachten in één klap om, dan drong het tot hem door dat ze nu in bed lag met een ander. Hij haatte de kerel met wie ze nu was. Die sluwe schoft had zijn vriendin meegelokt naar de woestijn in Jordanië, en daarmee was zijn ondergang begonnen.

Vertwijfeld sloeg hij met zijn vuist op het kussen. Ze had hem gewoon verraden. Alles was tot in de puntjes voorbereid, ze had hem verdomme dagenlang met een stalen gezicht bedonderd. Een golf van woede ging door zijn lijf.

Hij zou erachter komen waar ze nu woonde.

10

Op het stadhuis vond de reguliere vergadering van de driehoek plaats. De agenda was gevuld met allerlei onderwerpen, de rondvraag kwam aan het eind.

In de gang naar de vergaderzaal hingen de foto's van het college van burgemeester en wethouders van de afgelopen jaren. In de kamer zelf stond een grote ovalen tafel. Burgemeester Henstra zat aan de ene zijde, hoofdofficier Hafkamp en hoofdcommissaris Eerenberg zaten tegenover hem. Er zaten ook een aantal ambtenaren om de hoofdrolspelers te ondersteunen en alles wat er gezegd werd vast te leggen. De sfeer was gemoedelijk, er waren geen moeilijke onderwerpen aan de orde geweest.

Maar Eerenberg wist dat het schijn was. De hoofdrolspelers waren in staat om de hele middag ontspannen te vergaderen en het dan toch in een veldslag te laten eindigen. De burgemeester maakte al aanstalten om weg te gaan. Eerenberg had ook haast. Een zaal vol familieleden zat in hotel Krasnapolsky op hem te wachten. Daar moest hij veertig nieuwe agenten beëdigen. Hij knoopte zijn uniformjasje dicht en stond al naast zijn stoel toen Hafkamp zijn hand opstak.

'Ik moet nog even stilstaan bij Anne Kramer,' begon de hoofdofficier. Hij had een hoog stemmetje van de zenuwen.

Eerenberg verstijfde. Op dit moment heerste er rust op het Anne Kramer-front, ze was geen nieuws meer, maar Eerenberg wist dat de kranten er weer over zouden beginnen zodra Horowitz voor de rechter zou moeten verschijnen. Hij keek naar Hafkamp en vroeg zich af wat de man nu weer wilde; van diens gezicht was niets af te lezen. Eerenberg kon zich niet voorstellen dat de burgemeester een overplaatsing van Anne zou steunen, maar alles was mogelijk. Het zou hem zelfs niet verbazen als de minister van Justitie zijn collega van Binnenlandse Zaken een hint had gegeven. Die had op zijn beurt de burgemeester gebeld, en dan was Anne verloren.

Eerenberg zette zich schrap.

'Ik heb haast,' zei hij bits. Er was nog geen woord gezegd, maar hij voelde zijn bloed koken.

De burgemeester probeerde de rust te bewaren. 'Ga nou nog even zitten.'

Eerenberg wist dat dit niet zijn beste momenten waren. Hij had last van hoge bloeddruk, zijn dokter had al eens gezegd dat hij stress moest vermijden. 'Wat is er met Anne?'

Hafkamp kleurde, hij probeerde zijn stem onder controle te krijgen. 'Je begrijpt toch wel dat, zodra Horowitz voor moet komen...'

'Ik begrijp helemaal niets!'

Hafkamp stak zijn handen in de lucht. Zo veel onbegrip van de hoofdcommissaris had hij niet verwacht. Die wist net zo goed als hijzelf dat ze op eieren liepen.

'Iedereen weet dat de rol en de positie van Anne Kramer door alle advocaten op de rechtszitting ter discussie gesteld gaat worden. Anne moet van haar stoel af, dan is de lucht geklaard. We beschermen haar juist door haar nu weg te halen bij de recherche.' Het hoge woord was eruit.

De vuile rat, dacht Eerenberg, hij doet net alsof het goed is voor Anne. 'Als jij denkt dit zo even te kunnen doen, dan heb je het mis.'

Hafkamp en Eerenberg stonden als twee kemphanen tegenover elkaar, de aanwezige ambtenaren hielden hun adem in. Ze waren best wat gewend, maar dit hadden ze nog nooit meegemaakt. Er werd geschreeuwd. Op dat moment greep de burgemeester in.

'Heren, stop hier onmiddellijk mee!' Hij gaf hen beiden opdracht diezelfde avond naar zijn ambtswoning te komen.

'Theo, dan kun jij eerst je beëdiging doen, daarna eten we een hapje bij mij. En u bent er. Allebei!' Toen draaide hij zich bruusk om en beende weg.

Eerenberg probeerde de beëdiging zo snel mogelijk af te ronden. Normaliter nam hij de tijd, na het officiële gedeelte waarin de agenten de eed aflegden, hield hij altijd een bevlogen speech.

De zaal zat vol familieleden. Ze kwamen uit alle windstreken, hij wist dat vooral moeders van het platteland zich zorgen maakten over de veiligheid van hun kind. Vaak wist hij niet eens wat hij daarop moest zeggen, natuurlijk waren ze veilig. En als er al wat gebeurde, waren er altijd collega-agenten in de buurt die assistentie verleenden. Maar dat hielp niet echt, hij bleef de angst in de ogen van de moeders zien.

Dit keer sprak hij als een automaat, hij was er met zijn gedachten niet bij. Hij stond voor een duivels dilemma. Horowitz had meer invloed dan de man zelf vermoedelijk wist. Misschien waren Hafkamp en Horowitz zelfs wel vrienden, of oud-studiegenoten, niets was onmogelijk.

Met lood in de schoenen reed hij na de beëdiging naar de ambtswoning van de burgemeester. De dienstauto van Hafkamp stond al voor de deur. De lafbek was waarschijnlijk meteen met Henstra meegegaan. Hij kon er vergif op innemen dat, als die twee één lijn zouden trekken, hij het moeilijk zou krijgen.

'Succes meneer,' zei zijn chauffeur bij het uitstappen; de man voelde na jaren trouwe dienst feilloos aan wanneer hem een spannende avond te wachten stond.

'Komt goed, je kent me, ik laat me niet zomaar opzijzetten.'

Hij stapte de auto uit, rechtte zijn rug en knoopte het uniformjasje dicht. Net voor hij op de bel drukte ging de deur al open, alsof ze hem hadden zien aankomen.

Op de eerste etage was de tafel gedekt voor drie. Als er moeilijkheden werden verwacht, werden de zaken tijdens een maaltijd geregeld; zo hoorde dat. Henstra en Hafkamp stonden in een hoek met een glas in de hand. De burgemeester kwam meteen naar Eerenberg toe.

'Fijn dat je zo snel gekomen bent.'

Hij lachte beminnelijk; Eerenberg wist dat de man niet van ruzie hield. Hafkamp gedroeg zich afwachtend, bleef met zijn glas nog even in de hoek staan.

Aan tafel werd over van alles gesproken, maar niet over Anne Kramer. Het leek alsof het probleem al was opgelost. Ze waren een gouden driehoek, zei de burgemeester; in de afgelopen jaren hadden ze al vele stormen doorstaan. Hij hief het glas. 'Op de driehoek.'

Hafkamp zei niet veel, beaamde wat Henstra zei.

Eerenberg wist dat beide mannen ervan uitgingen dat het probleem Anne Kramer al was opgelost, en natuurlijk kreeg hij geen bevel; ze lieten hem in zijn waarde.

Hij was een kleine vier jaar hoofdcommissaris, en in de loop der jaren had hij dit spel leren begrijpen. Het was een kwestie van geven en nemen, de ene keer leverde je wat in, het volgende moment deed een ander dat. Machtige mannen maakten geen ruzie, ze namen hun winst en verlies zonder een spier te vertrekken. Hij wist dus precies wat er van hem verwacht werd.

'Jammer dat het zo ging, vanmiddag in de vergadering,' zei de burgemeester.

Eerenberg schoof zijn bord met het stukje vlees van zich af. Hij kon geen hap meer door zijn keel krijgen en schudde zijn hoofd. Met afgeknepen stem zei hij: 'Dit is toegeven aan criminelen.'

Plotseling was de spanning van die middag weer terug. Eerenberg prikte met zijn wijsvinger in de richting van Hafkamp. 'Jullie hebben al eerder gebogen voor de dreiging van boeven.'

'Wat bedoel je?' Hafkamp keek hem met een dodelijke blik aan. Het laatste wat hij er nog bij kon hebben was kritiek van de hoofdcommissaris op het justitiële apparaat.

Eerenberg schraapte zijn keel. 'Toen een officier van jullie door criminelen bedreigd werd, lieten jullie hem vallen en werd hij overgeplaatst naar Zeeland. "In de luwte zetten", zo noemen jullie dat toch?'

Hafkamp verslikte zich in de wijn en Eerenberg wist dat hij een gevoelige snaar had geraakt, want toen die officier verplaatst werd, was er een halve opstand uitgebroken onder de officieren op het parket. De mannen keken elkaar strak aan.

Henstra verschoof ongemakkelijk op zijn stoel. Zelf had hij al een nette oplossing bedacht. 'Zeg Theo, ik vind die commissaris in de binnenstad niet zo geweldig. Wordt het niet eens tijd dat die wat anders gaat doen? Er zijn de laatste tijd weer zo veel klachten uit de buurt over verslaafdenoverlast.' Hij boog zich over tafel en pakte Eerenbergs arm. 'Luister nou, Theo, ik steun Annes benoeming daar. Dan wordt ze commissaris van de binnenstad.'

'Nog even bijvullen?' Het gesprek viel stil, zwijgend zaten ze aan tafel. De kamerbewaarder droeg een witte doek over de arm en schonk de glazen nog een keer vol.

Eerenberg schudde van nee, hij had genoeg gehad. Hij wilde naar huis. Het was nog erger dan hij dacht. Anne werd niet zomaar weg-gepromoveerd, ze kreeg van de burgemeester de mooiste en zwaarste functie, chef van de binnenstad. Geknipt voor Anne, maar niet onder deze omstandigheden. Hij vreesde het moment waarop hij haar dit zou moeten vertellen, want de afloop stond al bij voorbaat vast: ze zou hem even vernietigend aankijken en ontslag nemen.

Hij schoof abrupt zijn stoel achteruit en liep met driftige passen naar de deur. Daar draaide hij zich om en wees met een gestrekte arm naar beide mannen. 'Heren, ik buig niet voor Horowitz.'

Met een klap sloeg hij de deur achter zich dicht. Hij wist dat die twee dit nooit zouden accepteren. Hij moest een besluit nemen. Zuchtend schoof hij de auto in.

Tijdens de rit naar huis werd er geen woord gezegd. De chauffeur wist genoeg; het zat niet goed.

II

De volgende dag parkeerde Jochem zijn auto in de Westerstraat. Het was niet moeilijk geweest. Landrover, Jordanië, race, Stephan. Google leverde 'Jorritsma' op, daarna het VU Ziekenhuis en ten slotte zijn adres.

Dit was beter dan de hele dag thuis zitten staren, zich afvragend wat zijn leven nog waard was. De muren vlogen op hem af, hij werd er gek van.

Hoewel hij buiten was, voelde hij zich opgesloten. Hij kon nergens naartoe, niemand zat op hem te wachten. Als je geld had, zwermden ze om je heen, nu bleef iedereen weg. Vrienden waren er niet meer. Misschien was Peter Paul de enige waar hij naartoe had kunnen gaan, die had iets van zijn wanhoop kunnen begrijpen. Ze hadden stuivertje gewisseld leek het wel, Peter Paul zat nu vast voor de moorden waar ze hém van hadden verdacht. Eerst was hij opgelucht geweest, maar na een paar dagen was er een diepe duisternis ingetreden. Het was donker om hem heen, de angst dat hij er niet meer uitkwam, greep hem bij de keel. Claire moest naar hem luisteren en met haar vader praten. Zij was de enige die de pijn misschien nog kon verzachten.

Hij keek om zich heen, er waren parkeerplaatsen genoeg. Na enig gedraai kon hij de Palmdwarsstraat goed zien. Of dit succes zou brengen, wilde hij zich niet afvragen. Op een dag zou ze hier langskomen en dan kon hij haar aanspreken. Het wachten gaf hem een klein beetje rust, hij had weer een doel. Vanwege de kou had hij een deken meegenomen, broodjes en blikjes lagen op de achterbank.

Hij stoorde zich aan de muziek op 3FM, vrolijk, met liedjes over liefde, ze moesten eens weten hoe het echte leven in elkaar stak. Alleen Claire wist dat hij van klassieke muziek hield; vroeger hadden ze het dag in dag uit gedraaid, zijn vader was ook een liefhebber. Pianomuziek vulde de auto. Hij schoof wat onderuit. De broodjes waren na een uur al op, de ramen besloegen door de kou buiten.

Na een tijdje kostte het hem de grootste moeite zijn ogen open te houden, telkens werd hij door slaap overmand om met een schokje weer wakker te worden. Eerst had hij hen niet in de gaten, pas toen ze vanuit de Palmdwarsstraat de Westerstraat in liepen, zag hij hen. Klaarwakker schoot hij overeind. Stom, dit was niet wat hij bedoeld had, ze had alleen moeten zijn. Ze liepen hand in hand, zijn maag kneep samen.

Hij startte de motor en moest zich inhouden om ze niet meteen van de weg af te rijden. Met open mond keek hij hen na, niet in staat een beslissing te nemen. Hij zag dat de man iets tegen haar zei, en Claire lachte. Het sneed hem door de ziel. Hij stapte uit en haastte zich naar de overkant van de straat.

Het was koud en winderig. Om niet op te vallen moest hij ver achterblijven. Zijn blikken boorden door de achterkant van het stel, ze liepen al over de Noordermarkt. Hij keek naar Claires fantastische lichaam. Het beeld van hun eerste ontmoeting kwam bij hem op. Stapelverliefd was hij geweest, en al zijn vrienden waren jaloers. Ze droeg een zwarte maillot onder een kort spijkerrokje. Claire hoefde geen dure kleren, alles stond haar goed. Haar haren wapperden in de wind.

Die vent was iets groter dan zij, Jochem zag zijn liefkozende blikken. Zijn arm zakte van haar schouder langzaam omlaag en zijn hand bleef rusten op haar bil. Abrupt draaide Jochem zich om, hij kon het niet langer aanzien. Dodelijk vermoeid slofte hij terug naar zijn auto.

Daar klonk nog steeds de pianomuziek, maar het gevoel van rust kwam niet meer terug. Wachten had geen zin meer, hij reed weg. Zijn enorme penthouse sloot zich even later weer als een cel om hem heen. Hij bleef gevangen, zijn hoop haar vandaag te spreken was vervlogen. Hij at niet, dronk niet, en de slaap kwam pas tegen de dageraad.

12

Lotte voelde zich al dagen ziek van angst om Willem. Zelfs in haar schommelstoel op de veranda kwam ze niet tot rust. De stoel naast haar was leeg, er was geen bericht van haar man. Ziek van spanning vroeg ze zich af of ze hem te pakken hadden gekregen.

Toen de politievrouw aanbelde bij haar moeder in Spaarndam was Willem net weg. Het was kantje boord geweest. Willem had ontzettend gevloekt toen ze hem vervolgens gebeld had. Alles was stuk nu de politie op de wijngaard en in het huis in Spaarndam was geweest. Ze had voor het eerst angst in zijn stem gehoord. Hij smeekte haar met Sanne terug te gaan en de boel draaiende te houden. Hij zou hoe dan ook voor geld zorgen. Ze kon hem niet meer bellen, om niet gepakt te worden had hij zijn gsm weggegooid. Er was dus geen contact meer geweest, maar toen ze gisteren op de bankrekening keek, had ze tot haar stomme verbazing gezien dat er meer dan honderdvijftigduizend euro op was gestort. Willem, wist ze meteen. Dat had haar een beetje gerustgesteld, maar nu moest hij toch wel thuiskomen.

Lottes moeder had geweigerd om mee te gaan. Ze wilde in Nederland blijven. Lotte kon het haar moeder niet uitleggen, maar zij ging hoe dan ook terug. Hier was haar thuis, op de wijngaard bij de arbeiders. Ze had zelfs heimwee gehad naar Franschhoek. Niet dat het leven hier gemakkelijk was. Het kon er hard zijn, de druiven moesten onder de brandende zon binnengehaald worden. Maar de avonden op de veranda...

Ze dacht terug aan haar laatste dag in Spaarndam. Het gesprek met Anne Kramer in het huis van haar moeder stond haar nog scherp voor de geest. De politievrouw was niet boos geworden, hoewel Lotte over Willem had gezwegen.

Het liep tegen middernacht, tijd om Sanne haar nachtvoeding te geven. Het kindje dronk gulzig, Lotte bewoog de stoel zachtjes heen en weer.

'Niet schrikken,' zei iemand achter haar.

Maar Lotte schrok wel. Haar hart sloeg over. Ze sprong overeind en met Sanne nog aan haar borst barstte ze in snikken uit. Voorzichtig drukte Willem hen allebei tegen zich aan.

Na een langdurige kus zette hij Lotte weer in de schommelstoel.

'Hoelang...?' begon ze.

'Vanmorgen aangekomen,' zei hij. 'Ik wilde geen aandacht trekken, dus ik heb een auto gehuurd. Heb je hier de afgelopen dagen nog politie gezien?'

De onzekerheid was tergend, nooit zou hij zich meer veilig voelen op zijn eigen wijngaard. Ieder moment konden ze binnenstappen. Toch had hij besloten naar Lotte te gaan, zijn gezin was het risico waard. Voorzichtig pakte hij zijn vrouw op en droeg haar met kind en al over de drempel.

Ze sliepen die nacht niet veel. Tijd om te praten was er niet, de liefde overheerste. Hij had zich voorgenomen de volgende morgen voor dag en dauw te vertrekken. Niemand van het personeel mocht weten dat hij hier geweest was. Eén verkeerde opmerking hier of daar kon de politie alarmeren.

In de ochtendschemering probeerde hij Lotte duidelijk te maken wat er moest gebeuren. Ze hoefde zich geen zorgen te maken over de bank, het geld was geregeld.

'Lieverd, achterblijven is voor mij geen optie. Ik ga waar jij gaat,' had ze beslist gezegd.

'Meisje, het kan nu echt niet.'

Hij had zijn armen om haar heen geslagen en haar duidelijk gemaakt dat zij moest achterblijven om de wijngaard te runnen.

'En jij dan?' vroeg ze terwijl ze hem bezorgd aankeek.

Willem lichtte een tipje van de sluier op: hij ging op zoek naar een nieuwe plek. Ergens waar ze onopvallend en anoniem verder konden.

Hij dacht aan Swaziland, daar was hij al vaker geweest. Het leek hem daar veilig. Ze moest geduld hebben, het kwam goed.

'Is het niet beter om je straf uit te zitten? Echt Moos, er is pas rust als dat achter de rug is.'

Verwoed schudde hij zijn hoofd. 'Wat denk jij nou? Zestien jaar! Als ik vrijkom is Sanne een puber en ben jij vijftig.' Glimlachend hield hij haar op een afstandje. 'Ik geniet nu van je, als ik tachtig ben mag je me aangeven.'

'Met Anne Kramer op je hielen zul jij nooit rust vinden.'

Willems ogen vernauwden zich. Hij wist dat Lotte gelijk had, die politievrouw zou nooit loslaten.

In een paar woorden vertelde hij Lotte over zijn bezoek aan Horowitz, en dat die had verzekerd dat ze van Anne Kramer binnenkort geen last meer zouden hebben.

'Hoezo, geen last meer?' vroeg Lotte argwanend.

Hij vertelde haar kort het plan. Alsof hij een lontje aanstak. Onmiddellijk sloeg Lotte met haar vuisten tegen zijn borst en riep met furieus fonkelende ogen: 'Wat ben jij voor een slapjanus, wil jij zeggen dat je dat gewoon laat gebeuren?!' Woedend greep ze hem vast en probeerde hem heen en weer te schudden, maar het grote lijf bewoog nauwelijks. Hij trok haar naar zich toe, waardoor Lotte geen kant meer op kon.

'Wat moet ik dan? Ik kan toch moeilijk zeggen: hier ben ik, jongens, ik kom even een verklaring tegen Horowitz afleggen. Ach, wat fijn meneer De Leder, komt u zelf eerst even uw strafje uitzitten?'

Lotte worstelde zich los uit zijn armen.

'Luister eens, Willem, voor jij hier weggaat ga jij dat wel doen.' Haar stem klonk feller en hoger. Wat waren mannen toch rotzakken! Zonder scrupules was die van haar in staat Anne Kramer te ruïneren. 'Die vrouw doet gewoon haar werk,' riep ze verontwaardigd. 'En ze is een moeder van twee kinderen. Weet je, ik schaam me écht dood voor jou!'

'Jij begrijpt er niets van, ik kan dit niet tegenhouden.' Hoe kon hij Lotte nou uitleggen dat het niet handig was om zich door emoties te laten leiden. Die Kramer was verdomme zijn grootste vijand! Hij moest zich juist stilhouden de komende tijd, niet opvallen. Ze kregen niet nóg een kans. 'Vergeet dat mens toch, die redt zichzelf wel.'

Maar Willem vergiste zich, Lotte veranderde op slag haar tactiek. Ze sprong op zijn schoot, sloeg haar armen om hem heen en kuste hem op de mond. Daarna pakte ze zijn gezicht.

'Kijk me aan. Ik wil oud met je worden. Jij mag dan vroeger een crimineel geweest zijn, nu ben je een man die voor zijn gezin zorgt, die zijn dagelijks brood verdient en de mensen hier helpt waar hij kan.'

Ze wachtte even om het tot hem door te laten dringen. 'Met die man wil ik samenleven. En die man zou Anne Kramer nooit kapot laten gaan.'

13

'Wij noemen dit "heimelijk DNA".'

Anne zat bij de officier van justitie. Op de wattenstaafjes die Dirk over de handvatten van Remco Schuurmans fiets had gehaald, was inderdaad epitheel aangetroffen. Maar helaas was vastgesteld dat het DNA van het epitheel niet hetzelfde was als het DNA van het epitheel dat bij Sophie onder haar vingernagels was aangetroffen. Elders in haar woning, op een pijp van de waterleiding, was wél overeenkomstig huidmateriaal gevonden. Het was de vraag of de recherche dit als vergelijkingsmateriaal mocht gebruiken.

'Waarom gebruiken jullie toch dat woord "heimelijk", dat lijkt op iets geniepigs,' vroeg Anne.

De officier haalde zijn schouders op. 'Het geeft aan dat je de DNA-sporen niet volgens de regels hebt verzameld. Normaal kan het vergaren van DNA alleen met toestemming van deze Remco, nu kunnen we alleen voor onszelf zeker zeggen dat hij in Sophies huis is geweest. Het enige wat we verder kunnen doen is alles precies vastleggen in het proces-verbaal, dan kan de rechter later beoordelen of het bewijs rechtmatig is verkregen. Dat is een risico, want als de rechter dit afwijst, is de kans groot dat de verdachte vrijuit gaat.'

Op de gang belde ze Dirk om hem de uitslag te vertellen. 'Pak die Remco toch maar op,' zei ze. 'Iets zegt me dat hij ons meer kan vertellen.'

Vervolgens drukte ze op Hermans sneltoets. 'Ik ga vanavond voor de televisie hangen met Bert, want die komt bij me eten. En ik zal dan ook mijn telefoon uitzetten, want jullie kunnen best een avondje zonder dat bemoeizieke mens.'

Paul de Bie zat op de redactie van *Het Parool*. Hij moest opschieten, de deadline naderde. Zijn verhaal ging over een veroordeelde vastgoed-handelaar die werd beschuldigd van fraude en oplichting. Het bijzon-dere was dat de rechtbank de man meer straf oplegde dan de officier van justitie had gevraagd.

Paul schreef dat misdaad in de bovenwereld door de rechters steeds harder werd aangepakt. Hij keek naar zijn scherm. De zin die hij wilde opschrijven kwam als vanzelf tevoorschijn: 'De rechtbank gaf met het vonnis een boodschap af...' Toen ging een van zijn tele-foons. Aan het riedeltje hoorde hij dat het zijn tipgeversmobiel was. Die gebruikte hij voor informanten, vaak criminelen, soms advoca-ten, die een verhaal wilden slijten. Zijn blik ging automatisch naar de display, maar er was geen nummer te zien.

Hij had er geen moeite mee. Hij was vierentwintig uur per dag bereikbaar want zijn informanten belden op de gekste uren.

'Met Paul.' Iedere keer was het spannend, wie wilde hem nu weer voor zijn karretje spannen?

'Doe niet zo geheimzinnig, jongen,' hoorde hij aan de andere kant van de lijn. 'Je lijkt wel een vriend van me.'

Paul moest lachen. Hij herkende de stem onmiddellijk. Willem de Leder aan de lijn krijgen was bijzonder, die belde nooit zomaar. Paul hield even zijn adem in, zijn pen zweefde al boven het kladblok.

'Ik wil dat je een verhaal van mij in de krant zet.'

De Bie kreeg het warm. Dit was nieuw, De Leder die iets vertelde en eiste dat het in de krant kwam. 'Dan lijkt het me beter als ik naar je toe kom.'

'Niks daarvan, ik vertel je iets en jij schrijft het op. En schiet een beetje op, jongen, dit kost te veel tijd.'

'Mag ik het gesprek opnemen, voor de zuiverheid, weet je wel?' Paul moest er zelf om lachen en zette de recorder aan.

'Je doet je best maar. Ik zal je een paar feiten geven,' zei Willem de Leder gehaast, 'op voorwaarde dat het morgen nog gepubliceerd wordt. Vertel me of dat gaat lukken, anders ga ik naar een andere krant. Dit heeft echt haast.'

'Kan ik je nu al beloven. Ik publiceer het in de krant van morgen.'
Als hij het niet deed, kostte hem dat de primeur.

'Bram Horowitz bereidt een hele smaadcampagne tegen Anne Kramer voor en ik durf te wedden dat hij ook bezig is haar overgeplaatst te krijgen naar een andere functie. Dus als je vandaag of morgen opeens die kop van Kramer weer in een roddelblad ziet of als ze opeens ergens chef Fietsenstalling wordt, heeft Horowitz daar de hand in gehad.' Daarna vertelde De Leder in snelle, korte bewoordingen dat zijn zwarte geld door de advocaat in allerlei dubieuze bouwprojecten was gestoken. 'Nog vragen?' besloot hij gedecideerd.

Ja, Paul de Bie had nog één prangende vraag: 'Waarom vertel je mij dit? Met deze verklaring belast je jezelf, man. Justitie kan deze opname opeisen. Waarom doe je dit?' vroeg hij met klem.

Het bleef stil aan de andere kant. De vraag overviel Willem. Hij kon toch moeilijk vertellen dat zijn vrouw hem het mes op de keel had gezet. Ze zouden zich kapot lachen in Nederland.

'Laten we het erop houden dat die Anne Kramer nog iets van me tegoed had. Ze heeft een keer een hele grote schoft achter de deur gekregen. Ze doet alleen maar haar werk.'

Paul de Bie glom, dit was de mooiste primeur die hij ooit had gekregen. Willem de Leder die het opnam voor de politie, wie had dat ooit kunnen bedenken.

Hij probeerde Anne te bellen, maar kreeg haar voicemail.

'Dat ik haar een keer zou... Ja, dat heb ik gezegd, ja,' snauwde hij. 'Maar dat is wel even iets anders dan doen, hoor. Ik heb wel een grote bek, maar ik maak geen meiden dood.'

Remco Schuurman had inmiddels toegegeven dat hij geprobeerd had Sophie in natura te laten betalen voor zijn werk aan de waterleiding. Toevallig had hij uit een telefoongesprek van haar opgevangen dat ze in de escortbusiness zat. Maar ze had woedend geweigerd.

'En daar blijf je bij?' vroeg Jaap.

De man knikte. 'Daar blijf ik bij.'

'Ook als we je DNA vergelijken met DNA dat op het lichaam van Sophie de Lange is gevonden?'

Remco knikte opnieuw. 'Je mag me helemaal binnenstebuiten keren, wat mij betreft.'

'Maar je bent er die dag wel geweest,' hield Dirk hem voor.

'Dat zeg ik toch? Ik ben er geweest, ze was nog steeds pissig omdat ik dat toen had voorgesteld. Ze had wel een beetje kapsones, hoor.' Hij trok een treurig gezicht. 'Maar verder was ze heel aardig en nogmaals, ik heb haar niks gedaan. Echt niet.' Hij maakte een kommetje van zijn hand en spuwde erin. 'Hier,' zei hij terwijl hij zijn hand ophield, 'waar mag het in?'

Jaap schoot ondanks de ernst van de situatie toch in de lach. 'Maar je kwam onaangekondigd, vertelde je eerder. Toen je bij haar was, was er niemand anders?'

'Nee, ik had wel het idee dat ze iemand verwachtte want ze douwde me om net voor acht uur gewoon de trap af; ze zei dat ik op moest donderen en de volgende week terug moest komen om die leiding af te solderen.' Hij zweeg even en keek de rechercheur toen aan. 'Ik zag wel twee kerels aan de overkant van de straat staan. Die leken ergens op te wachten, maar toen ze mij zagen, draaiden ze zich om en liepen snel door.'

'Kende je ze?'

'Kennen niet, maar herkennen wel.'

Met open mond luisterden Jaap en Dirk naar het verdere verhaal van de klusjesman.

14

Gehaast liep Claire door de straatjes van de Jordaan naar de Noordermarkt. Ze wist inmiddels wat Stephan lekker vond. Niet dat zij het huisvrouwtje speelde, hij kookte ook als hij geen dienst had. Ze keek op haar horloge, hij zou zo thuiskomen. Vanavond kreeg hij fettucini al funghi.

Ze was nu een paar weken bij hem. Groot was zijn huisje niet, maar ze konden er samen best uit de voeten. Veel van haar spullen stonden nog bij Jochem.

Het kostte haar moeite om afstand te nemen van wat er gebeurd was. Haar neus was volledig hersteld, gelukkig zonder verdere operaties. Ze was verbijsterd geweest toen ze in de krant las dat Jochem voor twee moorden vastzat. De gedachte dat ze met een moordenaar had samengeleefd, was ondraaglijk. Ze was opgelucht toen ze hoorde dat hij het niet gedaan bleek te hebben.

Ze kende de buurt inmiddels al een beetje, en ze genoot van de Jordaan. Ondanks de kou waren er veel mensen op de markt, voetje voor voetje schuifelde ze tussen de kramen door naar die met Italiaanse specialiteiten. Het was er druk. Met een stukje brood proefde ze de verschillende pesto's; ze waren nergens zo lekker als hier. Goedkoop was het niet, de biologische markt was een yuppengebeuren.

Daarna liep ze richting Westerstraat om bij de boekhandel de zaterdagkrant te halen. Al in de winkel trok de grote kop in *Het Parool* haar aandacht. 'Bekentenis Willem de Leder: ik investeerde in vastgoed.' Nieuwsgierig kocht ze de krant, haastte zich naar het café aan de overkant en begon te lezen. Het artikel besloeg zowat de hele voorpagina.

Vol ongeloof las ze dat De Leder het opnam voor Anne Kramer. Ze wist niet precies wat ze daarvan moest denken: de grootste crimineel van Nederland sprong voor de vriendin van haar vader in de bres. Moest ze daar blij mee zijn of juist niet? Ze las verder, bang dat haar vader opnieuw een lading vuil over zich heen zou krijgen.

Ze had de afgelopen weken meer dan normaal contact met hem gehad, bezorgd als hij was over haar gebroken neus. Ondanks alle problemen die er speelden, was de band tussen hen beiden weer als vanouds. Aanvankelijk had ze hem niet onder ogen durven komen. Ze schaamde zich dood; niet haar vader had de bank in de problemen gebracht, maar Jochem. Nota bene de man met wie zij samenleefde en die ieder weekend cokefeestjes bezocht.

Tijdens het lezen van het artikel werd ze langzaam overspoeld door een golf van blijdschap. Was dit de redding voor Anne en haar vader, een bekentenis van Willem de Leder? Het leek haar in ieder geval een klap in het gezicht van Horowitz.

Met *Het Parool* onder de arm liep ze door de Westerstraat naar huis. Ze wilde gauw haar vader bellen, ze hoopte dat hij het artikel nog niet gelezen had.

Anne werd tijdens het boodschappen doen in Heiloo gebeld door Dirk.

'Als de goden je goedgezind zijn en je baas is helderziend,' zei de rechercheur triomfantelijk, 'dan dwing je de overwinning gewoon af, chef. Ik sta paf, Anne. Mijn complimenten.'

Ze begreep niets van wat hij zei en de herrie in de winkel dwong haar bovendien om een wat stiller hoekje op te zoeken.

'Remco Schuurman, de klusjesman, had inderdaad wat te vertellen. Bij het verlaten van de woning van Sophie de Lange, zag hij twee kerels aan de overkant staan. De ene kende hij niet, de andere herkende hij wel. Voordat hij als loodgieter ontslagen werd na de voltooiing van de Rembrandttoren, heeft hij daar met regelmaat van die dure vastgoedjongens rond zien lopen. Onder hen was, let op: Arnoud de Vries, je weet wel, die van die feestjes voor bankiers in Laren. Laat onze Remco Arnoud nou toch herkennen, bij Sophie de Lange voor de deur.'

'Aanhouden!' riep Anne opgewonden. Een oude mevrouw met een boodschappenwagentje keek haar stomverbaasd aan.

'Dat hebben we al gedaan,' zei Dirk. 'Jaap is zijn verklaring aan het opnemen, maar het verhaal heeft hij al verteld. We wilden het je gisteravond melden, maar je telefoon stond uit. Tenminste, dat zei Herman en ik mocht je onder geen voorwaarde...'

'Wat is het verhaal?' schreeuwde Anne bijna in het toestel.

'Arnoud de Vries is er door Peter Paul de Graaf bij gehaald. Samen zouden ze Sophie wel even mangelen om dat dossier terug te krijgen. Toen ze opendeed, is De Graaf achter haar aan naar boven gelopen, maar niet voor hij de deur weer open had gedaan om De Vries de gelegenheid te geven ook binnen te komen. Die heeft Sophie de Lange van achteren bij haar keel gegrepen en de kamer door gesleurd. Op het bed heeft hij geprobeerd uit haar te persen waar het dossier was, maar dat heeft ze niet willen vertellen. De Vries heeft haar uiteindelijk gewurgd voor de ogen van die andere vent, die geen poot heeft uitgestoken om Sophie te helpen.'

'Mijn god,' hakkelde Anne. 'Maar waarom biecht hij dit allemaal zo spontaan op?'

'Omdat Jaap hem vertelde over het epitheel dat onder Sophies vingernagels zat. En dat een getuige hem had gezien, en dat we de link tussen IJburg, dat dossier en die meiden voor een rechtbank volkomen helder konden maken. Binnen een kwartier liep-ie helemaal leeg.'

Anne kon wel juichen. De moord op Sophie was opgelost en de link met IJburg was onmiskenbaar. Er ontbrak nog één ding, besefte ze toen.

'Heeft-ie ook iets gezegd over onze advocaat?'

'We hebben hem nog niet alle duimschroeven aangedraaid, maar ik ben er wel over begonnen. Helaas, geen woord daarover, dat verdomt-ie. Ik denk dat hij banger is voor Horowitz en zijn vrienden dan voor een paar jaar petoet.'

Anne bedankte Dirk en wilde haar telefoon net weer wegbergen, toen-ie opnieuw overging.

Het was Paul de Bie. 'Ik denk dat je onze voorpagina even moet lezen,' zei de journalist plagerig. 'Vrijwel helemaal zelfs, want het gaat over jou. Ik heb gisteravond een telefoontje van De Leder gekregen. Ik kon je niet meer bereiken, en vanmorgen moest het al op de persen. Maar ik wil later natuurlijk heel graag je reactie voor mijn follow-up.' Hij vertelde kort over de inhoud.

'Ik ben een beetje sprakeloos,' was Annes reactie. 'Wie hier ook wat beweert, ik ben kennelijk toch onderdeel van een spel van een stel criminelen geworden. Ik ben niet gewend dat een crimineel het voor mij opneemt.'

'Maar het is toch aardig van...'

'Daar laat ik me niet over uit, Paul. Ik ben een agente, ik denk aan wat hij heeft gedaan. Daar heeft hij nog iets voor uit te zitten.'

Tot haar grote ergernis kon ze de krant nergens krijgen. Met de boodschappen achter in de auto reed ze naar Alkmaar. Het was er op zaterdagmorgen druk, en het kostte haar grote moeite om een parkeerplaatsje te vinden. Maar zelfs daar was geen *Parool* meer te vinden. Wat een dorpen, schold ze hardop, er was niet eens een Amsterdamse krant te koop. Ze wilde die krant in haar handen voelen en het nieuws niet lezen op internet.

In de auto belde ze Bert. 'Heb jij *Het Parool*?'

'Nee.' Hij sliep nog half en geeuwde uitvoerig.

'Ik ga je hangen want ik kom eraan, zorg dat de koffie klaarstaat. Ik breng gebak mee.' In Haarlem vond ze eindelijk een exemplaar en even stond ze er met open mond naar te kijken. Daarna scheurde ze naar Bert. Ze wilde het artikel samen met hem lezen. Een kwartier later zat ze aan zijn keukentafel.

'Eerlijk zijn hè, heb je het al gelezen of niet?'

'Ik zweer het, ik heb nog niks gezien,' zei hij met zijn meest onschuldige gezicht, waarna ze zich met de armen om elkaar heen over de krant bogen.

'Rare wereld is dit toch,' mompelde Bert tijdens het lezen. Zijn hand gleed over haar blonde haren naar beneden. Voorzichtig trok hij haar blouse uit haar rok, en langzaam gleed de hand over haar rug. Ze wrong zich in bochten om tijdens het lezen aan dit heerlijke gevoel te ontkomen.

'Laat dat! Niet nu.'

Hij hoorde een zucht van genot toen zijn hand verder naar beneden ging. Het was moeilijk om zich te blijven concentreren toen ze voelde dat hij de rits van haar rok naar beneden trok.

'Je hebt gejokt, jij hebt het al gelezen.'

Ze kreunde en sloot haar ogen. Nu was er maar één ding belangrijk. Tien minuten later lag de krant totaal verkreukeld onder hen op tafel.

'Wat denk je?'

'Tja... verbazingwekkend... Zo'n crimineel die het voor jou opneemt. Je moet wel een goudeerlijke smeris zijn.'

Ze streek hem zachtjes door zijn haren.

Hij glimlachte, het wonder dat ze elkaar gevonden hadden kon hij nog steeds niet goed begrijpen. Alles was daardoor veranderd. Het zou vreselijk zijn als hij zijn functie zou moeten neerleggen, maar door Annes aanwezigheid was dat opeens veel minder van belang. Ze hadden elkaar. Wat er daarna kwam, zagen ze wel.

'Kunnen jullie dit als bewijs gebruiken?'

Ze knikte, de recherche was al onderweg om de band op de redactie van Het Parool in beslag te nemen.

'Dus jij had die krant allang gelezen?' Zijn telefoon ging.

'Stephan,' zei hij. 'Je hebt vast de krant...'

Anne zag dat Berts gezicht betrok, hij fronste zijn wenkbrauwen.

'Dus Claire is niet thuis, hoelang al niet?'

'Ik kom,' hoorde ze Bert zeggen.

Ze hoefden niet eens te overleggen, spoorslags reden ze naar Amsterdam. Er was in de afgelopen tijd te veel gebeurd om lijdzaam af te wachten.

Toen hij haar aansprak, leek hij zo dieptriest. Ze had hem niet eens meteen herkend. Hij toeterde en boog opzij om het portier voor haar te openen.

'Rij even mee, ik moet met je praten,' riep hij door de open deur.

Een moment had ze getwijfeld, maar hij zou haar nooit meer slaan, wist ze en dus stapte ze in. Toen ze de Westerstraat uit reden zei ze dat ze niet veel tijd had.

'Wat wilde je bespreken?'

Hij bromde wat onverstaanbaars. Ze kreeg kippenvel.

Hij had lichte baardstoppeltjes en zijn gezicht was pafferig. Hij droeg zijn leren jack over een T-shirt en een slobberige broek. Hij was altijd zo netjes op zichzelf geweest en nu zag hij er onverzorgd uit. Het voelde niet goed. Claire liet haar vingers langs de knop van het portier glijden. De neiging om de deur te openen en eruit te springen, was groot.

'Hoe heb je me gevonden?'

Hij keek snel opzij. 'Ik heb je niet gezocht. Ik kwam voorbijrijden en zag je lopen.'

Ze geloofde hem niet. De auto rook muf, alsof hij er uren in gereden had. Ze twijfelde, wilde dat hij stopte en haar eruit liet. Maar ze zweeg, bang dat hij kwaad zou worden.

Hij legde zijn hand op haar been. Claire verstarde.

'Je hoeft voor mij niet bang te zijn, hoor.'

Voorzichtig schoof ze van hem weg.

'Wat wil je me zeggen?' vroeg ze nogmaals.

'Dat vertel ik je thuis.'

In een paar minuten reed hij via de Marnixstraat naar de Westerdoksdijk, schoot de garage in en parkeerde bij de lift. De banden maakten een slippend geluid op de betonnen vloer, en op nog geen centimeter van de muur kwam de auto tot stilstand. Claire was blij dat ze ongeschonden uit kon stappen.

Jochem was zichzelf niet, dat was duidelijk. Onder geen voorwaarde stapte ze straks opnieuw bij hem in de Landrover. Ze liepen zwijgend door de garage.

In de lift liet hij zijn hoofd hangen, hij ademde zwaar.

Angstig schoten haar ogen heen en weer. Ze had geen drank geroken, dus was het coke of speed? Had die gek gesnoven en haar daarna opgepikt? Ondanks de kou zag ze zweetdruppels op zijn voorhoofd.

'Kom binnen,' mompelde hij.

In de kamer zag ze het meteen: op de glazen tafel lagen de resten van zijn doorgeslagen leven. Het was een bende in het penthouse, in de keuken stond een berg afwas. Het stonk er naar afval. De slaapkamerdeur stond open en ze zag één grote chaos.

'Jochem...,' zei ze en er klonk medelijden in haar stem.

Hij zakte op de bank neer. 'Claire, alles is kapot.'

Iets in zijn stem deed haar huiveren.

Bert Remmelts trapte het gaspedaal op de snelweg diep in. Anne had nog aangeboden te rijden, maar daar wilde hij niets van weten. Hij wilde zo snel mogelijk naar Amsterdam, naar zijn dochter.

'Mannetje, als je zo doorgaat is de kans groot dat we er helemaal niet komen,' zei Anne verontrust. Ze pakte zijn arm. 'Toe nou, we moeten ons verstand erbij houden.'

Het was voor het eerst dat Bert en Anne bij Stephan in de Palmdwarsstraat kwamen. De jonge man stond hen al bij de deur op te wachten, schuddend met zijn hoofd want Claire was er nog steeds niet.

Bert liep als een gekooid dier rond, te nerveus om rustig aan tafel te gaan zitten. Anne keek even rond, die jongen woonde op een leuke plek. Het huisje was klein, maar zag er goed verzorgd uit. Alles was keurig opgeruimd. Zonder er verder over na te denken, nam Anne de leiding.

'Stephan, vertel.'

Hij had niet zo veel te zeggen; Claire zou vandaag gewoon thuisblijven, hij moest werken. Hij keek op zijn horloge, hij was om twaalf uur teruggekomen. Hoe laat zij de deur uit was gegaan, wist hij niet.

'Heeft ze haar portemonnee mee, gsm, andere dingen?'

Het beeld leek volledig normaal, waarschijnlijk was ze boodschappen gaan doen. Misschien was ze iemand tegengekomen en zat ze ergens koffie te drinken. Anne vond het te vroeg om alarm te slaan, Claire was waarschijnlijk de stad in, winkelen.

Claires gsm lag op tafel. Ze liet Stephan controleren of Claire gebeld was of iemand gebeld had, maar hij vond niets. Ze zaten wat onwennig naar elkaar te kijken. Stephan leek haar een rustige jongen, niet iemand die meteen in paniek raakte. Misschien een beetje het type van een ideale schoonzoon: goede baan, serieus, zag er leuk uit. Hij had iets Italiaans, met zo'n lekkere baardschaduw op zijn kaken. Ze kon zich wel voorstellen dat Claire voor hem gevallen was.

Anne bleef vragen stellen. Of er de laatste dagen bijzondere dingen waren gebeurd, was Claire nog van streek door de mishandeling? Had Jochem haar gebeld, lastiggevallen wellicht? Allerlei zaken passeerden de revue.

'Ik bedoel het niet vervelend, maar drinkt ze de laatste tijd of gebruikt ze andere dingen, drugs?'

Heel beslist schudde Stephan van nee. 'Dat zou ik echt geweten hebben.'

Iets in de intuïtie van Anne Kramer bleef haar gedachten bij Jochem Breedveld terugbrengen. Hij was het enige gevaarlijke dat ze direct in Claires buurt kon plaatsen. Of er moesten mensen zijn die Bert onder druk wilden zetten en zijn dochter nu in handen hadden. Die gedachte verwierp ze voorlopig, die was te erg.

'Bert, heb jij het telefoonnummer van die Jochem?'

Ze pakte zijn gsm aan nadat hij het nummer had ingetoetst. Geen gehoor, voicemail.

'Ze gaan me echt te grazen nemen.'

Jochem Breedveld had het maar steeds over de twee rechercheurs, een grote met een snor en een lange dunne. Dagenlang was hij verhoord, op alle mogelijke manieren hadden ze geprobeerd hem klem te zetten. Claire kon wel zeggen dat ze hem niet meer verdachten van de moord op Lisa en dat hij die ook niet had gepleegd, maar dat was allemaal tactiek. Hij wist het zeker, ze kwamen terug om hem opnieuw te grazen te nemen.

Claire geloofde er niets van.

'Als de recherche bewijs had dat jij iets met de moorden te maken had, was je nooit losgelaten. Geloof me nou.'

Maar wat ze ook zei, niets hielp. Jochem was volledig over zijn toeren. Het ene moment kroop hij angstig in een hoek, daarna vloog hij weer overeind en rende door het huis.

Ze keek naar de man met wie ze had samengewoond. Moest ze nou medelijden hebben of hem aan zijn lot overlaten?

Tranen biggelden over zijn wangen. 'Ik ben geen moordenaar,' herhaalde hij steeds.

Langzaam zakte ze op haar hurken en sloeg haar armen om hem heen. Ze drukte hem tegen zich aan, zijn lichaam schokte. De man die haar een paar weken geleden mishandeld had, bestond niet meer.

Op het moment dat zijn telefoon overging, vloog hij overeind en keek op de display. 'Het is je vader!' schreeuwde hij. 'Ze komen me halen, Claire.'

Hij sleurde haar mee naar het balkon en keek over de reling naar beneden. Er was niemand te zien. 'Zie jij ze? Zijn ze al binnen?'

Voor ze hem kon tegenhouden beklom hij de brandtrap naar het dak. Nu pas merkte ze dat het hard regende. Binnen een mum van tijd was ze drijfnat.

Ze schreeuwde dat hij naar beneden moest komen, maar Jochem leek het niet te horen. Claire keek omhoog en stapte ook op de eerste treden van de brandtrap. Ze kon hem zo niet achterlaten. Hoe hoger ze kwam, hoe harder de wind aan haar kleren trok. Stevig klemde ze haar armen om de spijlen van de trap, ze durfde niet naar beneden te kijken.

Ze rilde van de kou, haar kletsnatte haren hingen in slierten in haar gezicht. Jochem kon ze niet meer zien, die was ergens op het dak. Haar natte rok plakte om haar benen, maar met de moed der wanhoop klom ze verder omhoog, doodsbang dat ze te laat kwam.

Niets doen en wachten werkte niet, ze kon Bert hier niet uren rustig houden. Zonder meer de stad in lopen en zoeken had geen zin.

'Kom op, Bert, wij gaan naar de Westerdoksdijk. Stephan, jij blijft hier, zodra Claire binnenwandelt bellen. Goed?'

Anne had het appartementencomplex aan de Westerdoksdijk nooit goed bekeken. Het was groter dan ze dacht, het bestond uit vier grote woonblokken. Op het eerste gezicht leek geen appartement hetzelfde. Toen ze uitstapten wees Bert naar de bovenste verdieping.

'Kijk, die flat daar, op de hoek.'

Het was een bijzonder appartement, dat zag ze meteen. De flat liep uit in een punt. Toen ze iets langer keek, verstarde ze. Ze staarden allebei omhoog en zagen Claire via de noodtrap naar het dak klimmen. Toen pas zagen ze de gestalte van Jochem Breedveld. Hij zat op de uitstekende punt van het dak. Het leek alsof hij echt van plan was te springen.

Anne belde direct naar het hoofdbureau, er moest zo snel mogelijk een onderhandelaar komen. Intussen was Bert naar de voordeur van het appartement gestormd, in zijn wanhoop drukte hij op alle bellen tegelijk. Hij leek in een soort trance, in de intercom schreeuwde hij dat ze open moesten doen. Toen er niet gereageerd werd, riep hij om de huismeester, maar niets hielp.

'Verdomme, ze helpen me niet.'

Voor de zekerheid hield Anne hem vast, met haar andere hand drukte ze de gsm tegen haar oor.

Eindelijk kreeg ze contact, en in een paar woorden legde ze uit wat er aan de hand was.

De telefoniste was snel van begrip. Onmiddellijk werd in de meldkamer het protocol 'zelfmoorden' opgeroepen.

'Stuur onderhandelaars, kun jij zien wie er piket heeft?' wilde Anne weten.

'Ja, wacht even... Floor van Raalte, die wordt nu gebeld.'

Anne slaakte een zucht van verlichting, Floor was een uitstekende onderhandelaar. Door het gesprek met de meldkamer was haar aandacht afgeleid. Ze schrok toen ze zich omdraaide, Bert trapte tevergeefs tegen de voordeur. Ze trok hem onmiddellijk weg.

Vanaf het balkon op de eerste etage keek een vrouw hoofdschuddend naar beneden. 'Is uw man soms dronken, of zo?'

'Anne Kramer, politie.'

De deur klikte onmiddellijk open.

'Is hij ook van de politie?' wilde de vrouw op de trap weten.

Anne reageerde er niet op. 'Weet u waar de huismeester woont?'

'Hier, dat is mijn man,' antwoordde ze.

Nog geen paar tellen later was Anne met Bert en de huismeester onderweg naar boven.

Bij het penthouse stond Bert te trappelen van ongeduld terwijl de huismeester een bos sleutels op het slot uitprobeerde. 'Doe toch open man, schiet op!' snauwde hij.

Toen de deur open was, rende Bert onmiddellijk naar het balkon. Onder aan de noodtrap ontsnapte hem een woeste kreet. Claire was in geen velden of wegen meer te zien. In dodelijke paniek keek hij over het balkonhek naar beneden.

Hij zag niets, ze moest dus op het dak zijn. Hij vloekte hartgrondig en klom omhoog.

'Bert!' schreeuwde Anne. 'Blijf hier!'

In de kamer van het appartement kreeg ze op dat moment Floor aan de lijn, die met zwaailicht en sirene naar haar onderweg was. Anne gaf haar de nodige informatie door.

'Breedveld zit op het dak, ik geloof dat hij wil springen,' besloot ze. 'We hebben Claire ook omhoog zien klimmen, waarschijnlijk om hem tegen te houden. Bert Remmelts, haar vader, is nu ook die ladder op gegaan om haar terug te halen.'

'Bedoel je jouw Bert Remmelts?' vroeg Floor verbaasd. 'Bekend van radio en tv?' Pas nu besefte Floor volledig wat er aan de hand was.

'Bestel zo'n hoogwerker met een bakkie bij de brandweer,' riep ze over de mobilofoon naar de centrale meldkamer. Van hen hoorde ze dat het arrestatieteam op snelheid lag. Gelukkig, want zonder die jongens kon ze niks. Misschien kon ze vanuit de hoogwerker met die man praten, zijn aandacht trekken, zodat het arrestatieteam hem van de dakrand weg kon trekken.

De grote auto met geblindeerde ramen scheurde ver boven de maximumsnelheid over de ringweg. Floor kon het gaspedaal niet verder indrukken. Door het zwaailicht en de sirene werd de linker-rijbaan als vanzelf schoongeveegd.

Op hetzelfde moment trok Bert Remmelts zich hijgend over de dakrand. Hij merkte niet eens dat hij drijfnat was, zijn ogen schoten alle kanten op. Angst was er niet meer, hij wist maar één ding: Claire moest zo snel mogelijk van dat dak af. Toen zag hij haar. Ze kroop een paar meter voor hem uit naar de punt waar Jochem Breedveld over het water uit zat te kijken.

'Claire,' schreeuwde Bert, maar de wind maakte van zijn schreeuw een fluistering. Zijn dochter reageerde niet, zonder zich om te draaien kroop ze naar Jochem. Ze was bijna bij hem en stak haar hand naar de verwarde man uit.

Floor had Anne gevraagd de huismeester te zoeken, ze moest alvast uitzoeken hoe ze zo snel mogelijk op het dak kon komen. Er bleek een inpandige trap te zijn, de huismeester liep voor Anne uit en opende de toegangsdeur. Ze kwamen in een ketelruimte waar de huismeester een deur opende die direct toegang gaf tot het dak. Op dat moment belde Floor opnieuw.

'Heb je de huismeester al gevonden?'

'Ja, die staat bij mij.'

'Stuur die man naar beneden! We staan hier voor een dichte deur en niemand reageert.'

De huismeester rende omlaag, waarna Anne voorzichtig het dak betrad. Eerst zag ze niets, waarschijnlijk was ze aan de verkeerde kant. Ze liep om de opbouw heen.

Haar adem stokte. Op de punt was niemand te zien, maar midden op de kiezels lag iemand.

Er stond een harde wind, voorzichtig kroop Anne naar het roerloze lichaam. Het was Claire. Ze knielde bij het meisje neer en pakte haar bij de arm.

'Claire, ik ben het, Anne.'

Claire reageerde niet, ze bleef liggen. Opeens schokte haar lijf. Anne trok haar omhoog en sloeg haar armen om het meisje heen. Ze moesten van dat dak af voor ze onderkoeld raakten.

'Claire, waar is je vader? Waar is Jochem Breedveld?'

Het was alsof het meisje door Annes vraag wakker werd, haar hoofd vloog omhoog en ze slaakte een ijselijke gil. Pas toen drong het tot Anne door.

15

Tranen had ze niet meer. Anne zat op de voorste rij. Ze had een eenvoudige zwarte jurk aangetrokken. Naast haar zaten Wout en Marit, aan de andere kant Claire en Stephan. De woorden van al die sprekers drongen nauwelijks tot haar door.

Ze had er lang met de kinderen over gesproken, moesten ze wel of niet mee naar de begrafenis? Wout en Marit hadden Bert nog nooit ontmoet, ze wisten niet meer dan wat de kranten hadden geschreven en wat Anne had verteld. Anne had gezegd dat ze zelf mochten beslissen.

'Jij hebt verdriet mam,' hadden ze gezegd, 'dus wij zijn bij je.'

Marit zocht haar hand. De zaal zat stampvol, Anne wist dat er veel mensen uit de top van de bankwereld waren. De minister van Financiën en de president van De Nederlandsche Bank zaten direct achter haar. Naast hen de burgemeester, de hoofdofficier en de hoofdcommissaris. Ze was blij dat ook Herman met zo veel rechercheurs van haar team was gekomen.

Recht voor haar stond de kist met het lichaam van Bert Remmelts. Op de kist lagen bloemen, en eromheen stonden veel kransen. De afgelopen dagen had ze geprobeerd de boel een beetje op een rij te krijgen, maar dat was niet gelukt, ze had 's nachts urenlang liggen huilen. Eindelijk had ze de man van haar dromen ontmoet, maar ze hadden maar zo kort van elkaar mogen genieten.

Of ze nog iets wilde zeggen, hadden ze gevraagd. Maar waarom zou ze dat doen? Er waren toen hij nog leefde alleen maar slechte dingen over Bert gezegd; en onder de aanwezigen waren mensen die op zijn ondergang uit waren geweest.

Maar gisteren had ze beslist om toch te spreken. Wout had gezegd dat ze van haar eigen gevoel uit moest gaan. Als ze wat ging zeggen, was dat niet voor anderen maar voor die man van wie ze zo veel had gehouden, had haar zoon van amper achttien er nog aan toegevoegd. Verbaasd had ze naar zijn wijsheid geluisterd. Wout ving haar op, hij was al die dagen een grote steun voor haar geweest.

Ook Claire had er bij haar op aangedrongen iets te zeggen. Anne had lang nagedacht, en toch wat op papier gezet. Er waren meerdere sprekers, en Anne had gevraagd of zij als laatste mocht.

De dame van de begrafenisonderneming knikte haar toe, en met een kloppend hart liep ze naar voren, bij het spreekgestoelte zocht ze in haar tasje naar de aantekeningen. Daarna keek ze de zaal rond, alle ogen waren op haar gericht. Ze aarzelde even voor ze begon.

'Het is misschien raar dat ik hier sta om wat te zeggen.' Ze haalde diep adem en nam een slokje water; daarna ging het makkelijker. 'Ik zal het kort houden. Normaal gesproken zou ik het niet in mijn hoofd gehaald hebben om hier te spreken. Er is van alles gezegd en geschreven over Bert en mij. In sommige media was hij de baas van een bank die zich bezighield met het witwassen van criminele gelden; in andere kon ik een onderzoek over fraude niet objectief leiden. De reden daarvoor was een en dezelfde: dat we van elkaar hielden. Het was precies andersom: Bert Remmelts was de man die maatregelen nam bij de eerste alarmerende signalen. Hij was geen man die zijn verantwoordelijkheid niet nam. Dat heeft hij met zijn laatste moedige daad nog een keer laten zien.'

Ze stopte even en keek de zaal in. Ze wist dat er ook journalisten aanwezig waren. Rustig ging ze verder: 'De integriteit van een geweldig mens is in twijfel getrokken. Bert wist dat juist degene die de deksel op de put houdt, het niet waard is om president-directeur te zijn.' Opnieuw greep ze naar haar waterglas. Ze voelde zich gebroken en sterk tegelijk. Ze had hem zijn eer en goede naam publiekelijk teruggegeven.

'Het kan gebeuren dat je iemand ontmoet, voor wie je valt.' Ze slikte, deed haar best haar emoties te bedwingen. Dit ging niet lukken. Vanuit de zaal klonken snikken. Ze haalde nog eens diep adem.

'Het was gewoon zo,' zei ze terwijl de tranen over haar wangen rolden. 'Als een blok viel ik voor hem. De man van wie ik zielsveel houd, heeft zijn dochter en misschien zelfs Jochem Breedveld willen redden. We weten het niet en we zullen het nooit weten. Maar ik mis hem zo vreselijk.' Ze draaide zich even om naar de kist. 'Ik hoop dat de camera's vanaf vandaag mijn verdriet zullen respecteren. Want al die roddel en achterklap hebben Bert en mij vele malen minder tijd gegeven om van elkaar te genieten dan we hadden kunnen doen. Ik hou van je, Bert.'

Anne liep naar haar plaats terug en ging zitten. Marit pakte haar hand en kneep er hard in. Zo bleven ze voor zich uit zitten staren, tot de laatste muziek was gestopt en iedereen de zaal allang had verlaten.

Namenlijst

POLITIE/JUSTITIE
Anne Kramer, hoofdinspecteur
Herman van Hoogen, inspecteur
Jaap Veenman, rechercheur
Dirk van der Veer, rechercheur
Piet de Niet, rechercheur
Jolanda Blom, inspecteur
John Pel, forensisch expert
Floor van Raalte, wijkteamchef
Cok, secretaresse hoofdcommissaris
Theo Eerenberg, hoofdcommissaris van Amsterdam
Hafkamp, hoofdofficier justitie Amsterdam
Cees Hoogeboom, financieel expert recherche
Armand De Lasalle, chef Bureau Banditisme Parijs
Mevrouw Koperslager, rechter-commissaris
Olga, secretaresse Hafkamp
captain Black, politie Zuid-Afrika
Frans Talsma, wijkagent Oosterparkbuurt

DIVERSEN
Bert Remmelts, president-directeur Kc Bank
Claire Remmelts, dochter Bert
Stephan Jorritsma, vriend Claire
Wout, zoon van Anne
Marit, dochter Anne
Caroline Vervoort, vriendin Arnoud
Lotte, vriendin Willem de Leder

Ida, buurvrouw Sophie
Remco Schuurman, bouwvakker
Adèle van der Zee, advocate Bram
Paul de Bie, journalist *Het Parool*
Henstra, burgemeester Amsterdam

CRIMINELEN
Jochem Breedveld, medewerker Kc Bank
Peter Paul de Graaf, medewerker Kc Bank
Arnoud de Vries, vastgoedhandelaar
Bram Horowitz, advocaat
Willem de Leder, alias Mozes Levison alias Pieter Stevens, crimineel

SLACHTOFFERS
Lisa de Bruin, Amsterdam
Sophie de Lange, Amsterdam

Van dezelfde auteur: